OS PIONEIROS DO DESENHO MODERNO
DE WILLIAM MORRIS A WALTER GROPIUS

OS PIONEIROS DO DESENHO MODERNO

DE WILLIAM MORRIS A WALTER GROPIUS

Nikolaus Pevsner

Tradução
JOÃO PAULO MONTEIRO

martins
Martins Fontes

Título original: PIONEERS OF MODERN DESIGN –
FROM WILLIAM MORRIS TO WALTER GROPIUS
Penguin Books Ltd., Harmondsworth,
Middlesex, Inglaterra, 1974.
Copyright © by Nikolaus Pevsner, 1960, 1974.
Copyright © 1980, Livraria Martins Fontes Editora Ltda.,
São Paulo, para a presente edição.

1ª edição 1980
3ª edição 2002
2ª tiragem 2010

Tradução
JOÃO PAULO MONTEIRO

Revisão da tradução
Monica Stahel
Produção gráfica
Geraldo Alves
Paginação
Renato C. Carbone

Dados Internacionais de Catalogação na Publicação (CIP)
(Câmara Brasileira do Livro, SP, Brasil)

Pevsner, Nikolaus, 1902-
  Os pioneiros do desenho moderno : de William Morris a Walter Gropius / Nikolaus Pevsner ; tradução João Paulo Monteiro. – 3ª ed. – São Paulo : Martins Fontes, 2002. – (Coleção a)

  Título original: Pioneers of modern design: from William Morris to Walter Gropius.
  ISBN 85-336-1610-4

  1. Arquitetura 2. Arte – História – Século 19 3. Arte – História – Século 20 4. Desenho industrial 5. Modernismo (Arte) I. Título. II. Série.

02-4171   CDD-709.04

Índices para catálogo sistemático:
  1. Arte moderna : Século 20 : Artes visuais   709.04
  2. Artes visuais : Século 20   709.04
  3. Modernismo : Artes visuais   709.04

Todos os direitos desta edição para o Brasil reservados à
Livraria Martins Fontes Editora Ltda.
R. Prof. Laerte Ramos de Carvalho, 163
01325-030 São Paulo SP Brasil
Tel.: (11) 3116.0000 Fax: (11) 3115.1072
info@martinseditora.com.br
www.martinseditora.com.br

A
T. B., T. B., W. B., W. A. C.,
W. G. C., J. P., e D. F., P. S. F.,
P. e E. G., H. R., F. M. W.,
a A. A. C., a C. I.

com gratidão

ÍNDICE

Índice das ilustrações.. IX
Prefácio da primeira edição... XV
Prefácio da segunda edição XVII
Prefácio da edição em língua portuguesa............................... XIX
Nota às subseqüentes edições XXI

Capítulo um
Teorias da arte, de Morris a Gropius... 1

Capítulo dois
De 1851 a Morris e ao Movimento Artes e Ofícios............... 27

Capítulo três
A pintura de 1890.. 55

Capítulo quatro
A Art Nouveau... 79

Capítulo cinco
A engenharia e a arquitetura do século XIX.......................... 111

Capítulo seis
Inglaterra: de 1890 a 1914.. 145

Capítulo sete
O Movimento Moderno antes de 1914 179

Índice de nomes e datas 219
Bibliografia suplementar 223
Nova bibliografia suplementar 229

ÍNDICE DAS ILUSTRAÇÕES

1. Tapete apresentado na Grande Exposição de 1851.
2. Manta de seda da Grande Exposição de 1851.
3. Pratas da Grande Exposição de 1851.
4. Owen Jones: Desenho de padrão do *Journal of Design and Manufactures*, 1852.
5. Pugin: Padrão Ornamental, de *Foliated Ornament*, 1849.
6. Morris: Papel de paredes Daisy, 1861.
7. Morris: Tapete Hammersmith, o padrão Little Tree.
8. Morris: O *chintz* Honeysuckle, 1883.
9. Dresser: Galheteiro e chaleira, 1883.
10. Morgan: Prato, 1880 (Victoria and Albert Museum).
11. Webb: Red House, Bexleyheath, Kent. Construída em 1859 para William Morris.
12. Webb: Chaminé da Red House, 1859 (National Buildings Record).
13. Webb: Palace Green, n.º 1, Kensington, Londres, 1868 (A. F. Kersting).
14. Shaw: New Zealand Chambers, Leadenhall Street, Londres, 1872-3 (National Buildings Record).
15. Shaw: A sua própria casa, Ellerdale Road, Hampstead, Londres, 1875 (National Buildings Record).
16. Nesfield: Kinmel Park, Abergele, Gales, 1871 ou anterior (National Buildings Record).
17. Shaw: Queen's Gate, n.º 170, Londres, 1888.
18. Godwin: White House, Tite Street, Chelsea. Construída para Whistler em 1878 (National Buildings Record).

19. Richardson: Casa Stoughton, Cambridge, Massachusetts, 1882-3 (Henry-Russel Hitchcock).
20. White: Cassino de Newport, 1881 (*Monograph of the Work of McKim, Mead and White*, Architectural Book Publishing Co. Inc.).
21. White: Clube de Cricket de Germantown, Filadélfia, 1891 *(Monograph of the Work of McKim, Mead and White.* Architectural Book Publishing Co. Inc.).
22. Renoir: *O Julgamento de Páris*, 1908 (Mrs. Louise R. Smith, Nova York. Photograph Knoedler Gallery, Nova York).
23. Cézanne: *Banhistas*, 1895-1905 (Philadelphia Museum of Art, Coleção W. P. Wilstach).
24. Van Gogh: *Retrato*, 1890 (Coleção Mrs. Hedy Hansloser-Bühler, Winterthur, Suíça).
25. Manet: *Jeanne (Primavera)*, 1882 (Metropolitan Museum of Art, Nova York).
26. Gauguin: *Cristo Amarelo*, 1889 (Albright Art Gallery Buffalo, Nova York).
27. Gauguin: *Mulheres no Rio (Auti Te Pape)*, c. 1891-3 (Museum of Modern Art, Nova York, Coleção Lillie P. Bliss).
28. Vallotton: *O Banho* (Coleção Paul Vallotton, Lausanne, Suíça).
29. Denis: *Abril*, 1892 (Rijksmuseum Kröller-Müller, Otterlo).
30. Seurat: *Um Domingo à Tarde na Ilha da Grande Jatte*, 1884-6 (Art Institute of Chicago, Coleção Helen Brich Barlett Memorial).
31. Rousseau: *Auto-retrato*, 1890 (Galeria Moderna, Praga).
32. Ensor: *Intriga*, 1890 (Museu Real, Antuérpia).
33. Khnopff: Cartaz, 1891.
34. Toorop: *A Fé Esmorecendo*, 1891 (Museu Municipal, Haia).
35. Hodler: *O Eleito*, 1893-4 (Kunstmuseum, Berna, Suíça; Boissonnas).
36. Munch: *O Grito*, 1893 (Galeria Nacional, Oslo).
37. Mackmurdo: Frontispício de livro, 1883.
38. Burne-Jones: *Pelicano*, 1881 (William Morris Gallery, Walthamstow).
39. Burges: Cornija de fogão em sua própria casa, Melbury Road, Kensington, c. 1880 (National Buildings Record).
40. Beardsley: *Siegfried*, 1893.
41. Toorop: *As Três Noivas*, 1893 (Rijksmuseum Kröller-Müller, Otterlo).

42. Munch: *Madonna*, 1895.
43. Sullivan: Auditório de Chicago, 1888. Bar. Chicago Architectural Photographing Co.
44. Horta: Rua Paul-Émile Janson, n.º 6, Bruxelas, 1893. Escada.
45. Van de Velde: Cadeiras para a sua própria casa em Uccle, perto de Bruxelas, 1894-5.
46. Gallé: Jarra de vidro (Museum of Modern Art, Nova York; David Royter).
47. Tiffany: Peças de vidro (Museum of Modern Art, Nova York; G. Barrows).
48. Guimard: Castel Béranger, Rue Lafontaine, n.º 16, Passy, Paris, 1894-8.
49. Eckmann: Decoração de duas páginas na revista *Pan*, 1895.
50. Obrist: Coxins, 1893.
51. Plumet: Interior.
52. Gaudí: Cripta de Santa Coloma de Cervelló. Começada em 1898 (MAS; Museum of Modern Art, Nova York).
53. Gaudí: Parque Güell, Barcelona. Começado em 1900 (Amigos de Gaudí, Barcelona, Museum of Modern Art, Nova York).
54. Gaudí: Sagrada Família, Barcelona. Transepto, 1903-26 (Zerkowitz, Barcelona; Amigos de Gaudí, Barcelona; Museum of Modern Art, Nova York).
55. Gaudí: Sagrada Família, Barcelona. Detalhe do cimo de uma das torres do transepto (Zerkowitz, Barcelona; Amigos de Gaudí, Barcelona; Museum of Modern Art, Nova York).
56. Gaudí: Casa Batlló, Barcelona, 1905-7 (Zerkowitz, Barcelona; Amigos de Gaudí, Barcelona; Museum of Modern Art, Nova York).
57. Gaudí: Casa Milà, Barcelona, 1905-7 (MAS; Amigos de Gaudí, Barcelona; Museum of Modern Art, Nova York).
58. Benyon, Bage & Marshall: Fiação de linho, Ditherington, Shrewsbury, 1796.
59. Lorillard: Edifício em Gold Street, Nova York, 1837.
60. Bogardus: Edifício para Harper Bros., Nova York, 1854 (Brown Brothers, Nova York).
61. Armazém em Jamaica Street, Glasgow, 1855-6 (Annan, Glasgow).
62. Ellis: Oriel Chambers, Liverpool, 1864-5 (Stewart Bale).

XII OS PIONEIROS DO DESENHO MODERNO

63. G. T. Greene: Estaleiro naval em Sheerness, 1858-61 (Eric de Maré; Architectural Press).
64. Johnston e Walter: Jayne Building, Filadélfia, 1849-50 (John Maass).
65. Ponte de Coalbrookdale, 1777-81 (Reece Winstone).
66. Pritchard: Projeto para a ponte de Coalbrookdale, 1775.
67. Telford: Projeto de ponte de ferro fundido para substituir a ponte de Londres, 1801 (Science Museum).
68. Brunel: Ponte pênsil de Clifton, Bristol. Projetada em 1829-31. Construção começada em 1836.
69. St. Alkmund, Shrewsbury, 1795. Trabalho em ferro fundido (West Middland. Photo Services Ltda., Shrewsbury).
70. Londres: Projetos de estufas, 1817.
71. Boileau: Saint-Eugène, Paris, 1854-5 (Roger Viollet, Paris).
72. Viollet-le-Duc: Ilustração de *Entretiens*, 1872.
73. Dutert e Contamin: Halle des Machines, Exposição Internacional de Paris, 1889.
74. Eiffel: Torre Eiffel, Paris, 1889.
75. Sullivan: Wainwright Building, St. Louis, 1890-1.
76. Burnham e Root: Monadnock Block, Chicago, 1890-1.
77. De Baudot: Saint-Jean de Montmartre, Paris, 1894-7 (Chevojon Frères, Paris).
78. Voysey: Papel de parede, c. 1895.
79. Voysey: Linho estampado, 1908.
80. Voysey: Prato para torradas e galheteiro.
81. Voysey: The Orchard, Chorleywood, Hertfordshire, 1900.
82. Gimson: Cadeiras, 1901.
83. Heal: Guarda-roupa, 1900 (Heal & Son, Ltd.).
84. Mackmurdo: Private Road, n.º 8, Enfield, c. 1883.
85. Mackmurdo: *Stand* de exposição, Liverpool, 1886.
86. Voysey: Casa em Bedford Park, perto de Londres, 1891.
87. Voysey: Estúdio, St. Dunstain's Road, West Kensington, Londres, 1891.
88. Voysey: Perrycroft, Colwall, Malvern Hills, 1893.
89. Voysey: Casa em Schackleford, Surrey, 1897.
90. Voysey: Portaria e cavalariças em Merlshanger, perto de Guildford, Surrey, 1896.
91. Voysey: Broadleys, lago Windermere, 1898.
92. Smith e Brewer: Mary Ward Settlement, Tavistock Place, Londres, 1895.

ÍNDICE DAS ILUSTRAÇÕES XIII

93. Townsend: Whitechapel Art Gallery, Londres, 1897-9.
94. Townsend: Horniman Museum, Londres, 1900-2.
95. Mackintosh: Escola de Arte, Glasgow, 1896-9 (Annan, Glasgow).
96. Mackintosh: Escola de Arte, Glasgow, 1907-9. Interior da biblioteca (Annan, Glasgow).
97. Mackintosh: Salão de Chá Cranston, Sauchiehall Street, Glasgow, 1904. Interior (Annan, Glasgow).
98. Mackintosh: Escola de Arte, Glasgow, 1907-9. Ala da biblioteca (Annan, Glasgow).
99. Mackintosh: Hill House, perto de Glasgow, 1902-3.
100. Berlage: Casa Oude Scheveningsche Weg, n? 42-4, Haia, 1898. Escada (A. Dingjan, Haia).
101. Mackintosh: Salão de Chá Cranston, Buchanan Street, Glasgow, 1897-8 (Annan, Glasgow).
102. Klimt: *Tragédia*, 1897.
103. Mackintosh: Sala de jantar para a casa de um *connoisseur*, 1901.
104. Perret: Bloco de apartamentos, Rua Franklin, n? 25-bis, Paris, 1902-3.
105. Garnier: Cidade industrial, 1901-4. Edifício da Administração.
106. Garnier: Cidade industrial, 1901-4. Sob o alpendre, edifício da Administração.
107. Garnier: Cidade industrial, 1901-4. Estação ferroviária.
108. Garnier: Cidade industrial, 1901-4. Quatro casas particulares.
109. Garnier: Cidade industrial, 1901-4. Rua.
110. Garnier: Cidade industrial, 1901-4. Teatro.
111. Garnier: Cidade industrial, 1901-4. Pátio das Palmeiras.
112. Maillart: Ponte de Tavenasa, 1905 (Bill, *Robert Maillart*, Girsberger, Zurique).
113. Sullivan: Carson Pirie Scott Store, Chicago, 1899 e 1903-4 (Chicago Architectural Photographing Co.).
114. Sullivan e Wright: Charnley House, Chicago, 1891 (Chicago Architectural Photographing Co.).
115. Wright: Winslow House, River Forest, Illinois, 1893.
116. Wright: Projeto para o Yahara Boat Club, Madison, Wisconsin, 1902.
117. Wright: Heath House, Buffalo, Nova York, 1905 (Gilma Lane).
118. Wright: Coonley House, Riverside, Illinois, 1908. Interior (Henry-Russel Hitchcock e Frank Lloyd Wright Foundation).

119. Wright: Projeto para um arranha-céu, 1895.
120. Wright: Larkin Building, Buffalo, Nova York, 1904 (Henry-Russel Hitchcock).
121. Wright: Larkin Building, Buffalo, Nova York, 1904. Interior.
122. Endell: Estúdio Elvira, Munique, 1897-8.
123. Endell: Estudos sobre as proporções básicas na construção, 1898.
124. Olbrich: A Sezession, Viena, 1898-9.
125. Olbrich: Hochzeitsturm, Darmstadt, 1907-8.
126. Hoffmann: Casa de Convalescença, Purkersdorf, 1903-4.
127. Hoffmann: Palais Stoclet, Bruxelas, 1905.
128. Loos: Interior de loja, Viena, 1898 (Kulka, *Adolf Loos*, Anton Schroll & Co., Viena).
129. Loos: Casa Steiner, Viena, 1910 (Kulka, *Adolf Loos*, Anton Schroll & Co., Viena).
130. Wagner: Caixa Econômica Postal, Viena, 1905 (Österreichische National-bibliothek).
131. Schröder: Apartamento para A. W. von Heymel, Berlim, 1899 (Franz Stoedner).
132. Behrens: Pavilhão das Artes, Exposição de Oldenburg, 1905.
133. Behrens: Fábrica de turbinas, Huttenstrasse, Berlim, 1909.
134. Behrens: Fábrica de motores elétricos, Voltastrasse, Berlim, 1911.
135. Behrens: Chaleira elétrica para a A.E.G., 1910.
136. Behrens: Luminárias de rua para a A.E.G., 1907-8.
137. Berg: Jahrhunderthalle, Breslau, 1910-12.
138. Mies van der Rohe: Projeto de uma casa para *Frau* Kröller-Müller, 1912.
139. Poelzig: Edifício para escritórios, Breslau, 1911.
140. Poelzig: Fábrica de produtos químicos, Luban, 1911-12.
141, 142 e 143. Sant'Elia: Desenhos, 1912-14 ou 1913-14.
144. Chiattone: Bloco de apartamentos, 1914.
145. Gropius e Meyer: Fábrica Fagus, Alfel-am-Leine, 1911.
146. Gropius e Meyer: Fábrica-modelo, Exposição de Werkbund, Colônia, 1914. Lado norte.
147. Gropius e Meyer: Fábrica-modelo, Exposição de Werkbund, Colônia, 1914. Lado sul.
148. Signac: *Duas chapeleiras*, 1885 (Coleção Rübele, Zurique).
149. McKim, Mead e White: Igreja Metodista de Lovely Lane, Baltimore, Maryland, 1883-7.

PREFÁCIO DA PRIMEIRA EDIÇÃO

A maior parte do trabalho de preparação deste livro foi realizada durante os anos de 1930 a 1932. Em 1930 dirigi um curso sobre a Arquitetura dos séculos XIX e XX na Universidade de Göttingen, e publiquei depois, nas *Göttingische Gelehrte Anzeigen* de 1931, uma curta exposição preliminar do papel desempenhado por cada um dos arquitetos mais importantes na evolução do Movimento Moderno.

Se não estou errado, contudo, este é o primeiro livro que se publica sobre este assunto. Tenho consciência clara das suas deficiências, e ficarei grato a quem quer que seja que me possa chamar a atenção para os erros, por deficiência ou por excesso, que nele possa haver.

Só quando as minhas investigações estavam quase terminadas tive conhecimento dos excelentes artigos de P. Morton Shand na *Architectural Review* de 1933, 1934 e 1935. O fato de as nossas conclusões coincidirem em numerosos aspectos é uma agradável confirmação das opiniões expressas neste livro.

Sinto-me em grande dívida para com Geoffrey Baker, Katharine Munro e Alec Clifton-Taylor, que procuraram apagar do meu texto os vestígios mais deselegantes de uma língua estrangeira. Receio, todavia, que lhe falte ainda em larga medida aquela precisão vigorosa que caracteriza o bom inglês.

Quero também registrar aqui a gratidão que devo a minha mãe, *Frau* Annie Pevsner, que aproveitou uma época de ócio forçado para tornar legível e publicável um manuscrito incompreensível, e a Richard de La Mare, que com grande gentileza e compreensão se encarregou de todos os assuntos relacionados com a preparação, a impressão e a ilustração.

Nikolaus Pevsner

Londres, maio de 1936.

PREFÁCIO DA SEGUNDA EDIÇÃO

O Museu de Arte Moderna ampliou o âmbito deste livro elevando o número de ilustrações nele contidas de 84 para 137; tentei melhorar o texto por meio de correções, onde cometera erros, e por meio de acréscimos que variam em extensão, de uma linha à remodelação integral de um capítulo.

Pelas sugestões sobre o que devia ser alterado e acrescentado, desejo agradecer a Philip Johnson, Edgar Kaufman Jr., Henry-Russel Hitchcock e Alfred H. Barr Jr. Mas a minha maior gratidão vai para Herwin Schaefer, que acompanhou incansavelmente o livro através de todas as suas fases, desde o manuscrito à página impressa, e nunca deixou de o melhorar com buscas, confrontações e investigações.

Londres, dezembro de 1948.

PREFÁCIO DA EDIÇÃO EM LÍNGUA PORTUGUESA

Passaram-se doze anos entre a primeira e a segunda edições deste livro; agora, catorze anos são passados entre essa segunda e a presente edição brasileira. O número de investigações dedicadas, durante estes catorze anos, ao período do qual trata o meu livro é incomparavelmente superior ao das que haviam sido feitas durante os doze precedentes. É consolador ver que um assunto que, quando abordei pela primeira vez, era evitado pelos estudiosos sérios se tornou agora um "feliz campo de caça" para americanos e alemães e também para alguns estudantes ingleses dedicados a teses, dissertações ou outras atividades. O seu trabalho, especialmente o de Madsen, do dr. Schmutzler e do dr. Banham, provocou muitas adições e alterações, nenhuma das quais, contudo, e sinto-me feliz em dizê-lo, conseguiu abalar a estrutura do meu argumento. Houve, no entanto, lugares onde senti pequenos abalos em curso, e tive de fazer um trabalho de consolidação. Parece-me que não foram mais de dois. Gaudí e Sant'Elia. Ambos haviam tido uma vida apagada em notas de pé de página até então e a necessidade de elevá-los a posições mais proeminentes era inquestionável. Esta ressurreição é sintomática.

Quando escrevi este livro a arquitetura da razão e o funcionalismo estavam em plena expansão em muitos países, enquanto em outros mal começavam uma carreira esperançosa. Ninguém contestava que Wright, Gramier, Loos, Behrens e Gropius eram os iniciadores do estilo do século e que Gaudí e Sant'Elia eram caprichos e as suas invenções delírios fantasiosos. Agora estamos novamente rodeados de fantasistas e caprichosos, e mais uma vez é posta em questão a validade do estilo cuja pré-história é tratada neste livro. A simples justiça histórica, por essa mesma razão, torna imperativo mostrar a linha que vai de Gaudí e a Art Nouveau à presente Neo-Art-Nouveau, passando pelo expressionismo dos anos imediatamente posteriores à Primeira Guerra Mundial, que nas anteriores edições deste livro também fora apenas mencionado em notas ocasionais. Mas estou tão convencido como sempre de que o estilo da fábrica Fagus e da fábrica-modelo de Colônia continua válido, mesmo com a declarada evolução existente entre o melhor de 1914 e o melhor de 1955. Argumentei sobre isto noutro lugar (o último capítulo do meu *Panorama da Arquitetura Européia*, que brevemente será também publicado em português por esta editora), mas não deixarei de aludir aqui suficientemente, à maneira como encaro agora, o desenvolvimento entre 1914 e 1955.

Além das alterações tornadas necessárias neste contexto, fiz mais umas setenta ou oitenta para a edição da Pelican, algumas pequenas, outras razoavelmente extensas. As mais importantes investigações a tomar em consideração são as do prof. Howarth sobre Mackintosh, do deão Bannister e dos srs. Skempton e Johnson sobre as primitivas estruturas de ferro, e as minhas próprias sobre o estilo da época vitoriana e Matthew Digby Wyatt. Uma nova revista italiana, *L'Architettura*, editada por Bruno Zevi, autor da mais pormenorizada história da arquitetura moderna (1950), também tem dedicado muito espaço a arquitetos do meu período, a Wright, Horta, Hoffmann, Sant'Elia e outros. Contudo, repito, as principais teses e afirmações deste livro não necessitam ser reformadas ou refundidas, o que é um fato agradável para um autor que olha para trás decorridos mais de vinte e cinco anos.

Londres, junho de 1962.

NOTA ÀS SUBSEQÜENTES EDIÇÕES

     Para a reedição de 1968 corrigi alguns erros e acrescentei a *Bibliografia Suplementar*, incluída no fim do volume e referente às publicações dos últimos sete ou oito anos.

     Para a reedição de 1974 introduzi uma *Adenda à Bibliografia* e certos pontos de vista na *Bibliografia Suplementar*. Foi tudo quanto me pareceu necessário.

Londres, primavera de 1974.

CAPÍTULO UM

TEORIAS DA ARTE, DE MORRIS A GROPIUS

"A ornamentação", diz Ruskin, "é o elemento principal da arquitetura." "É aquele elemento", diz ele em outro lugar, "que confere a um edifício determinadas características sublimes ou belas, mas que fora disso é desnecessário." *Sir* George Gilbert Scott desenvolveu esta surpreendente opinião ao aconselhar aos arquitetos o emprego do estilo gótico, pois a sua "finalidade principal é ornamentar a construção"[1].

Nada poderia mostrar de modo mais convincente a maneira como esta doutrina fundamental da teoria da arquitetura do século XIX foi posta em prática que a história das novas instalações do governo britânico em Whitehall, Londres, concluídas por Scott entre 1868 e 1873. Seguem-se os fatos, tais como são contados por *Sir* George. O seu projeto original era em estilo gótico. Escreve ele: "Não pretendia fazer uma obra em estilo 'gótico italiano'; inclinava-me muito mais para o francês, ao qual tinha dedicado principalmente o meu estudo durante alguns anos. Pretendia, contudo, aproveitar algumas sugestões da Itália (...) nomeadamente um certo esquadriamento e horizontalidade do desenho (...) Combinei isto (...) com empenas, telhados altos e janelas salientes. Os detalhes que usei eram excelentes e serviam perfeitamente ao fim em vista." Apesar disto, Scott não ganhou o primeiro prêmio do concurso, em

---

1. Ruskin, John. *Architecture and Painting*. Adenda aos Capítulos I e II, Library Edition, xii, 1904, p. 83. Ruskin, John. *The Seven Lamps of Architecture*, Nova York, 1849, p. 7. Scott, *Sir* George Gilbert. *Remarks on Secular and Domestic Architecture*, Londres, 1858, p. 221.

parte devido ao fato de lorde Palmerston condenar totalmente os estilos medievais. Comentário de Scott: "Esta desilusão não me levou ao desespero, mas quando, alguns meses mais tarde, soube-se que lorde Palmerston tinha serenamente posto à parte os resultados do concurso e estava prestes a designar Pennethorne, que não tinha concorrido, senti-me com todo o direito de fazer barulho." E fez tanto e tão bem, que acabou por ser nomeado arquiteto do novo edifício. Todavia não conseguiu que o governo perdesse a mania do estilo renascentista italiano. Estes acontecimentos foram classificados por lorde Palmerston como "a batalha do estilo gótico contra o estilo paladiano"; não considerou que houvessem dificuldades inultrapassáveis: mandou chamar Scott e disse-lhe "gentilmente que não estava autorizado a fazer nada em estilo gótico e que", continua Scott, "apesar de não querer interferir na minha nomeação, se sentia obrigado a insistir em que eu fizesse um projeto em estilo italiano, o qual, tinha a certeza, eu seria capaz de tratar tão bem como o outro". Evidentemente lorde Palmerston tinha razão, pois após longa discussão Scott acabou por lhe prometer "um projeto italiano". Mas continuava a esperar que se conseguisse evitar o estilo renascentista. Fez alterações na fachada do edifício, que tinha agora "o estilo bizantino dos primitivos palácios venezianos (...) adaptado a uma forma mais moderna e mais prática". Inútil: o primeiro-ministro queria "o italiano vulgar" e estava resolvido a consegui-lo; classificou o novo projeto como "nem uma coisa nem outra — um caso de simples mestiçagem", e ameaçou anular a nomeação de Scott. Depois disto, e para bem da família e da sua reputação, *Sir* George decidiu, "desgostoso e perplexo, engolir a amarga pílula". Comprou "alguns livros caríssimos sobre arquitetura italiana e lançou-se vigorosamente ao trabalho" para fazer uma fachada italiana "com um desenho harmonioso"[2].

William Morris passou toda a sua vida lutando contra a completa ausência de sentido da unidade essencial da arquitetura que tornou possível esta comédia. Durante a mocidade, em Londres, e depois nos tempos de estudante, em Oxford, quando a sua aguda sensibilidade começou a se interessar pela arquitetura, pelas belas-artes e pelas artes industriais, quase todos os edifícios e praticamente toda a arte industrial que o rodeavam eram toscos, vulgares

---

2. Scott, *Sir* George Gilbert. *Personal and Professional Recollections*, Londres, 1879, pp. 117 e ss.

e sobrecarregados de ornamentos. Depois daremos exemplos. A responsabilidade deste estado de coisas cabe à revolução industrial inglesa e — menos conhecida mas igualmente importante — à teoria estética criada desde 1800. No Capítulo II trataremos em pormenor o papel desempenhado pela revolução industrial. Basta aqui dizer que o progresso mecânico permitia aos fabricantes produzir milhares de artigos baratos no mesmo período de tempo e ao mesmo preço anteriormente necessários para um único objeto bem-trabalhado; em toda a indústria dominavam as técnicas e os materiais falsificados; o artesanato, que tão notável era ainda nos tempos de Chippendale e de Wedgwood, fora substituído pela rotina mecânica. De ano para ano ia aumentando a procura, mas esta era feita por um público ignorante, um público que ou tinha dinheiro demais e falta de tempo ou falta de dinheiro e de tempo.

O artista se afastava enojado de todo este sórdido filistinismo. Seria incapaz de se submeter ao gosto da maioria dos seus contemporâneos, de se misturar com as "não-belas-artes". No Renascimento os artistas tinham começado a aprender a se considerar seres superiores, portadores de uma mensagem sublime; Leonardo da Vinci desejava que o artista fosse um cientista e um humanista, mas de modo nenhum um artesão. Quando perguntaram a Miguel Ângelo por que razão tinha retratado sem barba um dos personagens da capela dos Médicis, o pintor respondeu: "Daqui a mil anos quem se lembrará como ele era". Esta atitude de altivez artística permaneceu todavia excepcional até fins do século XVIII. Schiller foi o primeiro a elaborar uma filosofia da arte que considerava o artista "o sumo sacerdote de uma sociedade secularizada"; Schelling seguiu a mesma via, e depois dele Coleridge, Shelley e Keats. Segundo Shelley, os poetas são "os legisladores não reconhecidos do mundo"; agora o artista já não é um artesão, já não é um servo, é um sacerdote; o seu evangelho é a Humanidade, ou então a beleza, uma beleza idêntica à verdade (Keats), uma beleza que é "a união mais completa que é possível entre a vida e a forma" (Schiller); enquanto cria, o artista torna consciente "o essencial, o universal, a forma e expressão do espírito que reside na natureza" (Schelling). Afirma Schiller a este: "A dignidade do Homem está entregue nas tuas mãos", e compara-o a um rei — "pois ambos vivem no cume da Humanidade". As inevitáveis conseqüências desta adulação foram-se tornando cada vez mais patentes à medida que o século XIX avançava. O artista começou a desprezar a utilidade e o público (Keats: "Ó doce fantasia! Deixai-a em liberdade; a utilidade tudo destrói"). Isolou-se deliberadamente da vida da sua época, fechando-se no interior do seu círculo sagrado e dedicando-se à criação da arte pela arte e da arte pelo artista. Paralelamente a isto, o público deixou de compreender a sua maneira pessoal e aparentemente invulgar de se exprimir. Levasse ele vida de monge ou vida de boêmio, era sempre ridicularizado pela maioria dos seus contemporâneos e enaltecido apenas por um reduzido núcleo de críticos e especialistas.

E contudo tinha havido uma época em que nada disso existia; na Idade Média o artista era ao mesmo tempo um artesão que se orgulhava de empenhar toda a sua perícia na satisfação de qualquer encomenda. Morris foi o primeiro artista (não o primeiro pensador, pois neste campo tinha sido precedido por Ruskin) a compreender até que ponto os fundamentos sociais da arte se tinham tornado frágeis e decadentes desde a época do Renascimento e, sobretudo, desde a revolução industrial. Tinha estudado Arquitetura e Pintura, primeiro no estúdio gótico de Street e posteriormente no círculo dos pré-rafaelitas. Mas, quando em 1857 teve de mobiliar o seu primeiro estúdio em Londres, foi assaltado pela convicção de que para alguém se dedicar a pintar quadros sublimes precisa habitar em um ambiente compatível com o seu temperamento, viver em uma casa decente, com cadeiras e mesas decentes, e não tinha meios para comprar as coisas que poderiam satisfazê-lo. Foi esta situação que despertou subitamente o seu gênio pessoal; se não podemos comprar uma sólida e honesta mobília façamo-la nós próprios. E assim ele e os amigos dedicaram-se a fazer cadeiras "idênticas àquelas em que Barba-Roxa devia ter sentado e uma mesa sólida como uma rocha" (Rossetti). Morris e a esposa repetiram a experiência mandando construir uma casa, a célebre Red House, em Bexleyheath. Mais tarde, em 1861, em vez de constituir uma nova irmandade fechada de artistas, como fora a irmandade pré-rafaelita, Morris decidiu fundar uma firma, a firma Morris, Marshall & Faulkner, Operários de Belas-Artes em Pintura, Gravura, Móveis e Metais. Este acontecimento marca o início de uma nova era na arte ocidental.

O significado fundamental da firma e da doutrina de Morris encontra-se claramente explicado nas trinta e cinco conferências que proferiu sobre problemas artísticos e sociais entre 1877 e 1894[3]. Tomou como ponto de partida a situação social da arte que via à sua volta. A arte "já não tem quaisquer raízes"[4]. Os artistas perderam o contato com a vida cotidiana, e "perdem-se a sonhar com a Grécia e a Itália (...) as quais hoje em dia muito pouca gente pretende sequer compreender ou achar interessantes"[5]. Esta situação deve ser considerada extremamente perigosa para quem estiver relacionado com a arte. Morris proclama: "Não quero arte só para alguns, tal como não quero educação ou liberdade só para alguns"[6], e formula aquela pergunta fundamental que iria decidir o destino da arte do nosso século: "Que interesse pode ter a arte se não puder ser acessível a todos?"[7]. Morris é assim o verdadeiro profeta do século XX. A ele devemos que a residência de um homem qualquer tenha voltado a ser uma criação valiosa do pensamento do arquiteto, e que uma cadeira, um papel de parede ou um vaso sejam de novo criações valiosas da imaginação do artista.

Contudo isto é apenas parte da doutrina de Morris. A outra parte é dedicada ao estilo e aos preconceitos do século XIX. A sua concepção da arte derivava do conhecimento que possuía das condições do trabalho medieval, e estava estreitamente dependente do "historicismo" do século XIX. Definiu a arte, influenciado pelo artesanato gótico, simplesmente como "a maneira de o homem exprimir o prazer que lhe vem do trabalho"[8]. A verdadeira arte deve ser "feita pelo povo e para o povo, como uma bênção para quem a faz e para quem a desfruta"[9]. Considerava portanto desprezíveis tanto o orgulho do artista criador como algumas formas especiais de inspiração, cuja existência verificou na arte do seu tempo. "Toda essa história da inspiração é puro disparate", dizia ele; "não existe tal coisa: o que realmente importa é o trabalho manual"[10].

---

3. Cf. Mackail, J. W. *The Life of William Morris*, Londres, 1899. Reeditado nos World's Classics, O.U.P. 1950. May Morris publicou em 1910-1915 as *Collected Works*, acrescentando-lhes dois volumes de biografia: *William Morris Artist, Writer, Socialist*, 1936. As cartas de Morris foram publicadas por P. Henderson, Londres, 1950, e no prefácio vem indicada mais bibliografia. Ultimamente houve um aumento do número de trabalhos sobre Morris, graças à fundação da William Morris Society, de Londres.
4. Mackail, *op. cit.*, ii, p. 80.
5. *The Collected Works of William Morris*, Londres, 1915, xxiii, p. 147.
6. *Ibid.*, 1914, xxii, p. 26.
7. Mackail, *op. cit.*, ii, p. 99.
8. *Collected Works*, xxii, p. 42; xxiii, p. 173.
9. *Ibid.*, xxii, pp. 47, 50, 58, 73, 80, etc.
10. Mackail, *op. cit.*, i, p. 186.

Evidentemente esta definição da arte remete o problema para o domínio, mais vasto que o da estética, da Ciência Social. Na opinião de Morris, "é impossível dissociar a arte da moral, da política e da religião"[11]. Revela-se aqui, acima de tudo, um fiel seguidor de Ruskin, o qual, por sua vez, devia muito, embora o negasse com uma ênfase um pouco exagerada, a Pugin, o brilhante projetista e panfletário que durante os anos de 1836 a 1851 defendera violenta e inexoravelmente o catolicismo, as formas góticas como as únicas formas cristãs e também a honestidade e a sinceridade tanto na criação quanto na fabricação. Ruskin bateu-se por estas duas últimas causas, mas não pela primeira. Das *Seven Lamps of Architecture*, o livro que escreveu em 1849, a primeira lanterna é a do sacrifício, de acordo com a qual o homem deve dedicar a sua arte a Deus, e a segunda é a da verdade. Para Ruskin, realizar com verdade é realizar manualmente, e realizar manualmente é realizar com alegria. Afirmou também que foram estes os dois grandes segredos da Idade Média e proclamou a superioridade da Idade Média sobre o Renascimento.

Morris seguiu-o em todos estes aspectos, e por esse caminho ambos foram conduzidos a certas formas de socialismo. A razão de Morris condenar tão veementemente a estrutura social do seu tempo era sobretudo o fato de ela ser evidentemente fatal para a arte. "A civilização matará a arte se este sistema continuar. Quanto a mim, ela implica a condenação de todo o sistema."[12] O socialismo de Morris não está, portanto, de acordo com os cânones consagrados nos fins do século XIX: é mais influenciado por Morus do que por Marx. Para ele o problema principal é este: como poderemos restabelecer um estado de coisas em que todo o trabalho "tenha utilidade" e seja ao mesmo tempo "agradável de fazer?"[13]. E em vez de olhar para o futuro olhava para o passado, o passado das sagas da Islândia, da construção de catedrais, das corporações dos ofícios. Através das suas conferências não se consegue obter uma noção clara da maneira como imaginava o futuro. "Toda a base da sociedade (...) é irremediavelmente corrupta", escreve ele[14]. Por isso a

---

11. *Collected Works*, xxii, p. 47.
12. Mackail, *op. cit.*, ii, p. 106.
13. *Collected Works*, xxiii, pp. 194 e 201.
14. Mackail, *op. cit.*, ii, p. 105.

sua única esperança era às vezes "imaginar que a barbárie mais uma vez assolava o mundo (...), que este mais uma vez se tornava belo e ao mesmo tempo dramático"[15]. E contudo, quando estalaram motins em Londres e por momentos a revolução não parecia improvável, em parte devido à propaganda socialista que ele próprio fizera, Morris afastou-se e foi-se retirando cada vez mais para o seu mundo de poesia e de beleza.

É esta a contradição fundamental da vida e da doutrina de Morris. O seu trabalho, a ressurreição do artesanato, é construtivo, mas é destrutiva a parte essencial da sua doutrina. Defender apenas o artesanato equivale a defender um regresso às primitivas condições medievais, e sobretudo a defender a destruição de todos os inventos da civilização introduzidos durante o Renascimento. Era isto que ele não queria; e como, por outro lado, se recusava a empregar nas suas oficinas quaisquer métodos de trabalho pós-medievais, resultava daí que todo o seu trabalho era caro. Numa época em que praticamente todos os objetos de uso cotidiano são fabricados com a ajuda de máquinas, os produtos do artista-artesão só podem ser comprados por um reduzido círculo de pessoas. Apesar de Morris desejar uma arte "pelo povo e para o povo", tinha de reconhecer que é impossível uma arte barata porque "toda a arte custa tempo, trabalho e esforço mental"[16]. E por isso criava uma arte — apesar de ser uma arte aplicada, e já não a arte oitocentista da pintura de cavalete — que era igualmente apenas acessível a alguns conhecedores ou, tal como ele próprio uma vez disse, uma arte para "o luxo imundo dos ricos"[17]. É certo que a arte de Morris acabou por ter uma ação benéfica sobre diversos ramos da produção comercial, mas saber isto não lhe daria certamente qualquer prazer, pois a difusão em grande escala do seu estilo implicaria que se voltassem a usar máquinas, e daí que se destruísse mais uma vez a "alegria do

---

15. *Ibid.*, p. 144; i, p. 305.
16. *Collected Works*, xxii, p. 75.
17. Lethaby, W. R. *Philip Webb and His Works*, Oxford, 1935, p. 94. Um dos primeiros a apontar esta contradição foi o primeiro seguidor de Morris na França, Henri Cazalis (1840-1909), que escreveu sob o pseudônimo de Jean Lahor. Cf. Lahor, Jean. *W. Morris et le Mouveau de l'Art Décoratif*, Genebra, 1897, pp. 41-2. Walton, T. "A French disciple of William Morris, Jean Lahor", *Revue de Littérature Comparée*, 1935, pp. 524-35.

autor". Morris considerava a máquina o seu inimigo mortal: "a produção mecânica, como condição de vida, é um mal absoluto"[18]. Desejando a vinda da barbárie, certamente esperava que se destruíssem as máquinas, apesar de nos últimos discursos ser suficientemente cuidadoso (e incoerente) para admitir que devíamos tentar nos tornar "senhores das nossas máquinas e usá-las como instrumentos para conseguir melhores condições de vida"[19].

A maioria dos continuadores de Morris manteve idêntica atitude de hostilidade em relação aos modernos métodos de produção. O Arts and Crafts Movement contribuiu para uma renovação do artesanato artístico, e não das artes industriais. Os representantes principais desta orientação foram Walter Crane (1845-1915) e C. R. Ashbee (1863-1942). Walter Crane, o mais popular dos discípulos de Morris, nada acrescentou de novo à doutrina do mestre. Tal como para Morris, para ele "a verdadeira base, as verdadeiras raízes da arte estão no trabalho manual"[20]. O seu objetivo era, portanto, tal como o de Morris, "transformar os nossos artistas em artesãos e os nossos artesãos em artistas"[21]. Além disso concordava com Morris que "a arte genuína e espontânea (...) é um trabalho muito agradável"[22], e tais premissas levaram-no a um socialismo romântico semelhante ao daquele; existem nele as mesmas contradições que apontamos na doutrina de Morris. Também foi levado a admitir que "é quase impossível que a produção artística ou artesanal seja barata", porque "só se pode obter preços baixos à custa da (...) desvalorização da vida e do trabalho humanos"[23]. A atitude de Crane em relação à produção mecânica é também idêntica à de Morris, a sua repulsa pelos "monstros do nosso tempo, revestidos de vidro grosso e de ferro fundido"[24] — fora Ruskin o primeiro a condenar as estações ferroviárias e o Palácio de Cristal —, só é atenuada pela idéia de que as máquinas podem ser necessárias e úteis

18. *Collected Works*, xxii, pp. 335-6.
19. *Ibid.*, pp. 352, 356; xxiii, p. 179.
20. Arts and Crafts Exhibition Society. Catálogo da primeira exposição. Londres, 1888, p. 7.
21. The National Association for the Advancement of Art and its Application to Industry. *Transactions, Liverpool Meeting, 1888*, Londres, 1888, p. 216.
22. Crane, Walter. *The Claims of Decorative Art*, Londres, 1892, p. 75.
23. Arts and Crafts Exhibition Society. Catálogo da terceira exposição. Londres, 1890, p. 8.
24. Crane, *op. cit.*, p. 6.

como "escravos que sirvam para poupar trabalho ao homem", para uma "autêntica economia de trabalho, do mais pesado e exaustivo"[25].

Ashbee foi um pensador mais original e um reformador mais enérgico do que Crane[26]. A sua convicção de que "as artes da construção e da decoração são a verdadeira espinha dorsal" de toda a cultura artística, de que todos os objetos devem ser "produzidos em condições agradáveis"[27], e que conseqüentemente a arte para uso cotidiano não pode ser barata, é inspirada também por Ruskin e por Morris, mas Ashbee ultrapassa este último na medida em que relaciona os problemas da reconstrução das oficinas com os dos pequenos rendeiros. A sua Guild and School of Handicraft, fundada em 1888, mudou-se em 1902 do East End de Londres para Chipping Campden, nos Cotswolds. Apesar de neste aspecto a sua doutrina ser ainda mais medievalista que a de Morris, há nela uma outra faceta que parece ser verdadeiramente progressista. Na época da Guild tinha em relação à produção mecânica uma atitude ainda quase idêntica à de Morris e de Crane. "Não repudiamos a máquina", escreve ele; "acolhemo-la até muito bem. Desejamos simplesmente que ela seja dominada"[28]. Passados alguns anos, devido talvez em parte à luta sem esperança da Guild contra os métodos modernos de fabricação, rompeu com aquilo a que chamava o *ludditismo intelectual*[29] de Ruskin e Morris, e o axioma fundamental dos dois últimos livros que escreveu sobre arte, publicados depois de 1910, é que "a civilização moderna depende da máquina, e não é possível a qualquer sistema que pretenda encorajar ou favorecer o ensino das artes deixar de reconhecer este fato"[30].

Ao anunciar este axioma, Ashbee abandona a doutrina do Artes e Ofícios e adota uma das premissas básicas do Movimento Moderno. Mas trata-se apenas de uma adoção, e não de uma cria-

---

25. *Ibid.*, pp. 76, 65.
26. Cf. Pevsner, Nikolaus. "William Morris, C. R., Ashbee und zwanzigste Jahrhundert", *Deutsche Vierteljahrsschrift für Literaturwissenschaft und Geistesgeschichte*, xiv, 1936, pp. 536 e ss. Tradução publicada na *Manchester Review*, vii, 1956, pp. 437 e ss.
27. Ashbee, Charles R. *A Few Chapters on Workshop Reconstruction and Citizenship*, Londres, 1894, pp. 16 e 24.
28. *Idem. And Endeavour towards the Teachings of F. Ruskin and W. Morris*, Londres, 1901, p. 47.
29. *Idem. Craftsmanship in Competitive Industry*, Campden, Glos. 1908, p. 194.
30. *Idem. Should We Stop Teaching Art?* Londres, 1911, p. 4; *Where The Great City Stands*, Londres, 1917, p. 3.

ção. Celebrizou-se sobretudo com a experiência de Campden, uma tentativa para ressuscitar o artesanato e a agricultura longe dos centros da vida moderna. Os autênticos pioneiros do Movimento Moderno foram aqueles que logo desde o início se declararam partidários da arte mecânica. Dois dos contemporâneos de Morris, Lewis F. Day (1845-1910) e John D. Sedding (1837-91), podem ser considerados precursores, embora ainda numa fase de transição. Day era um desenhista industrial muito conhecido, que declarava preferir a vida real a quaisquer sonhos de idílica existência medieval. Disse ele em 1882, ao discutir como seria a arte decorativa do futuro: "Quer queiramos quer não, as máquinas, os motores a vapor e a eletricidade, tanto quanto agora podemos saber, virão a ter alguma coisa que ver com a futura arte decorativa." Disse, também, ser inútil tentar lutar contra este fato, pois o público "praticamente já decidira que preferia o trabalho mecânico (...) Por mais que protestemos que ele escolheu mal nunca conseguiremos que nos preste grande atenção"[31]. E Sedding, talvez o arquiteto de igrejas mais original dos últimos tempos da escola revivalista gótica, exprimiu em 1892 idêntica opinião: "Não devemos pensar que as máquinas deixarão de ser utilizadas. É impossível organizar a manufatura em qualquer outra base. Vale mais reconhecermos isto de maneira inequívoca (...) do que revoltarmo-nos contra um fato real e inevitável"[32].

Há, contudo, ainda, uma imensa diferença entre este hesitante reconhecimento da existência da máquina e o franco acolhimento que lhe foi dado pelos líderes da geração seguinte. Nenhum deles era inglês: a participação da Inglaterra na preparação do Movimento Moderno cessou praticamente logo após a morte de Morris. A iniciativa passou, então, ao continente e aos Estados Unidos e, depois de um breve período intermediário, a Alemanha tornou-se o centro do progresso. Os escritores ingleses não deixaram de reconhecer este fato[33], mas praticamente ninguém procurou explicá-lo.

---

31. Day, Lewis F. *Everyday Art: Short Essays on the Arts Not-Fine*, Londres, 1882, pp. 273-4.
32. Sedding, John D. *Art and Handicraft*, Londres, 1893, pp. 128-9.
33. Sobretudo Lethaby; cf. as suas palestras sobre Arquitetura Alemã Moderna e Desenho e Indústria, proferidas em 1915: "Há vinte anos deu-se em todos os domínios da arte inglesa uma extraordinária renovação (...) Depois (...) houve uma tímida reação e o reaparecimento dos "estilos" catalogados (...) Os progressos dos alemães (...) basearam-se no Artes e Ofícios inglês, eles souberam descobrir o que havia de melhor no nos-

Talvez uma das razões tenha sido esta: enquanto o novo estilo foi algo que na prática dizia apenas respeito à classe rica, a Inglaterra foi capaz de se manter à frente. Mas quando o problema passou a interessar o conjunto do povo, foram outras nações que tomaram o comando, as nações que ou já não viviam ou nunca tinham vivido numa atmosfera de *ancien régime*, que não aceitavam ou não conheciam o contraste que havia na Inglaterra, no plano educacional e social, entre as classes privilegiadas e as dos subúrbios e dos bairros pobres.

Os poetas e escritores foram os primeiros a pregar o novo evangelho. As odes de Walt Whitman e os romances de Zola foram profundamente envolvidos pelas irresistíveis maravilhas da civilização e da indústria modernas. Os primeiros arquitetos que admiraram a máquina e compreenderam o seu significado e as conseqüências que implicava para as relações entre a arquitetura e a decoração foram dois austríacos, dois americanos e um belga: Otto Wagner (1841-1918), Adolf Loos (1870-1933), Louis Sullivan (1856-1924), Frank Lloyd Wright (1869-1959) e Henri van de Velde (1863-1957). A esses cinco deve-se acrescentar um inglês, Oscar Wilde (1856-1900), embora o elogio que ocasionalmente fez da beleza da máquina possa ter sido apenas uma das suas muitas e laboriosas tentativas para *épater le bourgeois*. Disse ele numa conferência em 1882: "Todas as máquinas podem ser belas mesmo sem ornamentação. Não vos preocupeis com a decoração. Não podemos deixar de pensar que qualquer boa máquina é graciosa, pois a linha da força e a linha de beleza são uma só."[34]

Van de Velde, Wagner, Loos e Wright sofreram uma influência decisiva da Inglaterra. Wright leu o seu manifesto na Hull House de Chicago, uma instituição social do tipo do Toynbee Hall; Wagner manifestou grande admiração pelo conforto e pela pureza da arte industrial inglesa[35]. Loos disse explicitamente: "Londres é atualmente o centro da civilização européia"[36], e nas primeiras crí-

---

so mobiliário, vidros, têxteis, impressão e tudo o mais..." *Form in Civilization*, Londres, 1922, pp. 46 e ss. e 96 e ss. Cf. também Ashbee, que diz em *Should We Stop Teaching Art?*, p. 4, que desde cerca de 1900 a evolução do movimento inglês "se deteve, e atualmente os seus princípios são estudados com mais consciência e mais lógica na Alemanha e na América".

34. Wilde, Oscar. *Essays and Lectures*, Londres, 4ª ed., 1913, p. 178.
35. Wagner, Otto. *Moderne Architektur*, Viena, 1896, p. 95.
36. Loos, Adolf. *Ins Leere gesprochen*, 1897-1900, Innsbruck, 1932, p. 18.

ticas que fez elogiou largamente as exposições de objetos modernos ingleses organizadas em Viena pelo Österreichisches Museum; e pode-se citar a seguinte afirmação de van de Velde: "As sementes que fertilizaram o nosso espírito, que fizeram surgir as nossas atividades e que deram origem a uma renovação total da ornamentação e da forma nas artes decorativas foram sem dúvida a obra e a influência de John Ruskin e de William Morris"[37].

Apenas Louis Sullivan, cuja obra *Ornament in Architecture* foi o primeiro destes manifestos do novo estilo, parece não ter sofrido influências inglesas. Foi na sua distante Chicago, onde nessa época dizer arquitetura metropolitana era o mesmo que dizer Nova York ou Boston, ou mesmo Paris, que elaborou, longe de influências estranhas, a teoria a que deu forma definitiva nas *Kindergarten Chats* de 1901-2[38]. Em 1892, Sullivan dizia já em *Ornament in Architecture* que "do ponto de vista espiritual a decoração é um luxo e não uma necessidade", e que "seria um grande bem para a nossa estética que nos abstivéssemos totalmente do emprego da decoração durante alguns anos, a fim de que o nosso pensamento se pudesse concentrar profundamente na produção de edifícios que, na sua nudez, fossem esbeltos e bem-formados"[39].

Não se sabe ao certo se Sullivan, ao formular esta idéia, estava expressando diretamente a mensagem dos seus próprios edifícios, ou se era influenciado por críticos de pensamento mais elaborado, estes por sua vez influenciados pelos edifícios de Sullivan. Seja como for, Montgomery Schuyler (1843-1914), escritor, jornalista e editor, publicara no mesmo ano de 1892 um livro chamado *American Architecture*, no qual diz, precisamente como Sullivan: "Se experimentássemos raspar completamente as fachadas dos edifícios das nossas ruas verificaríamos que tínhamos simplesmente tirado toda a arquitetura, e que o edifício ficava tão bom como estava antes"[40]. Outro arquiteto e escritor americano com opiniões idênticas foi Russel Sturgis (1836-1909), amigo de Schuyler, que escreveu

---

37. Van de Velde, Henri. *Die Renaissance im modern Kunstgewerbe*, Berlim, 1901, p. 23.
38. Sullivan, Louis. *Kindergarten Chats*, Nova York, 1947. Foram ordenadas pela primeira vez no *Interstate Architect and Builder*, de 8 de fevereiro de 1901 a 16 de fevereiro de 1902.
39. *Ibid.*, p. 187.
40. *Op. cit.*, p.2.

no *Architectural Record*[41]: "Todos os estilos conhecidos foram mais ou menos desacreditados pelo uso impróprio que padeceram às mãos da nossa geração e da que imediatamente a precedeu (...) Os estilos antigos simplesmente não se adaptam a nós, e temos de pô-los de lado (...) Tudo correria melhor se os arquitetos fossem autorizados durante algum tempo a construir edifícios muito simples (...) Quando os arquitetos passarem a recorrer apenas, como fontes de efeito arquitetônico, ao edifício, à construção e ao uso dos materiais, então será possível que surja um novo e admirável estilo"[42].

Na Inglaterra também não era inteiramente nova esta defesa das superfícies não ornamentadas. Já em 1889 Crane dissera que "os materiais e superfícies simples são infinitamente preferíveis a uma decoração inorgânica e inadequada"[43], e, um ano depois de Sullivan, Charles F. Annesley Voysey escrevia que seria saudável e benéfico "pôr-se de lado a enorme massa dos ornamentos inúteis"[44]. Mas, tal como Voysey, apesar destas idéias, foi um dos principais representantes da evolução da decoração entre Morris e o século XX, assim Sullivan não era menos revolucionário nas suas decorações que no emprego de superfícies lisas e planas. Na mesma obra de 1892 afirma ele que "a decoração orgânica" seria a fase que se deveria seguir imediatamente à do desaparecimento de toda e qualquer decoração.

Os motivos ornamentais de Sullivan eram do tipo conhecido por Art Nouveau. E também os de van de Velde, o qual, nas suas conferências entre 1893 e 1900[45], manifestou — com certeza inde-

---

41. viii, 1898-9.
42. Foi uma observação de Carroll L. V. Meeks, em *The Architectural Development of the American Railroad Station*, Tese, Universidade de Harvard, 1948, publicada com alterações com o título *The Railroad Station*, Yale University Press e Londres, 1956, que me chamou a atenção para este artigo. Possivelmente o artigo de Sturgis constituiu a fonte direta da descrição de Henry James da sua Great Good Place como "um grande, quadrado e belo quarto embelezado por omissões". *Great Good Place* foi publicado em 1900 (ver *Novels and Stories*, nova edição integral, xxi, 1922, p. 221).
43. Arts and Crafts Exhibition Society. Catálogo da segunda exposição. Londres, 1889, p. 7.
44. *Studio*, i, p. 234.
45. A primeira foi proferida naquele aventuroso clube de jovens artistas belgas que ao princípio se chamava Les Vingt, e desde 1894 La Libre Esthétique. Cf. Madeleine Octave Maus, *Trente Années de Lutte pour l'Art*, 1884-1914, Bruxelas, 1926. As conferências de van de Velde estão reunidas em dois volumes: *Kunstgewerbliche Laien-*

pendentemente de Sullivan — uma idêntica fé num tipo de decoração capaz de exprimir simbolicamente "por meio da simples estrutura (...) a alegria, o cansaço, a proteção, etc."[46], e na máquina como estímulo para a criação de um novo tipo de beleza. Van de Velde demonstrou ao seu público que grande parte do Artes e Ofícios inglês havia permanecido um passatempo de artistas altamente sensíveis, dedicado a conhecedores altamente sensíveis também, e que por isso era pouco mais saudável que as obras requintadas e decadentes de Huysmans. Comparou a arte de Morris, que nunca se tinha libertado das reminiscências do período gótico, com a nova doutrina que vinha defender, a da beleza inerente à máquina. "A ação poderosa dos seus braços de ferro", proclamou ele, "criará beleza, desde que seja a beleza que os guie"[47]. Esta afirmação foi feita cerca de 1894. Seis anos mais tarde van de Velde concretizou: "Por que razão os artistas que constroem palácios de pedra haverão de merecer mais consideração do que os que os constroem de metal?"[48]. "Os engenheiros são elementos básicos do novo estilo"[49]. Os engenheiros são "os arquitetos de hoje"[50]. Aquilo de que necessitamos é "uma estrutura lógica de produtos, uma lógica intransigente no uso dos materiais, uma franca e orgulhosa exibição dos processos de trabalho"[51]. Está reservado um grande futuro ao ferro,

---

predigten, Leipzig, 1902, e *Die Renaissance im modernen Kunstgewerbe*, Leipzig, 1903. Maus, *op. cit.*, p. 183, atribui à primeira conferência a data de 1894, e van de Velde a de 1890. Esta última parece ser pouco provável, dado que sabemos através da biografia de van de Velde que ele teve uma depressão nervosa em 1889 e só se restabeleceu verdadeiramente em 1893 (Osthaus, Karl Ernst. *Van de Velde*, Hagen, 1920, p. 10). Além disso admitiu que nem ele nem os amigos sabiam fosse o que fosse acerca do Artes e Ofícios inglês antes de 1891 (*Die Renaissance...*, p. 61). Já em 1901 alguns críticos se queixaram de inexatidões nas informações históricas de van de Velde (*Dekorative Kunst,* vii, 1900-1, p. 376). Durante alguns anos, antes de morrer, em 1957, van de Velde trabalhou na sua autobiografia. A parte que se refere a esses anos fundamentais foi publicada na *Architectural Review*, cxii, 1952, pp. 143 e ss. Mas também aqui a cronologia é um tanto ou quanto imprecisa. É certo que o próprio van de Velde escreveu: "Deixo a outros o cuidado de determinar a ordem das suas respectivas datas." O que atualmente é certo é que a importante conferência cujo título é *Déblaiement d'Art* foi publicada em *La Société Nouvelle*, e que van de Velde proferira algumas conferências sobre arte industrial moderna na Real Academia de Arte de Antuérpia em 1893 (carta de 23 de junho de 1952, de M. Schiltz, administrador da Academia).

46. Van de Velde, *Die Renaissance...*, p. 98.
47. *Idem, ...Laienpredigten*, p. 36.
48. *Idem, Die Renaissance...*, pp. 30 e 111-12.
49. *Idem, ...Laienpredigten*, p. 172.
50. *Idem, Die Renaissance...*, pp. 12 e 111.

ao aço, ao alumínio, ao linóleo, ao celulóide, ao cimento[52]. Quanto aos objetos domésticos, van de Velde defende: "esse sentido perdido das cores vivas, intensas e claras, das formas vigorosas e fortes, da construção racional"[53], e elogia as novas mobílias inglesas pelo seu "repúdio sistemático à ornamentação"[54].

O evangelho de Adolf Loos viria a ser exatamente este. Tinha-se formado em Arquitetura, primeiro em Dresden e depois nos Estados Unidos[55]. Ao voltar a Viena, em 1896, mostraram-lhe um pequeno livro recentemente publicado pelo arquiteto mais audacioso da cidade, Otto Wagner[56]. O livro baseava-se na conferência inaugural de Wagner na Academia Artística, em 1894, e a doutrina nele exposta assemelhava-se em muitos aspectos à de van de Velde. "O único ponto de partida possível para a criação artística é a vida moderna"[57]. "Todas as formas modernas devem estar em harmonia com (...) as novas exigências do nosso tempo"[58]. "Nada que não seja prático poderá ser belo"[59]. Wagner previa assim uma "futura *Naissance*"[60] e, fato ainda mais surpreendente, apontava como algumas das características desse estilo futuro "linhas horizontais como as que dominavam na Antiguidade, tetos planos, uma grande simplicidade e uma enérgica exibição dos materiais e da construção"[61]. Não será preciso dizer que era também um fervoroso partidário do ferro.

Adolf Loos escreveu os seus primeiros ensaios para jornais e revistas em 1897 e 1898[62]. Atacando o estilo Art Nouveau vienen-

---

51. *Ibid.*, p. 110. Coincide isto com os princípios da arte industrial definidos pela Deutscher Werkbund (ver Capítulo VII) e mais tarde pela British Design and Industries Association, fundada em 1915; adequação do uso e honestidade em relação aos materiais e aos processos de trabalho.
52. *Idem, ...Laienpredigten*, p. 166. Esta afirmação se torna extraordinariamente atual se substituirmos cimento por concreto e celulóide por plásticos.
53. *Idem, Die Renaissance...*, p. 36.
54. *Ibid.*, p. 91.
55. Kulka, Heinrich. *Adolf Loos: das Werk des Architekten*, Viena, 1931, p. 11. *Casabella* dedicou um número inteiro a Loos: n.º 233, nov. 1959.
56. Wagner, Otto. *Moderne Architektur*. Viena, 1896. Lux, J. A. *Otto Wagner*, Munique, 1914.
57. Wagner, *op. cit.*, p. 8.
58. *Ibid.*, p. 37.
59. *Ibid.*, p. 41.
60. *Ibid.*, p. 37.
61. *Ibid.*, p. 99.
62. Loos, *op. cit.* As obras posteriores a 1900 foram publicadas num volume intitulado *Trotzdem*, 1900-1930, Innsbruck, 1931.

se, conhecido pelo nome de estilo Sezession, que nessa altura estava no apogeu, apontava ele: "Quanto mais baixo é o nível do povo mais exuberante é a ornamentação. A aspiração da Humanidade é, pelo contrário, descobrir a beleza nas formas, em vez de a fazer depender da ornamentação"[63]. Porque na opinião de Loos a beleza pura de uma obra de arte individual é "aquele ponto em que ela atinge a utilidade e a harmonia de todas as partes umas com as outras"[64]. Considera portanto os engenheiros como "os nossos helenos. É deles que recebemos a nossa cultura"[65]. E é suficientemente coerente para chamar ao artesão de metais pobres (no sentido em que o termo *plumber* é usado na América) "o timoneiro da cultura, isto é, da espécie de cultura que atualmente é decisiva"[66].

Só alguns anos mais tarde foram defendidas opiniões semelhantes com igual energia, embora num sentido mais vasto e compreensivo, pelo maior discípulo de Sullivan, Frank Lloyd Wright, o qual leu publicamente em 1901 um manifesto sobre *The Art and Craft of the Machine*[67]. Começa logo com um panegírico da nossa "época de aço e de vapor (...) a Idade da Máquina, em que as locomotivas, as máquinas industriais, os engenhos de luz, os engenhos de guerra e os barcos a vapor tomam o lugar anteriormente ocupado na história pelas obras de arte"[68]. Wright admira entusiasticamente o novo ritmo "simples e etéreo" dos edifícios futuros, nos quais — espantosa profecia — "o espaço é mais espaçoso, e poderá haver sensação de espaço em qualquer edifício, seja ele grande ou pequeno"[69]. Numa época como esta o pintor e o poeta não podem ter grande importância. "Temos hoje o cientista ou o inventor ocupando o lugar de um Shakespeare ou de um Dante"[70].

Mas quando Wright fala da atualidade quer dizer o século XX tal como podia e devia ser, e não tal como era em 1901. Muitas coisas condenáveis foram perpetradas por máquinas, mas Wright atri-

---

63. *Idem. Ins Leere gesprochen*, p. 66. Em 1908 Loos escreveu um artigo intitulado "Ornamento e Crime", que foi republicado em *Trotzdem*, pp. 79 e ss.
64. *Idem. Ins Leere gesprochen*, p. 49.
65. *Ibid.*, p. 58.
66. *Ibid.*, p. 78.
67. Reeditado em Wright, Frank Lloyd, *Modern Architecture*, Princeton, 1931, pp. 7 e ss.
68. *Ibid.*, p. 8.
69. *Ibid.*, p. 20.
70. *Ibid.*, p. 8.

bui a culpa aos desenhistas, e não às máquinas. Porque "a máquina tem nobres possibilidades, levadas contra vontade a este estado de decadência (...) pelas próprias artes"[71]. Por isso ninguém pode ter dúvidas quanto a quem caberá a vitória na batalha travada entre o artista, no sentido tradicional, e a máquina. A máquina é uma "força implacável" que está destinada a derreter os "artesãos e os artistas parasitas"[72]. Frank Lloyd Wright parece estar lançando propositadamente um desafio à afirmação de Morris: "A civilização há de matar a arte se este sistema continuar. Quanto a mim ela implica a condenação de todo o sistema", quando uma noite, olhando para a imponente silhueta e para as luzes de Chicago, proclama: "Se é preciso destruir este poder para que a civilização possa existir, então é porque a civilização já está condenada"[73]. Wright tem uma fé tão inabalável na máquina que prevê uma possibilidade de salvação para o artesão: basta que este se resolva a aprender humildemente com a máquina. "Bem-orientado", diz ele, "o mal que a máquina faz ao artesanato poderá ser precisamente aquilo que virá libertar os artistas da tentação das mesquinhas fraudes de forma, e acabar com este monótono esforço de fazer as coisas parecerem aquilo que não são nem nunca poderão ser"[74].

A posição de Wright em 1901 era assim quase idêntica à dos pensadores mais progressistas da arte e da arquitetura contemporâneas. Esta teoria, contudo, permaneceu isolada na América durante muito tempo. E é fato indiscutível que também na maioria dos países europeus aqueles que eram a favor de um novo estilo próprio do século encontraram audiência muito reduzida antes da Primeira Grande Guerra. Foi este, por exemplo, o caso de Anatole de Baudot, discípulo de Viollet-le-Duc, que já em 1889 dizia: "A influência do arquiteto começou há muito a declinar, e o engenheiro, *l'homme moderne par excellence*, começa a substituí-lo"[75], e na Holanda foi também esse o caso de H. P. Berlage (1856-1934), que em dois artigos de 1895 e 1896 recomendava aos arquitetos que não pensassem em termos de estilo quando estivessem projetando

---

71. *Ibid.*, p. 16.
72. *Ibid.*, p. 15.
73. *Ibid.*, p. 14.
74. *Ibid.*, p. 20.
75. Comunicação ao Primeiro Congresso Internacional de Arquitetos, citado de Giedion, Sigfried, *Space, Time and Architecture*, Cambridge, Mass., 1941, p. 151.

um edifício. Dizia ele que só com esta condição podia ser criada uma verdadeira arquitetura, comparável à da Idade Média, uma arquitetura que fosse uma "pura arte de utilidade"[76]. Via ele nesta arquitetura "a arte do século XX", e deve salientar-se que para ele este estava destinado a ser um século de socialismo[77].

É inegável que o mérito de ter realizado um vasto movimento em prol destas novas idéias cabe aos arquitetos e escritores alemães. O movimento que promoveram se mostrou suficientemente poderoso para fazer surgir um estilo universal de pensamento e de construção, e não apenas algumas frases e atos revolucionários de um punhado de indivíduos.

O homem que serviu de traço de união entre o estilo inglês dos anos 90 e a Alemanha foi Hermann Muthesius (1861-1927), que entre 1896 e 1903 esteve na embaixada alemã em Londres como encarregado de pesquisa sobre as habitações inglesas. Como o estilo Art Nouveau mal tinha conseguido desviar a arquitetura inglesa da sua lenta e arrastada linha de evolução, Muthesius voltou para a Alemanha transformado num partidário convicto da sensatez e da simplicidade na arquitetura e na arte. Depressa reconhecido como o líder de uma nova tendência para a *Sachlichkeit,* que se seguiu a um passageiro florescer da Art Nouveau na Alemanha. A intraduzível palavra *sachlich*, que significa ao mesmo tempo pertinente, apropriado e objetivo, era agora a palavra-chave do Movimento Moderno, que de dia para dia se tornava mais importante[78]. Muthesius preconiza uma "sensata *Sachlichkeit"* para a arquitetura e as artes inglesas[79] e pede ao artista moderno uma "pura e perfeita utilidade". E como atualmente só os objetos feitos à máquina são "produzidos de acordo com a natureza econômica da época", são eles os únicos que podem resolver o problema da criação de um novo estilo, um *Maschienstil*[80]. Se quisermos ver manifestações atuais desse novo estilo somos mais uma vez convidados a olhar

---

76. Berlage, H. P. "Over Architectuur", *Tweemaandelijk Tijdschrift*, ii, I Parte, 1896, pp. 233-4. O dr. H. Gerson teve a gentileza de me comunicar as palavras exatas do texto de Berlage.

77. Berlage, H. P. *Gedanken über Stil in der Baukunst*, Leipzig, 1905, p. 48.

78. Cf. muitas citações em Schmalenbach, Fritz, *Jugendstil*, Wurzburgo, 1935, um livro muito útil, que descreve minuciosamente a história das artes decorativas na Alemanha entre 1895 e 1902.

79. Graul, Richard. *Die Krisis im Kunstgewerbe*, Leipzig, 1901, p. 2.

80. Muthesius, Hermann. "Kunst und Maschine", *Dekorative Kunst*, ix, 1901-2, pp. 141 e ss.

para "as estações ferroviárias, os pavilhões de exposição, as pontes, os barcos a vapor, etc. Estamos aqui em presença de uma *Sachlichkeit* severa e quase científica, com ausência total de decoração exterior e com formas que são determinadas pelos fins a que se destinam e por nada mais". O progresso futuro só pode, portanto, ser imaginado em função de uma rigorosa *Sachlichkeit* e de uma rejeição total de toda a decoração que seja meramente "justaposta". Os edifícios e objetos de uso comum que forem feitos de acordo com estes princípios serão dotados de "uma elegância perfeita, que tem origem na adequação e (...) na concisão"[81].

Graças à defesa que fez destas idéias, ainda pouco conhecidas na Alemanha, Muthesius depressa se tornou o centro de um grupo de espíritos afins. Alfred Lichtwark (1852-1914), historiador de arte e diretor da Galeria de Hamburgo, teve uma importância fundamental, devido ao aplauso com que sempre eram recebidos, nos meios burgueses, os seus panfletos e conferências. Era um professor nato, dominado por uma intensa paixão pela educação. Ao esforço de Lichtwark se deve em grande parte o rápido desenvolvimento que desde os inícios deste século se deu na educação artística, no sentido lato da expressão, nas escolas elementares e secundárias da Alemanha. Começou ainda antes de Muthesius uma campanha a favor da *Sachlichkeit*. Nas conferências que proferiu entre 1896 e 1899, cheias de elogios à Inglaterra, preconizou uma mobília prática e sem ornamentos, com "formas lisas, polidas e leves", que se tornasse cômoda para as donas de casa, uma *sachliche Schönheit*, largas janelas horizontais e "torrentes de luz", e quartos sempre cheios de flores frescas[82]. A campanha assim começada depressa foi continuada por outros e dividida em diferentes correntes, sem perder o seu gosto pela simplicidade e pela honestidade. O arquiteto Paul Schultze-Naumburg (1869-1949) iniciou em 1901 a publicação dos seus *Kulturarbeiten*, uma série de livros dos quais o primeiro tratava da construção de casas. Em 1903 Ferdinand Avenarius (1856-1923) fundou a Dürerbund, e em 1904 foi criada a Heimatschutz, uma associação que corresponde mais ou menos à Sociedade de Proteção da Inglaterra Rural, quer dizer, uma entidade conservadora e passadista, e não propagandista nem progressista, mais

---

81. *Idem. Stilarchitektur und Baukunst*, Mülheim-Ruhr, 1902, pp. 50, 51 e 53.
82. Lichtwark, A., *Palastfenster und Flügeltür*, Berlim, 1899, pp. 128, 144 e 169. Idem. *Makartbouquet und Blumenstrauss*, Munique, 1894.

próxima dos ideais de Morris do que dos de Muthesius. Este era por sua vez apoiado por diversos alemães que à primeira vista não se esperaria encontrar do seu lado, como por exemplo, para citar apenas três, Hermann Obrist, um dos artistas mais originais do estilo Art Nouveau alemão, Wilhelm Schäfer, conhecido escritor e poeta, e Friedrich Naumann, um político que teve papel importante no desenvolvimento das reformas sociais e da democracia na Alemanha de antes e de depois da Primeira Guerra Mundial. Em 1903 Obrist escreveu sobre os navios a vapor e "a beleza dos seus poderosos e colossais, mas tranqüilos, contornos (...) a sua maravilhosa utilidade, a sua elegância, suavidade e esplendor". Olhar para a sala das máquinas faz com que se sinta "quase inebriado"[83]. Wilhelm Schäfer recomenda vivamente a *sachliche Ausbildung* de todas as formas; isto levaria necessariamente ao estilo moderno em todos os campos, como tinha acontecido com as máquinas e com as pontes de ferro[84]. Tal como Friedrich Naumann, interessa-se sobretudo pelos aspectos sociais da arquitetura e da arte, o que o leva desde muito cedo a apaixonar-se pela máquina. Exatamente como Muthesius, e com certeza inspirado por ele, Naumann fala dos "barcos, pontes, gasômetros, estações de estrada de ferro, mercados cobertos", como "os nossos novos edifícios". Considera "a construção em ferro a maior experiência artística do nosso tempo", porque "aqui não há aplicação da arte à construção, nem decoração forçada, nem afetação. Aqui há criação destinada a uso prático (...) aqui há possibilidades até agora inexprimíveis. Estão alteradas todas as nossas noções de espaço, de peso e de sustentação"[85].

Naumann era amigo íntimo de Karl Schmidt (1873-1948), um homem com larga experiência de marcenaria, que em 1898 abrira uma marcenaria em Dresden[86]. Contratou logo desde o início, como projetistas, arquitetos e artistas modernos. Apesar de estar ao princípio sob a influência do Movimento Artes e Ofícios (tinha estado na Inglaterra como mecânico), depressa se interessou sobretudo pelo baixo custo e pela produção industrial. Já em 1899-1900 as

---

83. Obrist, Hermann. "Neue Möglichkeiten in der bildenden Kunst", *Kunstwart*, xvi, II Parte, 1903, p. 21.
84. Schäfer, W. "Die neue Kunstgewerbeschule in Düsseldorf", *Die Rheinlande*, 1903, pp. 62-3.
85. Naumann, Friedrich. "Die Kunst im Zeitalter der Maschine", *Kunstwart*, xvii, II Parte, 1904, p. 323.
86. Ver recentemente E. Pfeiffer-Belli em *Werk und Zeit*, vii, dezembro de 1959.

Deutsche Werkstätten, numa exposição de artes decorativas em Dresden, apresentaram um apartamento com duas salas, quarto e cozinha pelo preço baixíssimo de 40 libras. E em 1905-6, numa nova exposição em Dresden, apresentaram a sua primeira mobília feita à máquina, desenhada por Richard Riemerschmid (1868-1957), cunhado de Schmidt[87]. No seu catálogo desse mesmo ano orgulhavam-se de "desenvolver o estilo do mobiliário a partir do espírito da máquina". Esta façanha foi muito mais revolucionária do que hoje nos pode parecer. Naquela época havia, fora da Alemanha, pouquíssimos casos de artistas ou arquitetos destacados que trabalhassem em desenho industrial, e não em arte decorativa, excetuando talvez a tipografia inglesa, que precisamente nessa altura se afastou de uma iniciativa privada como a Doves Press, para se dedicar à produção para o homem comum. A data mais importante é 1912, ano em que, graças a J. H. Mason, o tipo de impressão foi introduzido na coleção da Monotype Corporation. As Deutsche Werkstätten depressa se voltaram para outro problema, este ainda mais específico: a estandardização das partes. A sua primeira mobília "Unit", para lhe dar o nome com que se tornou conhecida na Inglaterra, foi exibida em 1910 como *Typenmöbel*. A idéia veio da América, onde tinha sido aplicada durante algum templo na produção de estantes[88].

A medida mais importante para a formação de um estilo universalmente reconhecido, a partir de experiências individuais, foi a fundação da Deutscher Werkbund. Em 1907 Muthesius, que nessa altura era superintendente da Comissão Prussiana de Comércio para as Escolas de Artes e Ofícios, proferira uma conferência em que desaconselhava claramente aos artesãos e industriais alemães que

---

87. Estou extremamente grato ao prof. H. Rettig, de Dresden, e a *Herr* Heinz Thiersch, de Munique, por me terem chamado a atenção para a importância de Riemerschmid, que desconhecia na altura em que escrevi este livro pela primeira vez. Sobre Riemerschmid ver Retting, H., *Baumeister*, xiv, 1948, e *Bauern und Wohnen*, III, 1948. Dois outros arquitetos também profundamente interessados em mobília feita à máquina durante esses primeiros anos foram Adelbert Niemeyer e Karl Bertsch, que tinham aderido ao círculo da Deutsche Werkstätten, idos da Münchner Werkstätten. Cerca de 1910, Baillie Scott, Josef Hoffmann, Kolo Moser e alguns outros trabalharam também ocasionalmente para a Werkstätten.

88. Cf. Popp, J., *Die Deutschen Werkstätten*. Escrito cerca de 1923, estenografado. Estou em grande dívida para com o falecido Karl Schmidt por gentilmente me ter permitido que o lesse e por me ter enviado uma série de fotografias de mobiliário da D.W.

continuassem a imitar as fórmulas gastas dos velhos tempos. Este discurso provocou uma explosão de indignação da parte das sociedades comerciais. As discussões foram-se tornando cada vez mais exaltadas e, antes do fim do ano de 1907, um grupo de fabricantes mais ousados, em colaboração com alguns arquitetos, artistas e escritores, decidira fundar uma nova sociedade, chamada Werkbund, com a aspiração de "reunir os melhores representantes da arte, da indústria e do artesanato e do comércio, de conjugar todos os esforços para a produção de trabalho industrial de alta qualidade e de constituir uma plataforma de união para todos aqueles que quisessem e fossem capazes de trabalhar para conseguir uma qualidade superior"[89]. A *Qualität*, a idéia central do grupo, era definida não apenas como "trabalho bem-feito e para durar e com emprego de materiais perfeitos e autênticos", mas também como "a possibilidade de se atingir um todo orgânico que fosse *sachlich*, nobre, e assim, se quiserem, tornado artístico"[90]. Esta definição mostra claramente que desde o início a Werkbund não se opunha de modo algum à produção mecânica. No discurso inaugural da primeira reunião anual, o arquiteto Theodor Fischer disse: "Não há qualquer linha divisória nítida entre a ferramenta e a máquina. É possível uma produção de grande nível, quer com ferramentas quer com máquinas, desde que o homem domine a máquina e faça dela uma ferramenta... A culpa da produção inferior não cabe às máquinas em si, mas à nossa incapacidade de as manejar adequadamente." E do mesmo modo "o mal não vem da produção em massa ou da divisão do trabalho, mas do fato de a indústria ter perdido a noção da sua finalidade, que é conseguir uma qualidade superior, e de não sentir o dever de servir à comunidade, mas sim o direito de ser o tirano da nossa época"[91].

Quando, em 1915, criou-se na Inglaterra a Design and Industries Association, confessadamente inspirada pelo exemplo da Deutscher Werkbund, uma das suas primeiras publicações declara-

---

89. "*Der Bund will eine Auslese der besten in Kunst, Industrie, Handwerk und Handel tätigen Kräfte vollziehen. Er will zusammenfassen, was in Qualitätsleistung und Streben in der gewerblichen Arbeit vorhanden ist. Er bildet den Sammelpunkt für alle, welche zur Qualitätsleitung befähigt und gewillt sind.*" Sobre a história da Werkbund cf. *Fünfzig Jahre Deutscher Werkbund*, Berlim, 1958, e também *Die Form*, vii, 1932, pp. 297-324.

90. *Ibid.*, p. 302.
91. *Ibid.*, p. 310.

va que a associação "aceitava a máquina no seu devido lugar, como um invento que deve ser guiado e controlado, e não simplesmente posto de lado"[92].

Com a fundação da D.I.A., a Inglaterra veio adotar tardiamente o programa delineado pela Werkbund. Já antes da guerra outros países do continente tinham seguido a Alemanha: a Werkbund austríaca data de 1910, e a suíça de 1913; e a Slöjdsforening sueca transformou-se gradualmente numa Werkbund entre 1910 e 1917.

Na própria Alemanha, a existência desta organização empreendedora e intransigente contribuiu de maneira decisiva para a divulgação dos ideais do Movimento Moderno. Mas a Werkbund não era o único centro; as escolas artísticas alemãs abandonaram com uma rapidez surpreendente a rotina oitocentista e seguiram o novo rumo. Em toda a parte foram nomeados novos diretores e professores. Na Prússia este fato deveu-se à ação de Muthesius, que nomeou Peter Behrens para Düsseldorf e Poelzig para Breslau, ambos como diretores das respectivas academias artísticas. Já antes disso Josef Hoffmann fora nomeado professor de Arquitetura na Escola de Artes e Ofícios de Viena, e van de Velde diretor da Escola de Arte de Weimar. Em 1907, a Escola de Artes e Ofícios de Berlim teve também um diretor de vanguarda na pessoa de Bruno Paul[93].

Mas, apesar do caráter progressista do espírito que animava estas escolas e a Werkbund, continuava ainda sem solução o problema principal, aquele que constitui precisamente o assunto central deste capítulo. Apesar de a arte mecânica ser agora aceita como outro meio de expressão artística além do artesanato, qual viria a ser mais importante no futuro? Este problema foi apresentado e discutido claramente pela primeira vez em 1914, na reunião anual da Werkbund em Colônia. Muthesius defendia a estandardização *(Typisierung)*, e van de Velde o individualismo. Muthesius argüiu: "A arquitetura e toda a esfera de atividades da Werkbund tendem para a estandardização. Só a estandardização pode restituir ao artista a importância universal que este possuía em épocas de civilização harmoniosa. Só através da estandardização (...) como salutar concentração de forças, pode-se criar um gosto aceito por todos e digno de confiança." Van de Velde replicou: "Enquanto houver ar-

---

92. *The Beginnings of a journal of the D.I.A.*, 1916, p. 6.
93. Pevsner, Nikolaus. *Academies of Art, Past and Present*, Londres (Cambridge U.P.), 1940, pp. 267, 281 e ss.

tistas na Werkbund (...) estes protestarão contra todos os cânones impostos e toda a estandardização. O artista é essencial e intimamente um individualista apaixonado, um criador espontâneo. Nunca se submeterá de livre vontade a uma disciplina que o ponha na dependência de um cânone ou de uma norma"[94].

Os primeiros a advogar a causa da máquina e da nova arquitetura da idade da máquina com fervor idêntico ao de van de Velde quando defendia o individualismo foram os futuristas italianos, e sobretudo o jovem e brilhante arquiteto Antonio Sant'Elia (1888-1917), que morreu antes de ter tido oportunidade de construir de acordo com o que pensava, ensinava e desenhava[95]. O *Messaggio* de Sant'Elia é uma antevisão da *casa nuova*, "construída com todo o carinho e a ajuda de todos os recursos da ciência e da técnica e sendo as suas novas formas, novas linhas e nova *raison d'être* determinadas exclusivamente pelas condições especiais da vida moderna (...) Os cálculos de resistência de materiais, o uso do concreto armado e do ferro excluem a arquitetura no sentido tradicional". Os edifícios ficam grotescos quando tentam imitar, com as possibilidades de elegância e esbeltez do concreto, os arcos de curvas pesadas e o aspecto maciço do mármore. A tarefa atual não consiste em construir catedrais, mas sim grandes hotéis, estações ferroviárias, auto-estradas, mercados cobertos, grandes conjuntos habitacionais em substituição aos bairros pobres. "Precisamos construir a cidade moderna *ex novo*" (...) uma cidade de "ruas tumultuosas" com edifícios tanto abaixo como acima do solo. A casa deve ser embelezada, não na pequena escala das cornijas e capitéis, mas sim no agrupamento das massas e no arranjo do plano. Deve ser "semelhante a uma máquina gigantesca", feita "de concreto, de vidro, de ferro,

---

94. *Die Form, loc. cit.*, pp. 316 e 317.
95. Nestes últimos anos escreveu-se muito sobre Sant'Elia. Até então a bibliografia básica era: Sartoris, Alberto, *L'Architetto Antonio Sant'Elia*, Milão, 1930; Argan, G. C., "Il pensiero critico di Antonio Sant'Elia", *L'Arte*, xxxiii, 1930; e este último e outros *Dopo Sant'Elia*, Milão, 1935. As novas contribuições começaram com Banham, R., *Architectural Review*, cxvii, 1955, que encontrou grande número de desenhos inéditos e desconhecidos em Como, seguido imediatamente por Tentori, F., e Mariani, L., *L'Architettura*, i, 1955-6, pp. 206 e ss., e 704 e ss. Depois surgiu G. Bernasconi, que publicou pela primeira vez o *Messagio* de Sant'Elia (*Rivista Tecnica della Svizzera Italiana*, xliii, 1956, n.º 7). Depois disso Banham, R., *Architectural Review*, cxix, 1956, p. 343; Banham, R., em *Journal of the R. Inst. of Brit. Architects*, 3.ª série, lxiv, 1957; Zevi, B., em *L'Architettura*, ii, 1956-7, pp. 476 e ss.; e Mariani, L., *ibid.*, iv, 1958-9, p. 841.

sem pintura nem escultura"; os elevadores devem ficar visíveis do exterior, deve aliar-se o cálculo frio à mais arrojada audácia, e o resultado não será "uma árida combinação do que é prático e do que é útil, mas continuará a ser arte, isto é, expressão".

Esta concepção é apresentada no catálogo de uma exposição intitulada *Nuove Tendenze*, inaugurada em Milão em maio de 1914. Dois meses mais tarde, Marinetti, o vociferante líder dos futuristas, utilizou aquela concepção como núcleo central de um manifesto sobre arquitetura moderna publicado em julho de 1914. Acrescentou algumas idéias com que Sant'Elia não concordava, mas não deixa de ser muito provável que o manifesto futurista original de Marinetti, de 1909, com a sua profissão de fé nos automóveis ("pusemos as nossas mãos nos seus corações incandescentes") e na "imensa multidão, a urbe moderna, arsenais e estaleiros à noite, estradas de ferro, navios, aviões", tenha inspirado a idéia de Sant'Elia da Cidade do Futuro[96], e com certeza inspirou essas notáveis concepções de edifícios a que teremos de voltar a nos referir no Capítulo VII.

Estas concepções de cerca de 1913-14 parecem fantásticas, quando comparadas com a *Sachlichkeit* do trabalho dos arquitetos alemães que concordavam com Muthesius, especialmente Peter Behrens e Walter Gropius. Dos edifícios que criaram entre 1909 e 1914 serão dados exemplos no fim deste livro, cuja finalidade principal é provar que o novo estilo, o genuíno e autêntico estilo do nosso século, já estava constituído por volta de 1914. Morris iniciou o movimento ressuscitando o artesanato como uma arte merecedora do esforço dos melhores; os pioneiros de 1900 foram mais longe ao descobrir as imensas e inexploradas possibilidades da arte mecânica. A síntese de tudo isto, tanto no plano da criação quanto no da teoria, foi obra de Walter Gropius (nascido em 1883). Em 1909 Gropius elaborou um memorando sobre a estandardização e produção em massa de casas pequenas e sobre a maneira mais aconselhável de financiar esses esquemas de construção[97]. Nos fins de 1914 começou a preparar planos para a reorganização da Escola de Arte de Weimar, da qual tinha sido nomeado diretor pelo grão-duque de

---

96. A tradução, do dr. R. T. Banham, é de *Theory and Design in the First Machine Age*, Londres, 1960, que tive o privilégio de usar antes de publicada.

97. Este nunca foi publicado. Carta de W. Gropius ao autor, 16 de janeiro de 1936.

Saxe-Weimar[98]. A abertura da nova escola, combinando uma academia artística com uma escola de artes e ofícios, realizou-se em 1919. Foi-lhe dado o nome de Staatliches Bauhaus, e viria a tornar-se, durante mais de uma década, o mais importante centro criador da Europa. Era ao mesmo tempo um laboratório artesanal e de estandardização, uma escola e uma oficina. Reunia, num admirável espírito de comunidade, arquitetos, mestres artesãos, pintores abstratos, todos trabalhando pelo novo espírito da construção. Para Gropius, construção é um termo de grande significado. Toda a arte, desde que seja sólida e saudável, serve à construção[99]. Assim todos os estudantes da Bauhaus foram educados como aprendizes, receberam no fim do curso o seu diploma, e só depois disso foram admitidos no terreno de construção e no estúdio de desenho experimental[100].

Gropius considera-se um continuador de Ruskin e de Morris, de van de Velde e da Werkbund[101]. Completamos assim o nosso ciclo. A história das teorias artísticas entre 1890 e a Primeira Guerra Mundial prova a asserção em que esta obra se baseia, nomeadamente que a fase entre Morris e Gropius constitui uma unidade histórica. Morris lançou a base do estilo moderno; Gropius deu-lhe os últimos retoques, os definitivos. Os historiadores da arte falam do estilo de "transição" que precedeu a harmoniosa perfeição do "gótico inicial". Enquanto a arquitetura românica dominava ainda em toda a França, o mestre da capela-mor e do claustro de St.-Denis desenha num estilo completamente novo, como pioneiro do estilo que viria a se desenvolver nos sessenta ou oitenta anos seguintes. O que ele fez pela França, antes dos meados do século XII, fizeram-no pelo mundo, no princípio deste século, Morris e os seus continuadores — Voysey, van de Velde, Mackintosh, Wright, Loos, Behrens, Gropius e os outros arquitetos e artistas a quem são dedicadas as páginas que se seguem.

---

98. Carta de W. Gropius ao autor, 16 de janeiro de 1936.
99. Cf. William Morris: "O sinônimo de arte aplicada é arquitetura". National Association for the Advancement of Art and its Application to Industry, *Transactions, Edinburgh Meeting*, 1889, Londres, 1890, p. 192.
100. Gropius, Walter. *The New Architecture and the Bauhaus*, New York (Museu de Arte Moderna), 1936.
101. Gropius, Walter, *et al. Staatliches Bauhaus in Weimar, 1919-23*. Weimar, n.d., p. 8.

CAPÍTULO DOIS

DE 1851 A MORRIS E AO MOVIMENTO ARTES E OFÍCIOS

Por volta de 1850, a atitude intelectual dominante na Inglaterra era de um otimismo pachorrento e complacente. Graças à iniciativa dos industriais e comerciantes, a Inglaterra se encontrava mais rica do que nunca; era a oficina do mundo e o paraíso de uma próspera burguesia, governada por uma rainha burguesa e por um príncipe consorte muito eficiente. Era fácil estar em boas relações com Deus e com a consciência graças à caridade, à assiduidade à igreja, à moralidade exterior — em suma, era uma extraordinária sorte viver nessa época tão progressista e tão prática.

Nenhuma outra geração antes desta teria sido capaz de conceber a idéia de organizar uma exposição de matérias-primas e produtos técnicos de nações de todo o mundo. O plano, que foi tão gloriosamente realizado em 1851, devia-se em larga medida à energia do príncipe Alberto[1], que, ao delineá-lo e executá-lo, foi arrastado pela mesma onda de otimismo expansivo que os seus contemporâneos.

"Quem tiver prestado alguma atenção às características especiais da era atual", disse Alberto num dos discursos preparatórios, "não poderá duvidar por um momento só que seja de que vivemos num período de maravilhosa transição, que tende para a rápida rea-

---

1. Sobre a Exposição de 1851 ver Hobhouse, C., *1851 and The Crystal Palace*, Londres, 1.ª ed., 1937; French, Y., *The Great Exhibition*, Londres, 1951, e, referido especialmente aos problemas tratados neste livro, Pevsner, N., *High Victorian Design*, Londres, 1951. Devo também chamar a atenção para o *Catalogue of an Exhibition of Victorian and Edwardian Decorative Arts*, Londres (Victoria and Albert Museum), 1952, pelo qual foi principal responsável o falecido Peter Floud.

1. Tapeçaria de lã da Grande Exposição de 1851.

lização da grande finalidade que a história certamente indica, e que é a unidade do gênero humano." Nesse mesmo discurso enalteceu "o grande princípio da divisão do trabalho, que pode ser considerado a força que faz progredir a civilização"[2], e na introdução do catálogo oficial da exposição afirma-se que "um acontecimento como esta exposição não poderia ter-se dado em nenhuma outra época, e talvez mesmo em nenhuma outra nação a não ser a nossa". Claro que não; os que escreveram estas linhas conheciam as razões disso e falaram delas com inteira franqueza: "a segurança total da propriedade" e "a liberdade comercial"[3]. Os milhares de visitantes que se apinhavam na exposição sentiram provavelmente o mesmo. A afluência era enorme, assim como o tamanho dos pavilhões e a quantidade dos produtos expostos. A qualidade estética dos produtos era horrorosa. Houve alguns visitantes dotados de sensibilidade que o notaram, e logo surgiram na Inglaterra e em outros países debates sobre as razões de um fracasso tão patente. Hoje é fácil para nós indicarmos várias dessas razões; mas isso era evidentemente muito difícil para uma geração que tinha crescido no meio de descobertas cien-

---

2. *The Principal Speeches and Addresses of H.R.H. The Prince Consort*, Londres, 1862, pp. 110 e 111.

3. *The Great Exhibition of the Works of Industry of All Nations*, 1851, Londres, 1851, volume de introdução, p. 1.

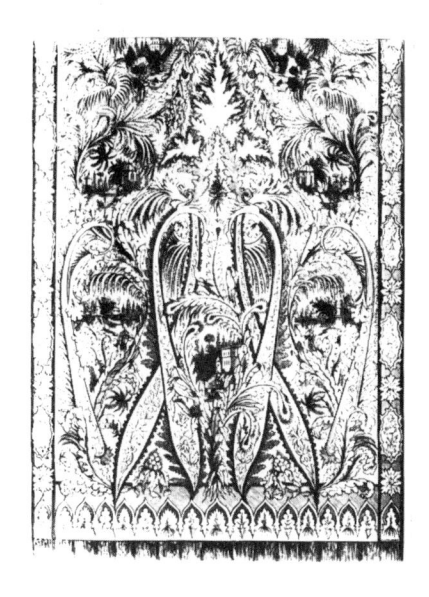

2. Manta de seda da Grande Exposição de 1851.

tíficas e técnicas sem precedentes. Tinham surgido as novas estradas de ferro, os teares mecânicos e as mais engenhosas invenções, que facilitaram a produção de praticamente todos os objetos que antigamente davam tanto trabalho aos artesãos — por que então estes maravilhosos progressos não levavam a arte a progredir também?

E contudo um dos resultados foi o tapete de lã aveludada exclusivo de Pardoe, Hoomans & Pardoe, que vemos na fig. 1, errado sob todos os pontos de vista. E um desenho extremamente elaborado, cujo encanto, durante o período rococó, seria devido à imaginação e à infalível perícia do artesão. Agora é feito à máquina, e isso é visível. Pode ser que o artista se tenha inspirado na ornamentação setecentista, mas o que aqui é original é apenas o mau gosto e o exagero. Além disso desprezou todas as regras básicas da decoração em geral, e em especial as da decoração de tapetes; vemo-nos forçados a andar em cima de arabescos salientes e flores grandes e desagradavelmente realistas; parece incrível que tenha sido esquecida tão completamente a lição dos tapetes persas. E esta barbárie de modo nenhum era exclusiva da Inglaterra; as outras nações expositoras foram igualmente férteis em atrocidades. Veja-se, por exemplo, o desenho de E. Hartneck para uma manta de seda, exposto na seção francesa (fig. 2), cuja mistura de estilização e realis-

3. Pratas da Grande Exposição de 1851.

mo é pelo menos tão incongruente como a do tapete inglês; revela idêntica ignorância de uma necessidade básica na criação de padrões, que é a integridade da superfície, e idêntica vulgaridade nos pormenores. A máquina não se limitava a acabar com o bom gosto nos produtos industriais; cerca de 1850 parecia até ter envenenado irremediavelmente os artesãos sobreviventes. E isto faz com que nos sintamos particularmente indignados diante de pratarias como bules, taças e jarros feitos à mão, da fig. 3. Por que razão nenhum artesão do século XVIII teria sido capaz de criar coisas tão exageradas? Com certeza isto é um contraste autêntico, e não apenas uma ficção da nossa geração. Há uma monstruosa insensibilidade do artista em relação às formas, aos materiais, aos padrões decorativos.

    Mais uma vez deve ser colocado o problema: por que isto tinha de acontecer? A resposta habitual — por causa do desenvolvimento industrial e da invenção de novas máquinas — é correta, mas demasiado superficial para poder servir de regra geral. A roda de oleiro é uma máquina, assim como o tear manual e o prelo tipográfico. Deu-se uma evolução lógica e gradual desde estes simplicíssimos instrumentos mecânicos até as maravilhas da maquinaria moderna. Por que razão acabou a máquina por ser tão prejudicial à arte? A transição das artes aplicadas da forma medieval para uma forma moderna só se deu já perto do fim do século XVIII; a partir de 1760 dá-se uma rápida aceleração de aperfeiçoamentos técnicos. Isto se deve sem dúvida à profunda modificação espiritual que começou com a Reforma, ganhou força durante o século XVII e se tornou dominante no século XVIII. O racionalismo, a filosofia indutiva e a ciência experimental foram os aspectos mais importantes da atividade européia da Idade da Razão. Até a renovação religiosa tem fortes elementos racionalistas e uma acentuada compreensão da missão mundial e dos valores éticos do trabalho cotidiano.

Às alterações do pensamento europeu seguiam-se outras alterações no campo das idéias sociais, e assim o novo poder inventivo recebeu uma finalidade prática diferente. A ciência aplicada, como meio de governo do mundo, foi rapidamente incorporada num plano dirigido contra as classes que eram dominantes na Idade Média. A burguesia utilizou a indústria na sua luta contra a Igreja e a Nobreza, e a Revolução Francesa não fez mais do que concretizar aquilo que tinha vindo a ser lentamente preparado durante mais de dois séculos. O sistema social medieval foi destruído, e com ele a classe dos patrões cultos e ociosos e a classe dos artesãos cultos e formados pelas corporações. É mais do que pura coincidência o fato de se ter fundado a École Polytechnique e o Conservatoire des Arts et des Métiers (1795 e 1798) e realizado a primeira exposição industrial nacional (1798), logo após a dissolução na França das corporações. A substituição do artesanato pela indústria é uma das concepções defendidas pelo *tiers état*. Isto se aplica igualmente à Inglaterra: mas o temperamento inglês fez com que a mudança fosse mais lenta e se efetuasse sem haver uma brusca revolução. Começou no início do século XVIII e só acabou com a lei da reforma de 1832. Na Inglaterra as corporações nunca tinham exercido tanta influência como no continente; do século XIV em diante, a nobreza tinha começado a fundir-se com a classe comercial, e na Inglaterra a plutocracia começou a substituir a aristocracia mais cedo do que na França. Só num sentido figurado se pode dar o nome de revolução industrial à história da civilização inglesa entre 1760 e 1830.

O rápido e impetuoso desenvolvimento industrial que formou um mundo capaz, um século mais tarde, de criar o Movimento Moderno pode ser exemplificado com algumas datas; e, como foi a Inglaterra que chefiou a Revolução Industrial, quase todas estas primeiras datas são inglesas. Em 1713 Abraham Darby fez ferro fundido com carvão (em vez de lenha); cerca de 1740 Benjamin Huntsman inventou o processo de fundir aço em cadinho; em 1783 Cort introduziu a pudlagem; fizeram-se em 1810 os aperfeiçoamentos decisivos no alto-forno (Aubertot); em 1839 Nasmyth inventou o martelo-pilão; e em 1856 Bessemer inventou um método para produzir aço isento de carbono. A estas inovações da metalurgia devemos acrescentar a invenção da máquina a vapor com condensador separado (J. Watt, 1765), da caldeira a vapor (1781), do navio a vapor de hélice (1821) e da locomotiva (1825). As datas principais das indústrias de fiação e tecelagem são as seguintes: em 1733 a lançadeira (J. Kay), em 1760 a *shuttle drop box* (R. Kay), em 1764-7 a máquina de fiar (Hargreaves), em 1769-75 a *water-frame* de fiar (Arkwright), em 1774-9 o fuso mecânico (Crompton), em 1785 o tear mecânico (Cartwright), e em 1799 o tear de Jacquard.

A conseqüência imediata deste desenvolvimento precipitado foi um súbito aumento da produção, que exigia cada vez mais braços e levava assim a um aumento populacional igualmente rápido. As cidades cresceram com uma velocidade espantosa, havia novos mercados a satisfazer, exigia-se uma produção cada vez maior e o poder inventivo voltava a ser estimulado. Podem-se dar mais alguns exemplos deste vigoroso impulso que fez o nosso mundo moderno a partir de um outro mundo, mais parecido com o do século XIII ou XIV do que com o atual. A produção inglesa de ferro era de cerca de 17.000 toneladas em 1740, 68.000 em 1788, 170.000 em 1802, 678.000 em 1830. A produção de carvão em 1810 era de 6 milhões de toneladas, em 1830 era de 25 milhões e em 1857 de 115 milhões. A exportação de algodão era avaliada em 1701 em 23.500 libras, 200.000 em 1764, 1.500.000 em 1790, 18 milhões em 1833, e 26.500.000 em 1840. Antes de 1750 a população inglesa crescia cerca de 3 por cento em cada década, entre 1751 e 1781 6 por cento em cada década, de 1781 a 1791 9 por cento, de 1791 a 1801 11 por cento, de 1801 a 1811 14 por cento, de 1811 a 1821 18 por cento. Manchester tinha 8.000 habitantes em 1720, 41.000 em 1744, 102.000 em 1801, 353.000 em 1841; Birminghan tinha 5.000 em 1700, 73.000 em 1801, 183.000 em 1841.

No meio desta corrida desenfreada não havia tempo para aperfeiçoar as inúmeras inovações que iam cair nos braços de produtores e consumidores. Depois da desaparição do artesão medieval, a qualidade artística de todos os produtos passou a depender de fabricantes incultos. Os desenhistas de certo valor não participavam na indústria, os artistas mantinham-se afastados e o trabalhador não tinha direito de pronunciar-se sobre matéria artística. O trabalho era frio como nunca o fora antes na história da Europa. Trabalhava-se de doze a catorze horas por dia, e as portas e janelas das fábricas ficavam sempre fechadas. Empregavam-se crianças de cinco ou seis anos, cujo horário de trabalho foi reduzido em 1802, depois de grandes lutas, para doze horas por dia. Em 1833 trabalhavam nas fiações de algodão: 61.000 homens, 65.000 mulheres e 84.000 crianças menores de dezoito anos. Nas minas não foram feitos inquéritos sobre acidentes antes de 1814.

Os economistas e filósofos foram suficientemente cegos para fornecer aos patrões um fundamento ideológico para sua criminosa atitude. A filosofia ensinava que dar livre curso à energia de cada um era a única maneira natural e sã de conseguir o progresso[4]. O liberalismo dominava tanto na filosofia quanto na indústria, e implicava a completa liberdade do fabricante para produzir todo o gênero de objetos de mau gosto e de má qualidade desde que conseguisse vendê-los. E isto era fácil, pois o consumidor não tinha tradição, nem educação, nem tempo livre, e era, tal como o produtor, uma vítima deste círculo vicioso.

Devem ser considerados todos estes fatos e argumentos para se compreender a exposição de 1851. E foram realmente levados em conta pelos próprios organizadores da exposição, a qual, segundo este grupo de homens enérgicos, deveria ser uma tentativa de reforma, no plano estético. Estes homens eram Henry Cole (1808-82), funcionário público e inovador por natureza, os seus amigos arquitetos Owen Jones (1809-74) e Matthew Digby Wyatt (1820-77), e o seu amigo pintor Richard Redgrave (1804-88)[5]. Cole co-

---

4. Cf. J. F. e Barbara Hammond, *The Town Labourer, 1760-1823, The New Civilization*, Londres, 1917, que citam algumas frases típicas de membros da classe rica em defesa da sua falta de escrúpulos com as armas da filosofia utilitarista: "O comércio, a indústria e a troca encontram sempre o seu lugar próprio" (Pitt). "Ao deixarem-se guiar pelos seus próprios interesses, os proprietários rurais e os lavradores tornam-se, de acordo com a ordem natural das coisas, os melhores curadores e guardiões do público" (Rep. H. Comm. Poor Laws, 1827).

5. O primeiro a compreender a importância deste grupo para a reforma do desenho foi Siegfried Giedion em *Mechanization takes Command*, 1.ª ed., 1948. Na altura em que o livro do prof. Giedion foi publicado eu também havia trabalhado sobre eles, e os meus resultados encontram-se nos seguintes livros: *Matthew Digby Wyatt*, Londres (Cambridge (U.P.), 1950 (Conferência Inaugural, Cambridge, 1949), e *High Victorian Design*, ver acima. Depois disso o grupo foi estudado com mais pormenor por A. Boe, *From Gothic Revival to Functional Form*, Oslo, 1957 (B. Litt. Thesis, Oxford, 1954).

4. Owen Jones: Desenho de padrão do *Journal of Design and Manufactures*, 1852.

meçou em 1847 a produzir aquilo a que chamava "manufaturas artísticas", isto é, objetos de uso diário, mais bem-desenhados, pensava ele, do que era costume nesse tempo, e dois anos mais tarde começou a publicar uma revista chamada *Journal of Design and Manufactures*, que seguia um programa esteticamente muito puro[6]. "Na coisa decorada os ornamentos devem ser secundários", deve haver "adequação do ornamento à coisa ornamentada", os papéis de parede e os tapetes não devem ter desenhos "que sugiram seja o que for além de um plano", e assim por diante. Alguns dos desenhos de Owen Jones são bons exemplos destes princípios de perfeição, embora o mesmo não aconteça com os de Cole ou aqueles que os amigos fizeram para a sua firma, tão pouco duradoura. O comentário publicado no *Journal of Design* ao *chintz* de Owen Jones da fig. 4 foi o seguinte: "O desenho tem, e muito bem, um caráter perfeitamente *plano*, sem sombras. Em segundo lugar, as massas e as linhas são distribuídas uniformemente, com o fim de produzir, à distância, o efeito de um *plano*. Em terceiro lugar, as cores (preto e púrpura-escuro em fundo branco) produzem um tom neutro. E por último (...) não é nada vistoso, o que uma *cobertura* do melhor te-

---

[6]. O que se segue baseia-se no meu *High Victorian Design*, pp. 146 e ss., onde são dadas referências de páginas às citações de Pugin.

5. Pugin: Padrão ornamental, de *Foliated Ornament*, 1849.

cido (o material destinava-se presumivelmente a cobertas folgadas de cadeiras) nunca deve ser. E as linhas e formas são graciosas quando examinadas de perto"[7].

Os princípios formulados neste comentário e através dos artigos, ocasionais ou regulares, do círculo Cole, baseavam-se — como eles abertamente confessavam — nos dogmas enunciados alguns anos antes por Augustus Welby Northmore Pugin, ao qual já nos referimos como inspirador da teoria de Ruskin da sinceridade na arquitetura e no desenho. Pugin iniciava os *True Principles* com duas regras fundamentais: "um edifício não deve ter aspectos que não sejam necessários para a adequação, a construção ou a correção", e "todos os ornamentos devem limitar-se a um enriquecimento da construção essencial do edifício, embora o título do livro seja *True Principles of Pointed or Christian Architecture*, e Pugin fosse incapaz de separar os seus princípios do uso que, segundo ele, os construtores góticos deles tinham feito. Por isso permaneceu firmemente dentro de uma fiel imitação do passado, apesar de alguns dos seus padrões ornamentais anunciarem, e com certeza, os de Owen Jones e de anunciarem até os de William Morris (fig. 5).

---

7. *Journal of Design and Manufactures*, vi, 1852, p. 110.

O que eleva Morris, como renovador do desenho, muito acima do círculo de Cole e de Pugin não é apenas o fato de ter um verdadeiro gênio de desenhista e eles não, mas também o de reconhecer a unidade indissolúvel de uma época e do seu sistema social, coisa que eles não tinham feito. Cole, Jones e Wyatt aceitaram sem condições a produção mecânica, não viram que ela colocava problemas completamente novos e portanto procuraram simplesmente melhorar o desenho, sem nunca irem até as raízes da questão. Para Pugin a fé católica e as formas góticas eram uma autêntica panacéia. Vociferava contra "essas minas inesgotáveis de mau gosto, Birmingham e Sheffield", contra "a Sheffield eterna" e a "Brummagem gótica" e conseguia melhor trabalho empregando "um devoto e hábil ourives de Birmingham" — que afinal era o fabricante Hardman — e dirigindo-o de perto. Evidentemente isso não bastava, como não bastavam as tentativas de Cole no sentido de reformar os princípios do ensino nas escolas de arte.

Morris foi o único a sentir que o que era preciso era o exemplo pessoal, era o artista se transformar em artesão-desenhista. Quando seguia a sua paixão interior de fazer coisas com as próprias mãos sentia também que fazer isso em vez de pintar quadros era o seu dever social. Antes dos vinte e dois anos já tinha experimentado a gravura em pedra e em madeira, a moldagem em argila e a iluminura, o que o ajudou a ganhar respeito pela natureza dos materiais e dos processos de trabalho. Fosse qual fosse o aspecto da arte industrial do seu tempo para que se virasse, o que via era fabricantes violando escandalosamente estes princípios. Por isso, a primeira mobília que fez foi simplesmente um protesto. As cadeiras e mesas "intensamente medievais, como íncubos e súcubos" (Rossetti), revelam um retorno deliberado à atitude mais primitiva possível na fabricação de objetos domésticos.

Nessa época, e também durante os anos em que a Red House foi mobiliada e se fundou a firma, o modo de expressão de Morris era ainda de certo modo diferente do dos anos posteriores, anos de maior fama e estabilidade. Os seus primeiros desenhos são mais ondeantes, mais leves e mais delicadamente estilizados, com certeza devido à influência do *Journal* de Cole, e da *Grammar of Ornament*, de Owen Jones. No Daisy, o segundo papel de parede que desenhou, em 1861 (fig. 6), as cores são claras apesar de severas e o padrão é agradavelmente harmonioso, sem relevo, e completamente

6. Morris: Papel Daisy de forrar paredes, 1861.

ornamental, sem nunca perder o intenso sentido da natureza que é tão característico de Morris e tão diferente da imitação da natureza feita pelos participantes da exposição.

Mais tarde o estilo de Morris torna-se mais grandioso e majestoso, perdendo assim parte de seu encanto jovem e ousado[8]. Não que a sua veia criadora fosse agora menos fértil. Foi precisamente a sua simplicidade de concepções que o levou a adotar formas mais tradicionais. Quando, por exemplo, em 1878 decidiu fazer tapetes descobriu que alguns padrões orientais eram precisamente aquilo que queria. E assim os seus tapetes Hammersmith (fig. 7) são muito semelhantes aos orientais, apesar de ele acentuar que queria que eles fossem "evidentemente um resultado de idéias modernas e ocidentais"[9]. Isto é notável. Morris estava tão longe de inventar formas decorativas só pela pura invenção que, se encontrava modelos, mesmo distantes no espaço e no tempo, que servissem os fins que tinha em vista, utilizava-os, ou pelo menos era inspirado por eles, embora isso pudesse acontecer contra sua vontade.

É isto que explica que a maioria dos *chintzes* e papéis de parede mais tardios de Morris se inspirem em modelos dos séculos XVI ou XVII. Atualmente tendemos para exagerar a importância deste fato. Basta comparar um dos seus *chintzes* mais célebres, o Honeysuckle, de 1883 (fig. 8), com um exemplo dos desenhos de têxteis anteriores a Morris, como a manta da Grande Exposição (fig. 2), para reconhecer logo a originalidade dos seus desenhos. O contraste que há entre ambos não é apenas entre a inspiração e a imitação; entre a imitação válida, inspirada na delicadeza do século XV, e a má imitação, propagadora do mau gosto do século XVIII; é mais. O desenho de Morris é claro e sóbrio, e a manta de 1851 é um entrelaçamento desordenado de motivos. A mistura irrefletida de estilização e realismo que nele encontramos contrasta com a unidade lógica da composição e com o estudo atento do crescimento da natureza feito por Morris. O desenhista da manta despreza a lei decorativa da coerência das superfícies, ao passo que Morris consegue um padrão liso sem que haja a mínima perda de vitalidade.

Obteremos exatamente o mesmo resultado se pusermos o tapete de Morris ao lado do tapete da exposição. Voltamos a encon-

---

8. No seu último artigo Peter Floud faz um comentário sobre o desenvolvimento dos têxteis de Morris: *Architectural Review*, cxxvi, 1959.

9. Mackail, J. W. *The Life of William Morris*, Londres, 1899, ii, p. 5.

7. Morris: Tapete Hammersmith, o padrão Little Tree.

8. Morris: O *chintz* Honeysuckle, 1883.

trar uma profunda compreensão das leis da decoração em contraste com um complexo desprezo por elas, simplicidade e economia em contraste com desregrada confusão. E, apesar de termos certamente de concordar que há nos vitrais desenhados pela firma de Morris maior cópia de detalhes realistas do que atualmente admitiríamos para fins decorativos, não devemos esquecer que, na altura em que Morris começou, os vitrais costumavam ser ilustrações cheias de figuras, de edifícios e de perspectiva especial, e com grande profusão de cores e de sombras. Cabe-lhe o mérito de ter regressado a figuras simples, a atitudes simples, a cores simples, a fundos ornamentais, no que foi ajudado pelos seus amigos e mestres pré-rafaelitas. O estilo da pintura destes diferia tanto da pintura de gênero da época vitoriana como o estilo de Morris diferia do de 1851. E o fato de os vitrais de Morris não irem mais longe em economia de decoração deve-se menos a ele do que a Burne-Jones, que não conseguia deixar de ser um pintor quando Morris queria que ele se limitasse a ser um decorador[10].

Nos desenhos de Morris é mais importante para a história do Movimento Moderno o regresso à honestidade da decoração do que as relações com estilos antigos. Como artista, talvez Morris não tenha conseguido ultrapassar os limites que a sua época lhe impunha, mas como homem e como pensador conseguiu-o. Esta a razão por que neste livro se tratou primeiramente dos seus artigos e conferências, e só depois das suas realizações artísticas.

A primeira conseqüência do ensino de Morris foi que diversos jovens artistas, arquitetos e amadores decidiram dedicar-se inteiramente ao artesanato. Depois de ser durante meio século uma ocupação inferior, mais uma vez este passou a ser considerado uma tarefa válida. Não há necessidade de indicar todos: já se fez referência a Crane e a Ashbee; De Morgan foi o grande ceramista da Inglaterra do seu tempo; Powell distinguiu-se nos vidros; Benson, no trabalho com metais; nas artes gráficas, Emery Walker e Cobden-Sanderson, os fundadores da Doves Press. É muito significativo que entre 1880 e 1890 tenham sido fundadas cinco sociedades

---

10. Diz Mackail (*loc. cit.*, ii, p. 272): "*Sir* Edward Burne-Jones disse-me que Morris preferiria que os rostos dos seus quadros fossem menos acabados e menos carregados do sentido concentrado de emoção da pintura. Tal como nos artistas da Grécia e da Idade Média, o rosto humano era para ele apenas uma parte, embora muito importante, do corpo humano.''

9. Dresser: Galheteiro e chaleira, 1883.

de artesanato artístico: a Century Guild, de Arthur H. Mackmurdo, em 1882; a Art Worker's Guild e a Home Arts and Industries Association, esta interessada sobretudo no artesanato rural, em 1888; a Guild and School of Handicraft, de Ashbee; e a Arts and Crafts Exhibitions Society, também em 1888.

A maioria dos membros destas corporações e associações pertencia à geração seguinte à de Morris, mas nem todos. De Morgan, por exemplo, nasceu em 1839, L. F. Day em 1845, Arthur H. Mackmurdo em 1851. Para quem hoje se dedicar ao estudo do trabalho desses artistas estão reservadas grandes surpresas. Tomemos, por exemplo, um galheteiro e uma chaleira (fig. 9) fabricados em 1877 e em 1878 pela firma Hukin & Heath, de Birmingham, segundo desenhos de Christopher Dresser (1834-1904)[11]. Tal como Lewis Day, Dresser era um profissional do desenho industrial, sem dúvida influenciado pelo círculo de Cole. Fez conferências em South Kensington, viajou pelo Japão e trouxe para a sua casa de Londres muitos objetos de arte oriental. Fez também desenhos para os vidros Cluntha e as cerâmicas Linthorpe[12] e escreveu vários li-

---

11. Pevsner, Nikolaus. "Christopher Dresser, Industrial Designer", *Architectural Review*, lxxxi, 1937, pp. 183-6.

12. Encontram-se dois exemplos no Victoria and Albert Museum (C. 788-1925, uma travessa, e C. 295-1926, uma garrafa), e nenhuma delas é sob qualquer aspecto superior à restante cerâmica inglesa dessa época.

10. De Morgan: Prato, 1880.

vros sobre os princípios do desenho, livros bem-pensados mas não muito originais. Isto torna as duas obras referidas ainda mais surpreendentes. Comparadas com as pratas da exposição de 1851, e até com a maioria dos desenhos para prata e casquinha feitos antes de 1900 ou 1905, a simplicidade e a ousadia criadora de Dresser são igualmente significativas. Todos os detalhes do galheteiro e da chaleira estão reduzidos aos elementos fundamentais, tal como acontecia nos primeiros desenhos de Morris. A base do galheteiro é formada por seis simples suportes em forma de ovo, as tampas e as rolhas não são ornamentadas, apenas levemente moldadas, e a asa é composta por linhas retas e por um vigoroso semicírculo. A chaleira é esférica, os pés e o bico destacam-se de uma maneira quase chocante, de tão direta que é, e a asa está também reduzida às formas mais simples possíveis.

Se atentarmos agora num prato com uma gazela (fig. 10), feito por De Morgan nos seus Merton Works entre 1882 e 1888, e que se encontra presentemente no Victoria and Albert Museum, de Londres, verificaremos a mesma compreensão dos elementos decorativos fundamentais, agora simplesmente em termos de duas dimensões em vez de três. É certo que há nele influências de Morris e uma inspiração persa, mas o desenho arrojado e ornamental da árvore por detrás do animal finamente delineado e o símbolo da água, onde os peixes aparecem, dão, ao todo, um cunho extremamente original.

Aquela mesma combinação de originalidade e tradição que garantiu a sobrevivência para além da sua época aos desenhos de Morris caracteriza também a melhor arquitetura inglesa da mesma época. Era também semelhante o antagonismo dos principais arquitetos em relação aos padrões consagrados do desenho.

Verifica-se a mesma orientação em toda a arquitetura profana dos principais países europeus desde 1850 até o fim do século. A maré alta da Renovação Gótica (Parlamento inglês: Barry e Pugin, 1835-52) já estava baixando por volta de 1865, embora evidentemente se encontrem em muitos locais construções posteriores e ainda puramente neomedievais (Town Hall, Manchester: Waterhouse, 1868-77; Universidade de Glasgow: G. G. Scott, 1870; Museu de Ciências Naturais de Londres: Waterhouse, 1873-80). O estilo neo-renascentista estava também em decadência (Reform Club: Barry, desenhado em 1837; Ópera de Dresden: Semper, primeiro edifício em 1838-41; Galeria de Dresden: Semper, 1847-54). A fase seguinte foi o renascimento em toda a parte de um tipo superdecorado de estilo renascentista nórdico (em Paris, as modificações do Hôtel de Ville, já começadas em 1837, na Inglaterra o neo-isabelino, de 1830 em diante, na Alemanha o renascimento *Neudeutsche*, depois de 1870). Imediatamente após o aparecimento deste estilo de decoração surgiu um estilo neobarroco, igualmente superdecorado mas mais monumental (Ópera de Paris: Garnier, 1861-74; Palácio da Justiça de Bruxelas: Poelaert, 1866-83). Era ainda este estilo que dominava o gosto arquitetônico oficial na maioria dos países europeus, mesmo depois de 1900.

Na Inglaterra deu-se uma evolução rigorosamente idêntica; mas, durante os séculos cujos estilos eram agora imitados, a arquitetura inglesa fora tão diferente da do continente que o resultado era também diferente. Na Inglaterra os antecedentes eram mais ou menos os seguintes: o esgotado maneirismo isabelino e jacobiano foi substituído no século XVII pelo de Inigo Jones, depois pelo classicismo barroco majestoso e grave de Christopher Wren, e finalmente por um classicismo paladino mais frio e contido.

Este estilo grandioso, embora circunspecto, dominou durante

todo o século XVIII no que dizia respeito a igrejas e casas grandes; mas com a arquitetura doméstica, de caráter mais íntimo, foi diferente. Neste aspecto a Inglaterra tinha desenvolvido, desde a Idade Média, um estilo discreto, grave e confortável de cunho muito próprio. Depois da subida de Guilherme de Orange ao trono, mesmo os palácios reais (Palácio de Kensington) começaram a ter estas características, que dominam também o estilo das praças e ruas de Londres, e dão à cidade o seu caráter próprio.

Em 1859, Morris pediu a Philip Webb (1831-1915), seu amigo e colega do estúdio de Street, que desenhasse uma casa para ele e sua mulher. A casa foi construída dentro de um espírito contrário ao do século passado. Tal como nos desenhos decorativos, Morris recusou aqui toda e qualquer relação com a Itália e com o barroco, aspirando a qualquer coisa de semelhante ao estilo do fim da Idade Média. Webb introduziu alguns detalhes góticos, tais como arcos ogivais e tetos altos; adotou também a irregularidade da arquitetura doméstica, e especialmente monástica, dos séculos XIV e XV, mas nunca copiou. Adotou até os caixilhos de janela do tipo William and Mary e Queen Anne, sem recear que surgissem contrastes demasiado chocantes entre os diversos estilos em que foi buscar inspiração. Considerada como um conjunto, a Red House é uma construção surpreendentemente original, com ar espaçoso e sólido e, contudo, absolutamente nada pretensioso (fig. 11). Este é talvez o seu aspecto mais importante. O arquiteto não procura imitar os palácios; ao desenhar, pensa numa classe média razoavelmente próspera, mas não muito rica. Deixa à vista o tijolo vermelho das fachadas, sem o cobrir com estuque, como ordenavam as regras do neoclassicismo, e faz com que a aparência exterior da casa seja a expressão das necessidades do interior, sem tentar conseguir uma simetria grandiosa e inútil. Quanto aos interiores, são ainda mais arrojados e originais (fig. 12). Os detalhes são deliberadamente rudes e rústicos. Embora certas salas estejam profusamente ornamentadas, por exemplo, com pinturas da autoria dos amigos pré-rafaelitas de Morris e de Webb, outras revelam uma grande simplicidade.

O equivalente da Red House na arquitetura citadina é a casa do n.º 1 de Palace Green, em Kensington, Londres, desenhada por Webb em 1868 (fig. 13). Este não hesitou em abrir duas janelas Queen Anne, e entre estas colocar um pilar de tijolo, de evidente inspiração gótica, sustentando uma sacada envidraçada sobre um console curiosamente estriado. Webb foi o elemento mais forte e

11. Webb: Red House, Bexleyheath, Kent. Construída em 1859 para William Morris.

12. Webb: Chaminé da Red House, 1859.

13. Webb: O n.º 1 de Palace Green, Kensington, Londres, 1868.

mais são, senão o mais brilhante, da Domestic Revival, nome por que é freqüentemente designado o movimento da arquitetura citadina e rural inglesa entre 1860 e 1900. Para se encontrar brilhantismo, imaginação fecunda e gosto pela novidade deve-se procurar Richard Norman Shaw (1831-1912)[13], e não Webb. As grandes casas de campo de Shaw (ou antes, as casas de campo da sociedade Shaw-Eden Nesfield) começam com uma imitação — Tudor, teatral, indisciplinada e *flamboyant*, de espírito ainda totalmente pré-Morris. Os exemplos mais típicos são Leys Wood, no Sussex (1869),

---

13. Blomfield, *Sir* Reginald. *Richard Norman Shaw, R.A.*, Londres, 1940. Pevsner, Nikolaus. "Richard Norman Shaw, 1831-1912", *Victorian Architecture* (Ed. Ferriday p.), Londres, 1963.

14. Shaw: New Zealand Chambers, Leadenhall Street, Londres, 1872-3.

e Grims Dyke, perto de Londres (1872). Mas logo a seguir a Grims Dyke o estilo de Shaw tornou-se muitíssimo mais original. A sua fantasia voltou-se para o século XVII, e no primeiro edifício que ergueu na cidade, as New Zealand Chambers, na Leadenhall Street, em Londres (fig. 14), infelizmente já destruídas, ousou combinar janelas salientes, com um ar vigoroso de província inglesa, no segundo e no terceiro andares, com um andar térreo que tinha apenas duas grandes janelas de escritório com muitos caixilhos separados por ripas de madeira envernizada. Isto foi em 1872-3. E a casa que Shaw construiu para si próprio na Ellerdale Road, Hampstead, Londres, em 1875, tem idêntico arrojo (fig. 15). Agora os motivos principais, além das empenas holandesas curvas, com uma forma que fora muito popular na Inglaterra entre 1630 e 1660, são as altas

15. Shaw: A sua própria casa, Ellerdale Road, Hampstead, Londres, 1875.

e esguias vidraças da arquitetura de estilo William and Mary e Queen Anne. A composição é propositadamente pitoresca, mas muito bem equilibrada, e de modo nenhum devida ao acaso.

    Embora esta chamada Renovação do Queen Anne tivesse grande aceitação, Norman Shaw não se contentou com ela durante muito tempo. Alterou novamente o seu estilo — ou talvez antes as fontes do seu estilo, pois permaneceu até o fim fiel ao historicismo como tal, embora o que adotou fosse um tratamento superior dos antecedentes históricos. Nos fins dos anos 80 recordou aquilo que o seu antigo sócio Eden Nesfield (1835-88) tinha feito já em 1870, e dedicou-se a um estudo do estilo da pequena casa campestre e citadina dos fins do século XVII e princípios do XVIII na Inglaterra, não apenas no que diz respeito à decoração de janelas, mas também quanto ao conjunto das suas fachadas lisas, corretas, bem-proporcionadas e feitas de tijolo não ornamentado. A Lodge de Nesfield, nos Kew Gardens, foi de fato construída em 1866, e apresenta as curtas colunas de tijolo habituais na Inglaterra por volta de 1660 ou 1670, um telhado alto em pirâmide e janelas salientes com frontões segmentados. O Kinmel Park, de Nesfield (fig. 16), só foi começado em 1871, mas provavelmente foi desenhado mais cedo. As suas janelas de guilhotina esbeltas e seccionadas e janelas de sótão salientes com frontões valem por si sós. Shaw utilizou o Kinmel Park como fonte de inspiração já tardia quando, em 1888, desenhou o n.º 170 de Queen's Gate, em Londres (fig. 17). Esta casa, uma exceção no conjunto da *oeuvre* de Shaw, deu início a uma moda que só no século XX atingiu o clímax. É um fato que ela se aproximou tanto do espírito do novo século quanto era possível sem romper com a tradição, e neste aspecto é mais revolucionária do que a obra de qualquer dos contemporâneos de Shaw, tanto na Inglaterra quanto no estrangeiro.

Além de Shaw e de Webb, apenas mais um arquiteto inglês deve ser aqui mencionado, Edward Godwin (1833-86), mais desenhista do que propriamente arquiteto. Era amigo de William Burges, arquiteto de igrejas neogóticas e de edifícios laicos e criador de algumas decorações fantásticas, às quais voltaremos a nos referir mais adiante. Godwin começou com algumas experiências de gótico civil, coroadas de êxito (Northampton Town Hall, 1861), mas logo o seu interesse se voltou para aspectos mais domésticos e originais. Na sua própria casa de Bristol, já em 1862, tinha assoalhos lisos, paredes de cores simples, alguns tapetes persas, gravuras japonesas e mobílias antigas. Pode se dar como certa a influência de Godwin sobre Whistler, o qual alguns anos mais tarde usou paredes nuas e de cores simples. Godwin desenhou para Whistler em 1878 a White House de Tite Street, em Chelsea (fig. 18), a casa de maior interesse na Inglaterra antes das de Shaw em Ellerdale Road e em Queen's Gate, original, ousada, irônica (se é que a arquitetura pode ser irônica), e de fato com as janelas dispostas de maneira extremamente curiosa.

Além da Inglaterra, só outro país participou desta revolução doméstica dos fins do século XIX: os Estados Unidos. Foi esta a

16. Nesfield: Kinmel Park, Abergele, Gales, 1871 ou anterior.

17. Shaw: Prédio com o n.º 170 de Queen's Gate, Londres, 1888.

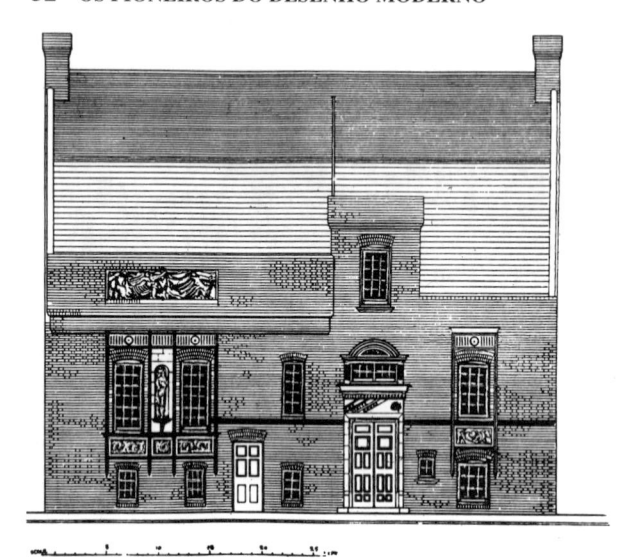

18. Godwin: White House, Tite Street, Chelsea.
Construída para Whistler (com alterações) em 1878.

primeira vez que o Novo Mundo ousou candidatar-se à liderança da arquitetura mundial, embora fosse ainda, pelo menos quanto ao aspecto doméstico, uma liderança conjunta. O primeiro arquiteto a passar do provincianismo para uma posição de vanguarda foi Henry Hobson Richardson (1838-86)[14]. A sua vivenda, F. L. Ames, em North Easton, Massachusetts, de 1880-81, e a casa Stoughton, em Cambridge, Massachusetts, de 1882-3 (fig. 19), são ainda mais originais e independentes do que as casas de Shaw da mesma época. Com o emprego de ripas e de alvenaria irregular, de saibro, e, como somos tentados a dizer, de uma pitoresca simetria, Richardson revela uma originalidade tão grande como a de Shaw e um vigor ainda maior. Mais adiante mencionaremos os seus edifícios comerciais, em que evidencia uma força ainda mais impressionante. Tanto o seu estilo citadino como o campestre foram desde logo largamente imitados por numerosos arquitetos, uns bons, outros maus,

---

14. Hitchcock, Henry-Russel. *The Architecture of H. H. Richardson and his Times*, Nova York (Museu de Arte Moderna), 1936.

19. Richardson: Casa Stoughton, Cambridge, Massachusetts, 1882-3.

outros medianos. Um dos melhores discípulos que teve foi Stanford White (1853-1906), cujo Cassino de Newport foi construído em 1881 (fig. 20). Notam-se aqui nitidamente as mesmas qualidades da casa de Stoughton, embora, talvez, com um pouco menos de elegância.

Stanford White, menos primitivo e duro do que Richardson, podia com certeza dar o mesmo passo que Shaw entre as casas de 1875 e as de 1888. Apenas no caso de White o novo ideal de simplicidade não era expresso em termos do Queen Anne inglês, mas primeiro em termos de alto-renascimento centro-italiano, e depois de colonial americano. Alguns exemplos são bastante conhecidos: as casas Villard, na Madison Avenue, de Nova York, feitas em 1885, a casa de H. A. C. Taylor, em Newport, Rhode Island, de 1886, ou o clube de *cricket* de Germantown, em Filadélfia, de 1891[15] (fig. 21).

---

15. *A Monograph of The Work of McKim, Mead and White, 1879-1915*, Nova York, 1915-19, i. Também Scully, V. J. *The Shingle Style*, New Haven, 1955.

54 OS PIONEIROS DO DESENHO MODERNO

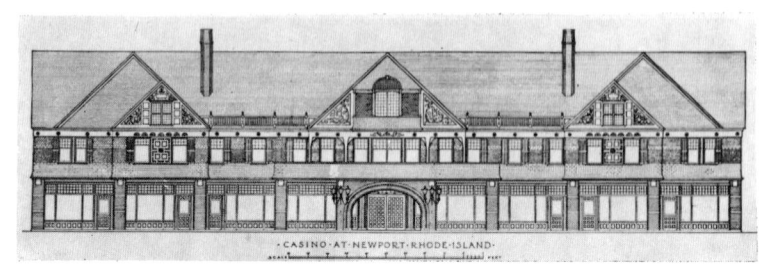

20. White: Cassino de Newport, 1881.

21. White: Clube de Cricket de Germantown, Filadélfia, 1891.

Embora estas contribuições americanas fossem estimulantes e originais, não tiveram qualquer repercussão imediata na arquitetura européia. Houve na Inglaterra algumas semelhanças ocasionais com Richardson (que serão referidas no último capítulo), mas o continente não tomou conhecimento das inovações americanas durante um período surpreendentemente longo. Quando os arquitetos continentais se cansaram do espírito pretensioso do neobarroco e se libertaram de todas as formas antigas com um curto mergulho na Art Nouveau, foi à Inglaterra que pediram ajuda, à arquitetura e ao artesanato ingleses, e não ainda à América.

CAPÍTULO TRÊS
A PINTURA DE 1890

Foram artistas ingleses que desbravaram o caminho para um futuro estilo de arquitetura e desenho, mas foi no continente que se conceberam e desenvolveram os novos ideais da pintura. O papel desempenhado pela Inglaterra no progresso do movimento consistiu em conservar e renovar tradições sãs para estabelecer alicerces sólidos sobre os quais a estrutura pudesse vir a ser construída; coube aos artistas do continente a tarefa de fazer surgir no mundo da arte uma nova fé.

Morris recusara-se a seguir o caminho da geração que o precedera; os principais artistas do continente que citaremos neste capítulo fizeram o mesmo, ou melhor, fizeram o mesmo exteriormente. Porque Morris revoltou-se contra os horrores de 1851, e os reformadores de 1890 contra Manet, Renoir e os outros impressionistas, que eram artistas de gênio. Morris detestava a superficialidade dos seus antecessores imediatos e aquele liberalismo que foi responsável pelas condições sociais e artísticas da Inglaterra; os rebeldes de 1890 acusavam também os seus antecessores de superficialidade (embora num sentido diferente, o do interesse exclusivo pelas qualidades de superfície) e de maior preocupação com interesses pessoais do que com os da comunidade, que é um corolário filosófico do liberalismo.

Dentro destes limites, o movimento de Morris e o movimento da pintura que surgiu cerca de 1890 seguiram vias semelhantes para atingir fins semelhantes. Mas há uma diferença fundamental quanto aos meios e aos fins. Morris sonhava com uma renovação da sociedade, do artesanato e das formas medievais; os chefes de

22. Renoir: *O Julgamento de Páris*, 1908.

fila da pintura européia de 1890 lutaram por algo que nunca tinha existido antes. O seu estilo, considerado em conjunto, não estava ligado ao ressurgimento de qualquer período antigo, não tinha obstáculos nem compromissos que o embaraçassem. O mesmo pode-se também afirmar da arquitetura e da decoração da Art Nouveau, mas os pintores fizeram a ruptura antes dos arquitetos. Impõe-se portanto uma referência à revolução na pintura antes de continuarmos o estudo da evolução arquitetônica e decorativa que constitui o tema principal deste livro.

Foram muitos os artistas que participaram neste movimento simultaneamente destrutivo e construtivo. As personalidades mais marcantes eram as de dois franceses, Cézanne e Gauguin, de um holandês, van Gogh, e de um norueguês, Munch. Além destes devem ser mencionados outros cinco: Seurat, Rousseau, Ensor, Toorop, Hodler.

Pode-se exemplificar a mudança radical ocorrida na pintura por volta de 1890 com uma comparação entre o *Julgamento de Páris*, pintado por Renoir em 1908 (fig. 22), e o grande quadro de Cézanne, *Banhistas*, de 1895-1905 (fig. 23). O quadro de Renoir, ape-

23. Cézanne: *Banhistas*. 1895-1905.

sar da sua data mais tardia, é obra de um impressionista clássico; e, apesar de ter nascido na mesma década que Manet, Renoir e Monet, Cézanne (1839-1906) só foi impressionista durante muito pouco tempo. O seu estilo filiava-se inicialmente a Delacroix, a Courbet e ao Barroco e, apesar de mesmo nas obras mais maduras conservar aquela beleza da superfície que era o único ideal do impressionismo, tinha um ideal próprio que era em larga medida oposto ao deste. A superfície de uma paisagem de Monet é um véu cintilante — e as colinas, árvores e casas de Cézanne são planos tranqüilos e monumentais, repousando no espaço tridimensional do quadro.

O encanto do *Julgamento de Páris*, de Renoir, reside no jogo dos corpos rosados no meio de uma paisagem levemente esboçada em tons verdes, azulados e rosa. É um encanto extremamente sensual; Renoir dizia francamente que perante uma obra-prima a única coisa que lhe interessava era ter prazer com ela. Uma vez elogiou um quadro dizendo que "apetecia beijá-lo", e outra censurou um

---

1. Vollard, Ambroise. *Renoir, an Intimate Record*, Nova York, 1925, p. 129.

grande pintor por "nunca ter acariciado a tela"[1]. A aspiração suprema de Renoir era captar toda a felicidade de um momento que passa, toda a alegria da luz e da cor em que o olhar se pode embeber em qualquer dia e a qualquer momento, fazer com tudo isto uma composição harmônica e ampla e pintá-lo com toda a sua beleza atmosférica.

Cézanne desprezava esta concepção superficial. As suas *Banhistas* não têm nenhum encanto sensual. Não têm um valor intrínseco, mas um valor que é função de um esquema abstrato de construção, o qual é o verdadeiro tema do quadro. A aspiração de Cézanne é fixar as qualidades substanciais dos objetos; toda a beleza transitória é alheia ao seu espírito. A mulher em posição oblíqua da esquerda é uma diagonal prolongada pelas árvores desusadamente inclinadas. A curva poderosa das costas e da coxa da figura sentada à esquerda serve para ligar estas diagonais às quatro horizontais dominantes. Os rostos são vagos, nenhuma expressão pessoal é permitida. Cézanne não se preocupa com o indivíduo, pois especula com a idéia do Universo. "A esse bando dos impressionistas", protestou ele uma vez, "faz tanta falta um mestre como uma idéia"[2]. Ao construir os seus quadros com "cilindros, esferas e cones"[3], Cézanne esforçou-se por parafrasear as leis eternas da natureza. E por isso viu-se quase obrigado a sofrer tormentos infindáveis com os seus quadros, alterando-os e recomeçando-os incontáveis vezes. Para um retrato precisava de mais de cinqüenta poses, e muitos deles apresentam provas deste esforço apaixonado.

A intensidade e a paixão que Vincent van Gogh (1853-90) empregou neste esforço foram demasiadas; perdeu a razão logo após terminar a sua tarefa. A vida de van Gogh é altamente significativa da atitude diferente que inspirava os artistas criadores por volta de 1890. Antes de descobrir na pintura um meio de expressão adequado fez-se pregador laico junto aos pobres e aos desprotegidos e teve de trabalhar muito antes de adquirir um certo domínio da técnica da pintura. Encontra-se nele um estilo amadurecido nas obras de dois únicos anos, quadros pintados com uma rapidez frenética, "tal como o ceifeiro que trabalha silenciosamente sob o sol escaldante, concentrado no trabalho"[4]. Pode um quadro representar

---

2. Gasquet, Joachim. *Cézanne*, Paris, 1921, p. 46.
3. Cézanne, Paul. *Letters*, Londres, 1941, p. 234.
4. Van Gogh, Vincent. *Letters to Émile Bernard*, Nova York (Museu de Arte Moderna), 1938, p. 51.

apenas uma simples cadeira vazia, mas significa que a cadeira está vazia devido à trágica partida do amigo — e toda a violência opressiva deste sentimento está expressa nas cores e nos golpes furiosos de grandes pincéis. Pode pintar um café, mas pinta-o como "um lugar onde se pode enlouquecer, ou praticar um crime"[5]. A cor, sobretudo, nunca é acidental, nunca se limita a ser um equivalente de sombras observadas na natureza. O aparecimento de uma nova cor vem sempre sugerir uma "emoção de um temperamento ardente"[6], talvez "o pensamento de um cérebro" ou "o amor de dois amantes"[7].

Portanto nenhum dos seus retratos da maturidade se limita a ser um retrato, uma simples representação dos caracteres de uma pessoa qualquer. De maneira misteriosa há sempre muito mais coisas inscritas nas linhas de um rosto, na rude forma de um corpo ou nos traços duros de um fundo (fig. 24). De novo nos sentimos subitamente diante da natureza como força criadora, magnífica e terrível, e não a superfície variável da natureza tal como ela é talentosamente pintada pelo impressionista. Na sua *Jeanne (Primavera)*, de 1882 (fig. 25), Manet pouca diferença estabelece entre a consistência do ser humano e a do fundo. Esta recusa de distinguir o variável do permanente, o absoluto do acidental, vinha se manifestando na filosofia desde o século XVII; criou a arte da paisagem holandesa e chegou ao apogeu com o impressionismo. *Jeanne* só tem importância para o artista na medida em que faz parte da natureza, em que reflete a cor e a luz.

Mas para van Gogh a camponesa, tal como ele tão bem a conhecia, serve de veículo para uma idéia. É sagrada e indestrutível como símbolo. Ansiava ele por pintar "quadros de santas mulheres cuja vida pareceria pertencer a outra época e que ao mesmo tempo seriam mulheres do povo nos tempos atuais"[8]. Desejava dirigir-se aos homens do povo, achava que estes estavam mais no bom caminho ao comprarem gravuras coloridas baratas e grosseiras do que os habitantes da cidade ao irem às exposições de arte[9]. Preferia a

---

5. *Further Letters of Vincent van Gogh to his Brother, 1886-1889*, Londres, 1929, p. 174.
6. *Ibid.*, p. 171.
7. *Ibid.*, p. 166. É interessante verificar que certas observações de Cézanne conduzem à mesma idéia. Recusou-se a pintar Clemenceau porque não conseguia deixar de imaginar "azul-amargo e amarelo-venenoso" e "linhas convulsivas" cada vez que começava a pensar nele. Conta isto dizendo: "Este homem não acredita em Deus." Gasquet, *op. cit.*, p. 118.
8. *Further Letters...*, p. 384.
9. *Ibid.*, pp. 332 e 413.

60 OS PIONEIROS DO DESENHO MODERNO

24. Van Gogh: *Retrato*, 1890.

25. Manet: *Jeanne (Primavera)*, 1882.

simplicidade da gravura colorida popular ao requinte da pintura contemporânea, e esforçou-se por conseguir uma idêntica simplicidade de temas e de técnica. Só a falta de confiança no seu próprio valor evitou que se dedicasse aos temas religiosos. Começou de facto a pintar um *Jardim de Getsêmani*, mas depois destruiu-o. Esperava que o fato de pintar durante o dia inteiro o libertasse desta "terrível necessidade de religião"[10]. Mas não conseguiu: a "terrível necessidade" aparece em tudo o que fez e comunica essa intensidade convulsiva a qualquer homem, flor ou nuvem que escolhe para objeto da sua devoção.

É certo que só em van Gogh esta necessidade de religião surgiu com tanta violência. Mas teria Gauguin (1848-1903) abandonado a Europa e começado uma nova vida entre os selvagens das ilhas do Pacífico se não desprezasse também a futilidade da vida do século XIX? Antes de partir voltou-se durante algum tempo para a pintura religiosa. Na galeria de Edimburgo há um quadro de Jacob lutando com o Anjo, com um fundo de mulheres bretãs, e há também o *Cristo Amarelo*, que pode se ver na fig. 26. Nenhum pintor impressionista ficaria satisfeito com estas formas de madeira, severa, rudemente contornadas a preto — *cloisonnism*, como foi designado pela imprensa — e com estas cores pesadas, sólidas e intensas, nem teria escolhido este tema. O impressionista interessa-se apenas por aquilo que pode ver com os seus próprios olhos, e para ele só a superfície tem importância. É tão materialista como qualquer filósofo vitoriano. Para Gauguin a superfície é material e a disposição ocasional dos objetos na natureza é apenas um estímulo para a concepção do quadro. O processo básico consiste em condensar na impressão recebida algo que contém todos os fatores de significado permanente. No *Cristo Amarelo* o fundo não é um fragmento particular da paisagem francesa, é o símbolo geral da Bretanha e do espírito da vida campesina, bem perto da terra, e piedosa de uma maneira elementar e não racional. Nos rostos destas mulheres bretãs não há pensamento — tudo o que exprimem é cansaço após o trabalho, resignação e muda submissão. O Cristo ao centro do quadro tem também esse primitivismo propositado que os expressionistas de 1920 incutiam nas suas figuras — é um ídolo, e não uma imagem do Cristo crucificado, como fora durante os cinco séculos que antecederam Gauguin. Na verdade Gauguin copiou-o de uma gravura rústica bretã em madeira dos fins da Idade Média.

---

10. *Ibid.*, p. 203.

26. Gauguin: *Cristo Amarelo*, 1889.

Durante 1886 e os anos seguintes Gauguin trabalhara na Bretanha, em Pont Aven[11]. Um grupo de jovens artistas, dentre os

---

11. Para tudo o que diz respeito a Gauguin e aos outros primeiros pós-impressionistas franceses, exceto Cézanne, ver V. Rewald, *Post-Impressionism, from van Gogh to Gauguin*, Nova York (Museu de Arte Moderna), n.d. (1956).

quais se destacavam Émile Bernard e Paul Sérurier, reunira-se em torno dele. Num intervalo desses anos da Bretanha, Gauguin foi à Martinica, e em 1891 deixou a Europa mais uma vez, fugindo da falsidade ocidental. Foi ao Taiti, ficou lá até 1893, voltou à França e regressou ao Taiti em 1895, desta vez para sempre. O que o prendeu foi ter encontrado lá homens e mulheres ingênuos e não corrompidos pelo raciocínio tortuoso de Paris, confiantes no instinto e nas suas paixões; e encontrou uma natureza fértil e virgem.

A natureza — quer dizer, o espírito da natureza, e também, num sentido muito mais lato, a natureza como poder universal oposto à independência humana — é uma das divisas do movimento renovador da pintura européia de cerca de 1890. Pode significar, como em Gauguin e van Gogh, um regresso ao instinto e ao abandono de si próprio, ou então, como em Cézanne, um regresso aos fundamentos da geometria. Pode conduzir ao expressionismo ou ao cubismo. Pode levar a procurar inspiração no cilindro, na esfera e no cone, ou na gravura em madeira polinésia ou medieval; é sempre a mesma atitude básica de oposição à mentalidade do século XIX.

A modificação do estilo das artes gráficas iniciada por Gauguin com as zincogravuras de 1889 foi um resultado característico da redescoberta dos aspectos mais intensos da arte primitiva. Estas gravuras jogam com contrastes violentos de superfícies lisas; são abolidas todas e quaisquer sombras sutis e transições atmosféricas. Não é de admirar que alguns anos mais tarde Gauguin tenha recorrido a um meio ainda mais adequado de exprimir em branco e preto essas visões que lhe enchiam o espírito. A gravura em madeira feita simplesmente com uma faca não poderia produzir efeitos que não fossem simples e fortes (fig. 27). Só por meio de um *tour de force* aberrante os gravadores em madeira do século XIX puderam produzir superficialmente obras que tinham o encanto sutil dos esboços.

As primeiras gravuras em madeira de Gauguin datam do período imediatamente posterior à sua fixação no Taiti. Precisamente na mesma altura um dos seus seguidores, o pintor suíço Félix Vallotton (1865-1925)[12], descobrira as possibilidades da gravura em madeira para exprimir os novos sentimentos de 1890. Nas suas gravuras de 1892 e 1893, *O Anarquista* ou *As Moças*, vai tão longe na redução dos cambiantes e na acentuação de alguns elementos e ges-

---

12. Cf. Fedgal, Charles. *Félix Vallotton*, Paris, 1931.

27. Gauguin: *Mulheres no Rio (Auti Te Pape)*, c. 1891-3.

tos principais que chega a aproximar-se da caricatura. E o principal quadro que pintou nesse período, *O Banho* (fig. 28), é talvez o mais surpreendente exemplo de infantilismo propositado que essa geração produziu. De maneira extremamente chocante, Vallotton combinou algumas figuras estilizadas vestidas de grotescas camisolas com dez ou doze nus muito ousados. Não é de admirar que se tenha tornado um dos expoentes da transformação dos cartazes em obras de arte, começando a produzi-los em 1892.

Os primeiros cartazes franceses cujo valor se baseia na oposição de superfícies simples e de cores vivas e na abolição do espaço (Toulouse-Lautrec, Steinlen) apareceram nesta mesma época. Quase ao mesmo tempo alguns artistas ingleses, destacando-se acima de todos os Beggarstaffs (J. Pryde e W. Nicholson), aderiram ao movimento e criaram alguns cartazes admiráveis (*Cinderella*, teatro de Drury Lane, 1894)[13].

Certos quadros pintados no mesmo período por Maurice Denis (1870-1945), como *Abril*, que se encontra no Kröller-Müller Museum, de Otterlo (fig. 29), têm também estreitas afinidades com

---

13. Cf. Sponsel, Jean Louis. *Das moderne Plakat*, Dresden, 1897. Price, Charles Matlack. *Posters*, Nova York, 1913. Kauffer, E. McKnight. *The Art of the Posters*, Londres, 1924. Koch, R. "Art Nouveau Posters", *Gazette des Beaux-Arts*, 7.ª série, i, 1957.

A PINTURA DE 1890 65

28. Vallotton: *O Banho*.

29. Denis: *Abril*, 1892.

os cartazes. Gauguin é a fonte comum de todos eles, e causara a Denis, que o conhecera através de um amigo comum, Sérusier, uma profunda impressão[14]. As jovens estão vestidas de branco, a vereda serpenteia numa curva que se harmoniza com os vestidos, e os ramos arqueados do primeiro plano resumem o tema, um tema que ao mesmo tempo é decorativo e contém um sentido que permanece oculto. Há uma coisa de que se tem a certeza: é que estas jovens não vieram simplesmente dar um passeio e colher flores. Com efeito, o quadro faz parte de uma série sobre as quatro estações, e Denis é autor de outras composições também muito decorativas e carregadas de sentido, tanto em pintura quanto em vitral. Ilustrou também livros e desenhou tapetes e papéis de parede. Este regresso do círculo de Gauguin ao artesanato — paralelo curioso e nada significativo com o Artes e Ofícios nascente na Inglaterra — é também significativo do abandono da arte em nome da exclusiva imitação habilidosa da natureza.

Gauguin começou a trabalhar em cerâmica logo em 1886, e em 1888-90 o seu estilo tornou-se muito ousado e rude; gravou alguns relevos em madeira em 1890 — sendo um deles chamado *Soyez Mystérieuses*. E Émile Bernard (1868-1941), amigo de Gauguin, Cézanne e van Gogh, pintor de quadros religiosos medievalizantes, que pode muito bem ter sido o primeiro a chamar a atenção de Gauguin para os temas cristãos, gravou em madeira e fez desenhos para tecidos e vitrais, tudo isto em 1888, e em 1890 tentou até ganhar dinheiro como desenhista de uma fábrica de tecidos de Lille[15]. Não sabemos como eram esses desenhos; os do artesanato são de novo insípidos, hieráticos, resumidos, e lembram igualmente os antigos folhetos e os novos cartazes. É este o principal aspecto que a pintura de Seurat e a de Rousseau têm em comum. A *Grande Jatte* (fig. 30), de Georges Seurat (1859-91), foi considerada uma brincadeira quando exibida em 1886. As figuras são brinquedos de criança que parecem ser de madeira, movem-se tão desastradamente como se fossem bonecos de corda correndo sobre carris invisíveis paralelos à moldura do quadro. Parece-nos ouvir o tique-taque dos seus movimentos. Tampouco os cães e o ridículo macaquinho têm qualquer espécie de vida. Esta eliminação propositada da atmosfera é tanto mais notável quanto Seurat começara a partir do

---

14. Jamot, Paul. *Maurice Denis*, Paris, 1945.
15. Rewald, *op. cit.*, p. 446.

30. Seurat: *Um Domingo à Tarde na Ilha da Grande Jatte*, 1884-6.

impressionismo e desenvolvera a sua estranha técnica de mosaico enquanto se empenhava em levar ao extremo limite o princípio científico em que a dissolução impressionista da superfície se baseia. Os impressionistas pintavam com leves pinceladas e vírgulas de cores não misturadas, a fim de deixar ao olhar do espectador a tarefa de reunir os pontos separados. Isto ajudava a criar aquele efeito de atmosfera difusa que, segundo os impressionistas convictos, era o equivalente do mundo. Ao condensar estes flocos dispersos em pequenas unidades sólidas, Seurat destruiu o efeito pretendido por Renoir e Monet, substituindo-o por um efeito irreal de rigidez hierática.

Seurat deve ter gostado do choque que esta rigidez aparentemente infantil provocou no público. Caso contrário não teria pintado as suas cenas de circo, como o *Chahut* (1890) e a *Parada de Circo* (1888), cheias de grotescos acrobatas e dançarinos, que parecem petrificados em atitudes contorcidas. Mais uma vez se nos depara uma revolta — tal como nas *Banhistas*, de Cézanne, nas paisagens de van Gogh, ou nas taitianas de Gauguin —, uma súbita revelação da futilidade da civilização moderna.

Este sentimento só não está presente, de todos os pintores mais característicos de 1890, em Rousseau, Le Douanier (1844-

1910), a quem o destino dera um espírito ingênuo e infantil que lhe permitia pintar de uma maneira primitiva sem qualquer revolta consciente. Nada há nesta arte de semelhante às sutilezas estéticas de Manet ou Degas; mas esta perda de valor estético é compensada por um aumento de valor vital, o que quanto a nós equivale a valor histórico.

No seu auto-retrato em tamanho natural de 1890 (fig. 31) as cores são tão puras como nas ilustrações de um calendário antigo, e as formas de tal simplicidade parecem desenhadas por uma criança. Estas bonitas bandeiras em arco, estas nuvens rebuscadas com o balão flutuando por cima, e a silhueta negra do próprio pintor, com ar bastante mal-humorado, poderiam parecer produtos do espírito anômalo de qualquer amador sem talento. Hoje somos já capazes de compreender que tudo isto corresponde às tendências de Seurat e de Vallotton e constitui um marco decisivo na evolução da arte ocidental.

Tal como Gauguin, Rousseau sentia-se atraído pela vida primitiva dos trópicos onde já estivera uma vez, e alguns anos mais tarde começou a pintar florestas virgens, leões, tigres, macacos e caçadores. Não é fácil analisar a sua atitude ao fazê-lo. Nas suas pinturas não há aquela qualidade sagrada que Gauguin, e mais tarde Nolde, incutiam nas suas fábulas simples. Mas elas são notavelmente sinceras no seu tratamento infantil, com árvores e animais selvagens iguais aos que as crianças gostam de ver e que as assustam nos livros ilustrados. É possível que, com uma técnica aparentemente tão pobre, Rousseau se tenha aproximado mais do mundo dos selvagens do que Gauguin, com o seu superior conhecimento da arte.

Os quadros de James Ensor (1860-1949), representando foliões mascarados, podem também à primeira vista parecer simples divertimento. Mas o seu verdadeiro significado é exatamente contrário ao das obras de Seurat ou de Rousseau. Ensor fora também impressionista durante algum tempo; começou a pintar máscaras ainda antes de rejeitar os dogmas do impressionismo; nas obras da maturidade, pintadas a partir de cerca de 1886 (fig. 32), nada há do naturalismo impressionista nem da simplicidade de espírito de Rousseau ou do estilo direto de Seurat. Não foi por gostar da algazarra das festas que pintou estes grupos de pessoas com máscaras de dentes arreganhados, mas sim porque a máscara permite ao artista fixar num rosto uma expressão duradoura de maldade demoníaca. É mais

31. Rousseau: *Auto-retrato*, 1890.

uma vez uma negação dos matizes, um "regresso aos elementos básicos", apesar de Ensor considerar que o elemento básico extremo que se devia procurar eram as raízes na natureza humana. A verdade desta interpretação da sua atitude pode ser verificada em outros

32. Ensor: *Intriga*, 1890.

temas pintados por ele durante estes anos decisivos. Os quadros principais que pintou foram as *Tentações de Santo Antônio*, em 1882, e a *Entrada de Cristo em Bruxelas*, em 1888. Mais uma vez aqui o Santo ou o Deus aparecem rodeados por demônios horrendos, ainda mais terríveis por efeito da máscara e por vezes da doçura das cores de Ensor. Porém, os mesmos rosas cor de carne, azuis-sedosos e verdes-doces e ricos que num quadro impressionista servem para acentuar a alegria da superfície, em Ensor intensificam o disforme contraste com a inquietação das cenas que descreve.

Para qualquer lado que se olhe aparece uma nova concepção da "pintura de tema" como parte integrante do movimento de 1890. Pensar no impressionismo é pensar em paisagens, retratos e naturezas-mortas, e não em religião ou filosofia. É certo que houve muitos pintores não impressionistas que pintaram temas patrióticos ou alegóricos, pintura de "anedota" e de gênero mas, dentre os chefes espirituais, poucos dos pré-rafaelitas ingleses, os últimos descendentes do romantismo, dos princípios do século XIX, e dos pioneiros de 1890 se interessaram pelos temas como tais. E quando uma vez mais o movimento de 1890 se inclinou para o simbolismo, a inspiração veio mais freqüentemente do que em geral se pensa através dos numerosos, senão muito profundos, canais do Artes e Ofícios inglês, que bebiam ainda na fonte do pré-rafaelismo. É este

A PINTURA DE 1890   71

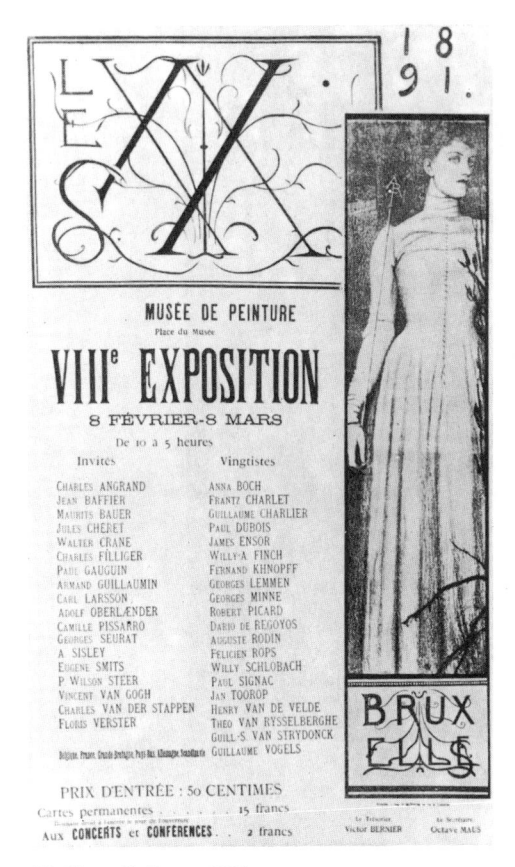

33. Khnopff: Cartaz, 1891.

o caso dos dois pintores franceses que foram entre 1860 e 1890 os expoentes de uma arte expressiva de pensamentos mais profundos do que aqueles que a vida de todos os dias podia inspirar: Gustave Moreau (1826-98), amigo de Huysmans, e Odilon Redon (1840-1916).

O elo de ligação entre Moreau e os pré-rafaelitas ingleses e o novo estilo de 1890 é a obra do belga Fernand Khnopff (1858-1921). Tinha sangue inglês, era casado com uma inglesa, e passou alguns anos na Inglaterra. O primeiro quadro simbólico que pintou, *A Esfinge*, data de 1884; de cerca de 1891-6 são as obras principais (*A Oferenda*, 1891). O cartaz da fig. 33 é de 1891 e destinava-se a

34. Toorop: *A Fé Esmorecendo*, 1891.

anunciar uma exposição de Les Vingt, um grupo de artistas de Bruxelas a que voltaremos ainda a nos referir. A tipografia é ainda inteiramente vitoriana, indisciplinada e desordenada sem ser verdadeiramente original, mas a figura da direita, que foi repetida quatro anos mais tarde no quadro *Arum Lily*, tem uma pose rígida e hierática, como se estivesse numa procissão ritual[16].

A posição de Jan Toorop (1858-1928) na Holanda corresponde à de Khnopff na Bélgica[17]. De início, igualmente influenciado pelas tendências do século XIX, teve também uma experiência pes-

---

16. Kock, R. Marsyas, v, 1950-53.
17. Blasschaert, A. *Jan Toorop*, Amsterdã, 1925. Knipping, J. B. *Jan Toorop*, Amsterdã, 1945.

soal da Inglaterra (cerca de 1885), também se casou com uma mulher britânica (nascida na Irlanda de pais ingleses e escoceses), e chegou igualmente ao simbolismo cerca de 1890. Fez o desenho intitulado *A Fé Esmorecendo* (fig. 34), em 1891, e é esta a primeira obra em que mostra o novo estilo plenamente desenvolvido: um confuso emaranhado de membros descarnados que só pode ser compreendido depois de se ler um programa detalhado. Este esoterismo e a complexidade da tela, cheia de corpos humanos, revelam mais duas fontes do estilo de Toorop, uma duvidosa e outra certa: a arte linear e o simbolismo hermético de Blake e as artes de Java, que Toorop conhecia graças às colónias orientais da Holanda. É evidentemente significativo que Toorop tenha nascido em Java, que o pai tivesse algum sangue javanês e que nos meados da década de 80 T. A. C. Colenbrander tenha lançado na Holanda a moda da imitação das gravuras *batik* da Indonésia, tal como Gauguin imitaria nas suas escassas estatuetas de madeira dos anos 90[18] os ídolos das Índias Ocidentais e do Pacífico.

O estilo de Ferdinand Hodler (1853-1918) era mais feliz que o de Toorop e mais puro que o de Gauguin, e este pintor suíço dedicou-se a exprimir a verdade sagrada em temas de linhas e de cores frias e vigorosas. O primeiro retrato de Hodler, que manifesta uma acentuada tendência para a simplificação hierática, é de 1888; *A Noite*, seu primeiro quadro alegórico, é de 1890. O quadro intitulado *O Eleito*, que se vê na fig. 35, foi concebido em 1893 e executado em 1893-4. Uma tapeçaria, não um quadro: eis o que sentimos. Não são admitidos quaisquer valores espaciais, e muito menos atmosféricos. Os seis anjos da guarda não estão pousados no solo; em princípio deviam estar voando, mas não é essa a impressão que provocam. Não há tampouco ar algum entre os pés e a erva, ou entre os corpos e o fundo. Como seis longas e esguias formas semelhantes a velas, rodeiam numa elipse incompleta a pequena e frágil figura do rapaz orando. Os braços e as mãos deste são tão delicados como os que Toorop e Khnopff desenharam. Qualquer encanto sensual de carne e pele iria destoar do conteúdo principal; a obra de Hodler está mergulhada num ambiente de fria e límpida abstração. Não é de admirar que ao chegar à velhice se te-

---

18. *Dekorative Kunst*, i, 1898. Citação de Madsen, S. T., *Sources of Art Nouveau*, Oslo, 1956, p. 199.

35. Hodler: *O Eleito*, 1893-4.

nha interessado pelas paisagens alpinas. Todos os artistas que lutaram por esta pureza de estilo e rigor de expressão tinham forçosamente de encarar com desdém o realismo de superfície e a composição frouxa da escola impressionista.

Mas o maior pintor germânico desta geração, com muito mais força expressiva que Hodler e Toorop, foi Edvard Munch (1863-1944). Tal como a maioria dos líderes desta geração, tinha passado por uma fase impressionista; mas enquanto trabalhava em Paris sob a influência de Pissarro assimilou, ao princípio talvez inconscientemente, o estilo de Gauguin, ganhando assim forças para se libertar das perigosas tentações da beleza superficial. Depressa começou, de uma maneira surpreendentemente original, a simplificar e a rejeitar todos os elementos não essenciais. Atingiu o fim desta fase de transição no começo dos anos 90; as suas pinturas, gravuras em madeira e litografias de 1893, 1894 e 1895 são uma síntese da faceta germânica do novo movimento, tão forte e tão séria como os quadros e desenhos de van Gogh de 1889 e 1890, e contudo de caráter radicalmente diferente.

36. Munch: *O Grito*, 1893.

No quadro *O Grito* (fig. 36) os elementos naturais estão reduzidos ao mínimo; o mar, a colina, a praia, o pontão. O rosto da criatura que grita — nem sequer conseguimos identificar-lhe o sexo — só é definido na medida em que a expressão intensa o exige. O grito molda este rosto e penetra o quadro todo, levado por ondas de som perfeitamente visíveis. Munch atinge assim uma expressão simbólica da singularidade e do horror strindberguiano pelo Universo. Para ele o tema é tão importante como para Toorop e Hodler. Pintou *O Ciúme* e *A Puberdade*, e mesmo temas difícies como *O Beijo* e *O Dia Seguinte*. Mas nunca é complicado, nem prolixo, nem melodramático, embora durante estes anos de revolta declarada pareça às vezes trabalhar sob a influência de obsessões mórbidas.

Mas a qualidade que acima de todas eleva Munch até ao nível de van Gogh é o fato de nunca depender do tema simbólico; é exatamente tão forte como as suas paisagens e retratos. Em tudo o que pinta nos faz sentir o poder inesgotável da natureza criadora.

Quanto a nós, o problema fundamental é o seguinte: até que ponto coincidem ou estão ligadas as tendências dos pintores aqui referidas com as do estilo arquitetônico do Movimento Moderno? Resumindo as qualidades que distinguem os artistas de 1890 dos seus antecessores, tentaremos acentuar aquelas que têm correspondência na arquitetura e na decoração contemporânea.

Em vez da variedade dos encantadores efeitos de superfície, Cézanne, Gauguin e Rousseau preferem a superfície lisa e igual; Hodler, Munch e Toorop, o esboço desenhado ritmicamente, como meio mais intenso de expressão artística. A superabundância de matizes delicados é substituída por cores fortes e formas primitivas; a liberdade de um pitoresco aparentemente ocasional por esquemas rígidos de composição. Não é a fidelidade ao real que importa, é a expressão de um tema; não há uma rápida anotação de fatos naturais, há uma perfeita passagem destes para um plano de significado abstrato. Do ponto de vista pessoal do artista, tudo isto quer dizer seriedade, consciência religiosa, paixão fervorosa, e não mais jogo espirituoso ou habilidade técnica. Em vez de arte pela arte, temos arte a serviço de algo mais elevado do que a própria arte pode ser.

Na literatura aparecem, ao mesmo tempo, exatamente as mesmas características. O desinteresse pelo naturalismo e pelos valores de superfície, no sentido mais lato destes termos, era universal[19]. Verificamo-lo no *Pelléas et Mélisande*, escrito em 1892[20] pelo belga Maeterlinck (nascido em 1862), na *Salomé*, de 1893, do inglês Oscar Wilde (nascido em 1854), na súbita transição do alemão Hauptmann (nascido em 1862), dos *Tecelões* de 1892 para a *Han-*

---
19. Cf. Bahr, Hermann. *Die Überwindung des Naturalismus*, Berlim, 1891.
20. Maeterlinck era amigo de Toorop.

nele de 1893; e na França ainda mais cedo em Verlaine, Mallarmé e Rimbaud (nascidos respectivamente em 1844, 1842 e 1854).

Mas neste movimento literário podemos considerar, tal como na pintura, dois aspectos distintos. O simbolismo tanto pode ser uma força como uma fraqueza — tanto pode ser um impulso no sentido da santidade como um preciosismo. Cézanne e van Gogh estão de um dos lados, Toorop e Khnopff do outro, os primeiros fortes, autodisciplinados e exigentes, os últimos fracos, indulgentes para consigo próprios e descuidados. E assim os primeiros levaram a um futuro pleno de realização, à consolidação do Movimento Moderno do século XX, e os outros ao caminho cego e estéril da Art Nouveau. E é a esta que vamos agora nos referir.

CAPÍTULO QUATRO
A ART NOUVEAU

Se é certo poder-se considerar como um dos temas dominantes da Art Nouveau a curva longa e sensível, semelhante ao caule de um lírio, à antena de um inseto, ao filamento de uma flor, ou por vezes a uma delgada chama, a curva ondulante, fluente, conjugada a outras, surgindo dos cantos e cobrindo assimetricamente todas as superfícies disponíveis, então pode-se também apontar como primeiro exemplo de Art Nouveau o frontispício de Arthur H. Mackmurdo para o seu livro sobre as igrejas urbanas de Wren, publicado em 1883 (fig. 37). Já fizemos uma referência a Mackmurdo, como

37. Mackmurdo: Frontispício de livro, 1883.

38. Burne-Jones: *Pelicano*, 1881.

fundador da Century Guild, o primeiro grupo de artistas que adotou as doutrinas de Morris, e voltaremos a falar dele a propósito da sua obra arquitetônica. Foi um autêntico pioneiro em tudo o que empreendeu nesses primeiros anos da sua longa existência. Nasceu em 1851 e morreu em 1942. Fizeram-se recentemente muitos trabalhos de investigação sobre as fontes do extraordinário desenho deste frontispício, e ao mesmo tempo sobre as fontes da Art Nouveau em geral[1]. Não há dúvida de que a influência mais diretamente sofrida por Mackmurdo foi a de certos desenhos dos pré-rafaelitas, quer pinturas acabadas ou esboços de Burne-Jones, por exemplo (fig. 38), quer estudos de detalhe, como os de Rossetti. É também indiscutível a influência exercida sobre Rossetti por Blake. Aqui aparecem reunidas as composições mais originais do princípio e do fim do século XIX. Mas havia também embriões da Art Nouveau, aos quais somos tentados a chamar proto-Art Nouveau, na Renovação Gótica da arquitetura e do desenho na Inglaterra, tal como as teorias dos goticistas tinham inspirado as teorias dos reformadores dos meados e dos fins do século XIX. Exemplo disto é uma cornija de fogão da casa extremamente medieval que William Burges construiu para si em Melbury Road, Kensington, em 1875-80 (fig. 39). Os primeiros a imitar a ousadia de Mackmurdo foram outros ilustradores de livros e revistas, nomeadamente Charles Ricketts e Charles Shannon, cujo *Dial* começou a ser publicado em 1889. Depois foi seguido também por alguns ilustradores-decoradores, sendo Heywood Sumner[2] o mais interessante. Não há dúvida de que era muito fácil orientar o estilo morrissista do Movimento Artes e Ofícios no

---

1. Schmutzler, R. "The English Sources of Art Nouveau", *Architectural Review*, cxvii, 1955, e "Blake and Art Nouveau", *Architectural Review*, cxviii, 1955. Também Pevsner, N., "Beautiful and, if need be, useful", *Architectural Review*, cxxii, 1957. É uma crítica ao livro de Madsen, Stefan Tschudi, *Sources of Art Nouveau*, Oslo, 1956, nessa época a obra máxima sobre o assunto. Outra crítica ao mesmo livro merecedora de estudo é a de Y. M. Jacobus Jr. no *Art Bulletin*, xl, 1958, p. 362. É muito útil a bibliografia sobre a Art Nouveau compilada por J. Grady (*Journal of The Society of Architectural Historians*, xiv, 1955), mas o livro de Madsen contém também uma extensa bibliografia. Mackmurdo apareceu na história da arte por intermédio de Pevsner, N., *Architectural Review*, lxxxiii, 1938. Sobre os aspectos tipográficos do frontispício de Mackmurdo, ver Baurmann, R., "Art Nouveau Script", *Architectural Review*, cxxiii, 1958. Sobre a Art Nouveau em geral foi realizado em 1959 um simpósio na Alemanha, tarde demais para poder ser aqui utilizado. *Jugendstil, der Weg ins 20. Jahrhundert*, publicado por H. Seling, Heidelberg e Munique, 1959.

2. Ver a sua decoração de um pórtico e uma escada em Chalfont St. Peter, de 1888, no *British Architect*, xxxiii, 1890, pp. 26-7.

39. Burges: Cornija de fogão em sua própria casa, Melbury Road, Kensington, c. 1880.

sentido da Art Nouveau[3]. Com efeito as diversas orientações, embora hoje possam ser apresentadas em separado, não eram vistas assim nessa época, e não se deve esquecer que a "paixão sentimental por uma moda vegetal" e "uma papoula ou um lírio na sua mão medieval", frases de Gilbert e Sullivan, não dizem respeito à Art Nouveau plenamente desenvolvida, mas sim à *Paciência*, criada em 1882 — um ano antes do livro de Mackmurdo sobre as igrejas de Wren.

A partir de 1890 estes acontecimentos começaram a ter repercussão no estrangeiro. Regra geral atribuía-se aos desenhistas cate-

---

3. Exemplo característico é o de Alfred Gilbert, o escultor, em cuja *Fonte de Eros*, em Piccadilly Circus, de 1892, as inovações do Artes e Ofícios e as suas preferências pessoais pelo barroco se fundem num estilo Art Nouveau muito original.

40. Beardsley: *Siegfried*, 1893.

goria inferior à dos tipógrafos ou dos ilustradores de livros, e nenhum deles se tornou mais famoso que Aubrey Beardsley[4], o qual teve apenas oito anos, antes de morrer, em 1898, com vinte e seis anos de idade, para dar provas do seu questionável talento. Começou como continuador já tardio dos pré-rafaelitas, e rompeu com eles em 1892, quando trabalhava nas ilustrações para a *Morte de Arthur*. O desenho *Siegfried* (fig. 40), publicado em 1893 no primeiro número do *Studio*, é um exemplo muito típico do seu estilo extraordinariamente pessoal e *outré*. A disposição de curtas curvas em C, de pequenas flores, de linhas de pontos minúsculos, é diferente do estilo de qualquer outro artista. O modo como Beardsley recobre os troncos das árvores, os caules das flores e o corpo do monstro com delicados ornamentos mostra bem a pouca importância que o significado da cena representada tinha para ele. Preocupa-se só com a decoração, com uma elegante exibição de desenhos

---

4. Cf. *The Early Work of Aubrey Beardsley*, Londres, 1899, e *The Later Work of Aubrey Beardsley*, Londres, 1901.

41. Toorop: *As Três Noivas*, 1893.

complicados, extremamente artificiais e pretensiosos. Nada disto tem alguma coisa a ver com Siegfried ou com Wagner, e muito pouco com a seriedade de espírito dos pré-rafaelitas, de Morris e do Artes e Ofícios[5].

Basta recordar *A Fé Esmorecendo*, que aparece na fig. 34, do capítulo anterior, para logo verificar uma grande semelhança entre o estilo gráfico de Beardsley e o do Toorop dos mesmos anos. *As Três Noivas*, quadro pintado em 1893, dois anos mais tarde (fig. 41), revela talvez ainda mais claramente as características da Art Nouveau no domínio da composição de figuras. Abstraindo por agora do conteúdo místico do quadro, basta-nos olhar para as longas curvas, a esbelteza das proporções, a delicadeza de flor dos corpos e dos membros, os perfis estranhamente oblíquos, para reconhecer as mesmas

---

5. É contudo possível que mesmo nessa altura tenha sido influenciado por trabalhos de Rossetti do tipo das gravuras em madeira para a edição do Moxon dos *Poems* de Tennyson (Londres, 1857) — especialmente *The Lady of Shalott*, p. 75, e *The Palace of Art*, p. 113.

42. Munch: *Madonna*, 1895.

influências inglesas de Beardsley e o mesmo esforço consciente para conseguir um padrão complicado, sinuoso, entrelaçado, abrangendo toda a superfície do quadro.

Mais uma vez, voltando a olhar para *O Eleito* (fig. 35), de Hodler, e considerando apenas as formas, reconhecer-se-ão como típicas da Art Nouveau as linhas alongadas das túnicas, os cabelos dos anjos, o caule delgado da pequena árvore do meio, algumas das flores empunhadas por mãos compridas e delicadas e os movimentos tortuosos destas mãos. Nota-se o mesmo nas linhas de composição sinuosas e nas curvas apertadas das árvores ao fundo no *Abril*, de Denis (fig. 29).

Veja-se agora *O Grito*, Munch (fig. 36). Já acentuamos a importância que nele têm as curvas impetuosas como veículo de expressão. Têm ainda mais na litografia *Madonna* (fig. 42), feita em 1895 segundo um quadro de 1894. O longo cabelo ondulado e o movimento sinuoso da figura, as linhas oscilantes do fundo, e sobretudo a velha moldura com o embrião e o espermatozóide flutuante, fazem desta obra um dos exemplos mais notáveis da pintura da Art Nouveau, original e impressionante, independente da tradição, mas muito discutível quanto à pureza e ao valor vital. Em Munch, um pintor forte, são e despretensioso, isto não passou de fase transitória. Depressa rejeitou os maneirismos da Art Nouveau, conservando apenas as genuínas qualidades decorativas desta para a elaboração do seu estilo monumental. Referimos a propósito que o mesmo aconteceu com Hodler, para quem a Art Nouveau — se é que podemos incluir na Art Nouveau o seu estilo dos anos 90 — foi igualmente apenas um meio para atingir a clareza ornamental das suas últimas pinturas murais e paisagens.

Mas a Art Nouveau como movimento não pertence originalmente à pintura, nem evidentemente o termo se aplica de maneira geral à pintura. Significa vulgarmente um estilo de decoração pouco duradouro mas muito significativo, e a razão de termos aqui dado precedência às obras dos pintores e desenhistas, e não às dos arquitetos e decoradores, é a nova moda ornamental ter aparecido nas primeiras obras dos seus dois criadores mais tarde do que em quadros, ilustrações e coisas deste gênero.

Os dois criadores referidos foram Louis Sullivan, em Chicago, e Victor Horta, em Bruxelas. É provável que Sullivan (1856-1924) fosse fundamentalmente original, e Horta (1861-1947) estava com certeza relacionado com criações recentes, inglesas e continentais. A decoração de Sullivan não se tornou conhecida, e Horta deu origem a uma autêntica loucura que devastou durante alguns anos a maioria dos países do continente. Continua a ser um mistério a maneira como Sullivan chegou a produzir esses emaranhados de trepadeiras, hortaliças, folhas recortadas e pólipos de coral. Não merecerão eles ser considerados num plano acima da *Botânica*, de Gray? Ou poder-se-á reconhecer obscuramente por detrás deles características da folhagem da Renovação Gótica? Talvez seja útil dar outra olhada no fogão de sala de Burges[6]. Na época em que Sullivan desenhou os interiores do Auditório de Chicago, cerca de 1888, o seu estilo ornamental estava já amadurecido (fig. 43). Volta a aparecer na Sinagoga Anshe Ma'ariv de 1890-91 e com toda a sua força no Carson Pirie Scott Store, de 1903-4, acerca do qual, por razões muito diferentes, voltarei a falar mais adiante. O ideal de ornamentação de Sullivan era uma "decoração orgânica harmonizando-se com uma estrutura composta de linhas largas e maciças"[7], e assim a sua teoria severamente funcionalista, de que trata-

---

6. Sobre Sullivan ver: Morrison, Hugh. *Louis Sullivan*, Nova York (Museu de Arte Moderna), 1935. Hope, Henry R. "Louis Sullivan's Architectural Ornament", *Magazine of Art*, xl, 1947, pp. 110-17. (Republicado pela *Architectural Review*, cii, 1947, pp. 111-14). Szarkowski, J. *The Idea of Louis Sullivan*, Nova York e Londres, 1957.

7. Sullivan, *Kindergarten Chats*, p. 189.

43. Sullivan: Auditório de Chicago, 1888. Bar.

remos em outro capítulo, não pode ser compreendida antes de se observar cuidadosamente a sua fluente ornamentação, nem esta pode ser compreendida sem que se tenha bem presente a austeridade das linhas principais e dos blocos dos seus edifícios.

É isto que o distingue de Horta, que permanece, senão inteiramente, pelo menos fundamentalmente, um decorador. O *magnum opus* de Horta é o seu primeiro edifício, na rua Paul-Émile Janson nº 6, antigo nº 12 da rua de Turim, em Bruxelas (fig. 44). Esta casa foi começada em 1892, e a decoração interior, especialmente a inesquecível escada, inspira-se inteiramente naquele tema dominante da Art Nouveau que analisamos a propósito das obras de Mackmurdo, Beardsley e Toorop. Aparecem as mesmas trepadeiras

44. Horta: O n.º 6 da Rua Paul Émile Janson,
Bruxelas, 1893. Escada.

nas paredes, dispostas em mosaico no chão, trabalhadas em ferro no suporte por cima do fuste da coluna e ao longo de todo o corrimão. Parece quase inacreditável que Horta tenha criado esta decoração sem conhecer a Century Guild, o *Dial* e outros exemplos da decoração inglesa, embora ele negasse ter recebido qualquer espécie de inspiração da Inglaterra[8]. Já o mesmo não acontece com

---

8. Numa carta ao autor, datada de 23 de janeiro de 1936, disse que a sua única intenção ao fazer a casa da rua Paul-Émile Janson n.º 6 fora *"de faire oeuvre personnelle d'architecte, à l'égale du peintre et du sculpteur qui ne se souciaient que de voir avec leurs yeux et sentir avec leur coeur..."*, embora ao mesmo tempo insistisse na importân-

Henri van de Velde, o companheiro de luta mais importante de Horta em prol do novo estilo ornamental, que declarou ao autor ter visto as primeiras obras da maturidade de Toorop com o mais vivo prazer. Quanto às relações dos jovens belgas com a Inglaterra, escreve van de Velde[9]: "o primeiro a descobrir a renovação inglesa do artesanato foi A. W. Finch (nascido em 1854), um pintor em parte descendente de ingleses que depois se tornou ceramista; ele próprio comprou algumas coisas que impressionaram muito os seus amigos; mas já antes (em 1884), Gustave Serrurier-Bovy, de Liège, estivera na Inglaterra, e a partir daí os seus móveis revelam a influência do Artes e Ofícios". Todavia, o próprio Serrurier-Bovy disse com orgulho que em 1894 estava "completamente liberto de estilos antigos ou ingleses"[10]. Nessa altura tinham-se já realizado grandes progressos. Em 1891 uma loja chamada Compagnie Japonaise apresentou em Bruxelas papéis de parede e objetos de metal ingleses modernos, e em 1892 surgiu Les Vingt, uma associação de jovens artistas a que nos referiremos mais adiante, que exibiu trabalhos de Crane e de Selwyn Image, amigo e colaborador de Mackmurdo na Century Guild, e van de Velde, diz-nos ele, começara a fazer uma coleção pessoal de objetos decorativos ingleses. Pouco depois disso, diz van de Velde, começou a transformação do estilo inglês, sob a influência da Bélgica. Ao escrever isto, refere-se evidentemente a si próprio, pois nada diz sobre o papel desempenhado por Horta e também por Paul Hankar (1861-1901), o primeiro a adotar o estilo da rua Paul-Émile Janson[11]. Apesar de esta omissão prejudicar o valor histórico da afirmação de van de Velde, não deixa de ser verdade que foi ele o espírito mais lúcido e filosófico de todos os jovens arquitetos e desenhistas belgas.

Já falamos dele como teórico. Como artista, começou a pintar no estilo de Barbizon, e depois no dos neo-impressionistas. Foi provavelmente aos trinta anos, em 1893, que, sob a influência de

---

cia do plano racional e da construção da casa. Acrescentou que Voysey e Beardsley lhe eram totalmente desconhecidos quando das suas primeiras obras. Não se referiu a Toorop. Para estudo, o melhor trabalho sobre Horta é Madsen, S. T., *Architectural Review*, cxviii, 1955. Cf. também os oito artigos plenamente ilustrados em *L'Architetura*, iii, 1957-8, pp. 334, 408, 479, 548, 622, 698, 766, 836; Kaufmann, Edgard, *Architect's Year Book*, viii, 1957, e, mais recente, R. L. Delevoy, *Victor Horta*, Bruxelas, 1958.

9. Van de Velde, *Die Renaissance...*, pp. 61 e ss., e *Architectural Review*, cxii, 1952.

10. Citado por Madsen, p. 319.

11. Conrady, Ch., e Thibaut, R., *Paul Hankar*, Édition Texhuc, *Revue La Cité*, 1923.

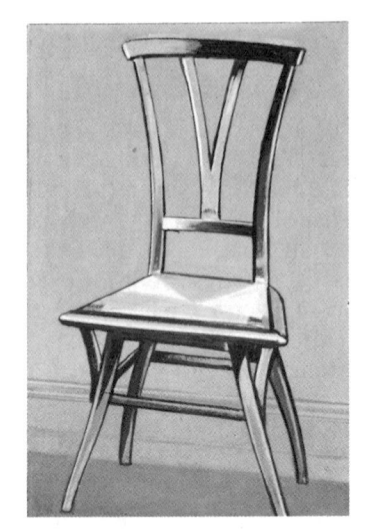

45. Van de Velde: Cadeiras para a sua própria casa em Uccle, perto de Bruxelas, 1894-5.

William Morris e da sua doutrina, pôs de lado a pintura e passou a se dedicar à arte aplicada. Desenhou papéis de parede, brocados, decoração para livros, mobiliário. As cadeiras que vemos na fig. 45 foram feitas para a sua própria casa de Uccle, perto de Bruxelas, em 1894 e 1895. As curvas têm um ritmo típico da Art Nouveau, mas estão ao mesmo tempo cheias de uma energia tensa que está muito longe da graça luxuosa das linhas de Horta. Destas obras sentimos sempre a presença da natureza, seja esta vegetal ou animal. O desenho de van de Velde é rigidamente abstrato e — pelo menos teoricamente — pretendia ilustrar a função do objeto ou de parte do objeto a que está ligado. Chamou-lhe mais tarde "dinamográfico", e definiu o seu objetivo como "estruturante". Baseia a sua arte ornamental em leis de abstração e repulsão quase científicas, e assim tão pouco arbitrárias como as criações dos engenheiros. Nota-se aqui a ligação entre a admiração que tinha pela máquina e o estilo artístico próprio dele[12], uma ligação que a maioria das suas obras

---

12. E ocasionalmente também a relação entre o seu estilo e o fato de defender um estilo reformado "orgânico" para o vestuário feminino.

superdecoradas de cerca de 1900 dificilmente fariam prever[13]. E contudo, na época em que o seu fantástico interior da Barbearia Haby, de Berlim, era ainda recente (1901), o público ficou escandalizado com a livre exposição dos canos d'água, do gás e dos fios elétricos. "Ninguém usa as próprias tripas à maneira de uma corrente de relógio no colete", foi o comentário dos berlinenses a esta estranha mistura de funcionalismo e de Art Nouveau.

Nas cadeiras de Uccle predomina o aspecto funcional do estilo de van de Velde. A união da graça e da energia nestes objetos inspirou a E. de Goncourt o excelente e profético termo *Yachting Style*, que criou quando da primeira apresentação dos trabalhos de van de Velde ao público parisiense. O êxito de van de Velde deve-se a Samuel Bing (nascido em 1838), um negociante de arte de Hamburgo que em 1871 foi para Paris, em 1875 visitou o Extremo Oriente, em 1893 viajou pelos Estados Unidos a cargo do governo francês, que se referiu à arquitetura e ao desenho americanos com uma crítica notável a Richardson e Sullivan e às capacidades da máquina para *"vulgariser à l'infini la joie des formes pures"*, e em 26 de dezembro de 1895 abriu uma loja de arte moderna na rua de Provence[14] a que deu o nome de "L'Art Nouveau". Juntamente com o crítico de arte alemão Julius Meier-Graefe, Bing descobrira a casa de van de Velde em Uccle, e convidou o artista a decorar quatro salas da sua loja. Isto teve na França um efeito imediato: por um lado entusiasmo, por outro críticas ferozes, dirigidas por Octave Mirbeau no *Figaro*, que se referiu a *L'Anglais vicieux, la Juive morphonomane ou le Belge roubland, ou une agréable salade de ces trois poisons*. Outros adversários mais sérios exortavam os decoradores a não cederem à tentação, e acentuaram a excelente posição comercial que a arte industrial francesa conseguira graças a ter permanecido fiel às tradições do século XVIII. Partidários convic-

---

13. Ao mesmo tempo é notável que tantas vezes durante o século XIX as teorias funcionalistas tenham estado em contradição com as realizações ornamentais livres. O caso de Pugin foi o primeiro. A sua profissão de fé na adequação, a que nos referimos no Capítulo I, não nos faria esperar os elaborados desenhos góticos, com decoração exuberante, que fez. Quanto à Art Nouveau, Madsen deu vários exemplos muito significativos entre os artistas dessa corrente: (Gallé, 1900, p. 178; Gaillard, 1906, pp. 372-3), e a observação de Obrist que citei no Capítulo I não é de molde a preparar-nos para o bordado que mostrei e discuti mais adiante nesse mesmo capítulo. As referências de van de Velde ao estruturante, etc., são de ensaios escritos entre 1902 e 1906; talvez antes disso ele fosse menos radical.

14. Koch, R. *Gazette des Beaux-Arts*, 6ª série, liii, 1959.

46. Gallé: Jarra de vidro.

tos do novo estilo salientaram o fato de vários artistas franceses já terem trabalhado independentemente durante algum tempo com uma orientação semelhante. Émile Gallé (1846-1904) na arte do vidro, e Auguste Delaherche (1857-?) na arte da cerâmica são os nomes mais significativos. Gallé tinha de fato começado, já em 1844, a expor vidros de uma delicadeza absolutamente antivitoriana e com cores fantasistas[15]. As formas destes (fig. 46) baseavam-se na profunda fé que Gallé tinha na natureza, como única fonte legítima de inspiração para o artesão — semelhante à crença no orgânico que encontramos em Sullivan e van de Velde.

Os vidros de Gallé tinham já certamente grande influência mesmo antes de Bing abrir a sua loja e os exibir regularmente, pois

---

15. Não podemos ainda dizer até que ponto estas inovações eram pessoais. Gallé tinha estado na Inglaterra pouco depois de 1870, mas o que podia ele ter visto aqui numa data tão recuada? Por outro lado, nas minhas investigações sobre a obra de Christopher Dresser (ver nota 10, Capítulo II), encontrei fotografias de alguns dos vidros Clutha, de Dresser, de entre 1880 e 1890, curiosamente semelhantes aos de Gallé. Um dos vasos vem numa ilustração da *Architectural Review*, lxxxi, 1937, p. 184. Pode ter sido inspirado por Gallé ou não.

47. Tiffany: Peças de vidro.

já em 1893 Louis Comfort Tiffany (1848-1933) tinha começado a produzir em Nova York o seu Favrile Glass (fig. 47)[16]. Por sua vez Tiffany impressionou consideravelmente Bing quando este último visitou a América. E, na Alemanha, Karl Koepping (1848-1914) produziu objetos de vidro requintadamente frágeis e esbeltos em 1895 ou mesmo antes[17].

Entre 1895 e os primeiros anos do século XX, a Art Nouveau esteve tão em voga na França quanto na Bélgica. Em 1895 alguns jovens arquitetos e artesãos fundaram um grupo a que chamaram "Les Cinq". Um deles foi o arquiteto Tony Selmersheim (nascido em 1871). Em 1896 juntou-se a eles Charles Plumet (1861-1925), e o grupo tornou-se "Les Six". O grupo realizou exposições às quais chamou "L'Art dans Tout". As obras eram de estilo Art Nouveau, sem dúvida nenhuma, mas não eram tão originais nem tão autênti-

---

16. *The Art Work of Louis, C. Tiffany*, Nova York, 1914; e também um prospecto com ilustrações intitulado *Tiffany, Favrile Glass,* 1896, e o catálogo de uma exposição de Tiffany organizada pelo Museum of Contemporary Crafts de Nova York em 1958 (texto, etc., de R. Koch).

17. Uma ilustração de *Pan*, ii, 1896-7, p. 252.

48. Guimard: Castel Béranger, n.º 16 da Rue Lafontaine, Passy, Paris, 1894-8.

cas como as dos belgas, ou as do projetista de móveis Eugène Gaillard, de Paris, ou as dos desenhistas de Nancy como Louis Majorelle (1859-1926) e Augustin Daum (1854-1909).

O arquiteto francês com mais interesse é Hector Guimard (1867-1942), cujos edifícios mais conhecidos são as estações do metrô de Paris, de estilo extremamente Art Nouveau, feitas em 1900[18]. É anterior o seu notável edifício de apartamentos chamado "Castel Béranger", da rua Fontaine, n.º 16, em Passy. Este foi construído em 1894-8 e, embora arquitetonicamente menos meritório que as casas de Horta, apresenta maior liberdade no emprego de detalhes decorativos, especialmente no trabalho de ferro dos portões (fig. 48).

Há uma relação muito curiosa entre a Art Nouveau e o ferro.

---

18. Sobre estas e a Art Nouveau em Paris ver Cheronnet, L., *Paris vers 1900*, Paris, 1932.

O emprego deste nas fachadas não era nada de novo; os seus aspectos funcionais serão tratados no capítulo seguinte. As vantagens ornamentais que o seu emprego nas fachadas oferecia também já haviam sido descobertas antes dos fins do século XIX. Há um elo de ligação entre o rendilhado de ferro fundido da primeira ponte que se construiu nesse material, a Coalbrookdale Bridge de 1777, e as janelas rendilhadas de ferro fundido das primeiras igrejas da Renovação Gótica por um lado, e por outro a rica ornamentação do Coal Exchange de Bunning, em Londres (1847-9)[19], e o museu de Oxford (1857-60), e também as gravuras e o texto dos *Entretiens*, de Viollet-le-Duc, em cujo segundo volume, publicado em 1872, aparecem ornatos e folhas de ferro ao lado de nervuras de abóbada em ferro, uns devido à força de tensão deste metal, os outros devido à sua ductilidade (fig. 72). A sugestiva ornamentação em ferro de Viollet foi com certeza a principal fonte de inspiração de Horta na rua Paul-Émile Janson e levou-o ao triunfo do trabalho em ferro de estilo Art Nouveau na Maison du Peuple de Bruxelas, de 1896-9, a qual por sua vez foi seguida pela Old England, de Paul Saintenoy, de 1899, também em Bruxelas, e pela Samaritaine, de Frantz Jourdain, em Paris, de 1905.

Enquanto parece estar agora estabelecida a dependência da França em relação à Bélgica neste aspecto, assim como em outros relacionados com a Art Nouveau[20], dá-se com a Alemanha o fato interessante de, apesar de também aderir ao movimento mais tarde do que a Bélgica, se manter surpreendentemente intransigente nas obras dos seus melhores artistas. Em 1895, dois anos antes de van de Velde se tornar conhecido na Alemanha com a exposição de 1897, em Dresden, um grupo de jovens artistas alemães começara a trabalhar com objetivos semelhantes aos dele[21]. Só podemos citar aqui alguns dos nomes[22]: Otto Eckmann e Hermann Obrist são as

---

19. Hitchcock, Henry-Russell. "London Coal Exchange", *Architectural Review*, ci, 1947, pp. 185-7.

20. A. D. F. Hamlin, no artigo "L'Art Nouveau, Its Origin and Development" (*Craftsman*, iii, 1902-3, pp. 129-43), salientou a originalidade e a importância da França. Diz ele que já em 1895 foi publicado em Paris um artigo que exigia a restauração da independência dos desenhistas franceses em relação à Bélgica. Pelo menos um dos principais representantes da Art Nouveau na França era belga: Jean Dampt.

21. Van de Velde engana-se quando diz (*Die Renaissance*..., p. 15) que antes da exposição de Dresden "ninguém havia pensado na Alemanha numa renovação do artesanato artístico".

22. Para mais informações cf. Schmallenbach, *Jugendstil*, e mais recentemente as memórias particulares de Friedrich Ahlers-Hestermann, *Stilwende*, Berlim, 1941, e de Karl Scheffler, *Die fetten und die mageren Jahre*, Leipzig, 1946.

duas personalidades mais interessantes durante os anos de 1895 a 1898; depois desta data a Sezession de Viena assumiu a chefia. Eckmann[23] (1865-1902) dedicara-se à pintura até 1894; converteu-se depois, tal como Morris e van de Velde, queimou todos os quadros e fez-se decorador. Quando, em 1895, Meier-Graefe conseguiu lançar *Pan*, uma revista de arte e literatura moderna alemã, Eckmann desenhou a decoração de diversas páginas (fig. 49); a sua ornamentação é radicalmente diferente da de van de Velde, e apesar disso, igualmente original, interessante e representativa da Art Nouveau: mais uma vez um padrão plano, com longas curvas graciosamente enlaçadas, e onde mais uma vez se sente a alegria de traçar muitas linhas conjugadas.

Mas Eckmann estava do lado de Gallé quanto à fé na natureza, e contra van de Velde. Faz com folhas e hastes aquilo que van de Velde faria com formas abstratas. Em 1903 este contraste entre van de Velde e Eckmann, e entre veldianos e eckmannianos, já se fazia sentir[24]. Não se sabe ao certo qual foi a origem das idéias iniciais de Eckmann; quando começou não conhecia van de Velde, embora deva certamente ter conhecido a arte tipográfica inglesa de Ricketts e Beardsley; não temos conhecimento de quaisquer relações com Gallé, mas talvez seja útil acentuar que em 1893 Toorop apresentou uma exposição em Munique, e que a famosa exposição Munch, em Berlim, que deu origem a tanta controvérsia, se realizou em 1892.

Em 1892, Obrist (1863-1927), cujo entusiasmo pela arte mecânica já foi mencionado, fundou em Florença um ateliê de bordados, transferido em 1894 para Munique. A ornamentação das suas almofadas e colgaduras (fig. 50) é mais uma vez menos abstrata que a dos belgas ou franceses, mas as suas formas favoritas só muito vagamente fazem lembrar formas existentes na natureza: tanto se parecem com hastes como com conchas, com carapaças denteadas de répteis como com espuma[25]. É evidente e historicamente muito importante a sua influência sobre Endell. Ao se traçar um quadro da Art Nouveau é indispensável uma referência a Endell, embora a

---

23. Fendler, F., Edição especial do *Berliner Architekturwelt*, 1901.
24. Cf. Schmalenbach, *op. cit.*, p. 26.
25. A sua forma mais vulcânica é o Monumento Oertel, de 1901-2, cuja gravura aparece, p. ex., em Scheffler, Karl, *Die Architektur der Grosstadt*, Berlim, 1913, p. 182, e Ahlers-Hestermann, *op. cit.*, p. 63. Deve procurar-se compreendê-lo em conjunto às decorações da mesma época de Sullivan por um lado, e por outro de Gaudí.

A ART NOUVEAU 97

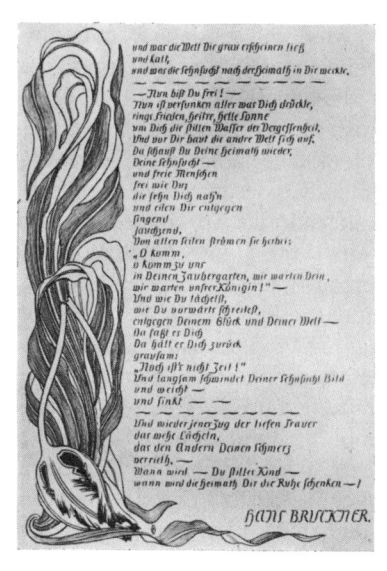

49. Eckmann: Decoração de duas páginas na revista *Pan*, 1895.

50. Obrist: Coxins, 1893.

sua contribuição para o Movimento Moderno tenha sido mais importante que para a Art Nouveau. Devemos deixá-los para outro capítulo, assim como outros dois dos mais apaixonantes da Art Nouveau, Olbrich, em Viena, e Mackintosh na Grã-Bretanha[26].
Em relação à Grã-Bretanha notou-se certamente que esta, depois de ter criado este estilo nos anos 80, desapareceu completamente. A razão disto foi ela ter-se afastado da Art Nouveau assim que esta se tornou moda. Quando, em 1900, alguns objetos da Art Nouveau continental foram apresentados no Victoria and Albert Museum, foi enviada ao *Times* uma carta de protesto assinada por três arquitetos da escola de Norman Shaw, apoiada pelo Artes e Ofícios. Acusava-se estes objetos de estarem basicamente errados e de "não levarem em conta o material utilizado"[27]. Além disso, Lewis F. Day disse que a Art Nouveau "revela sintomas... de grave doença"[28], e Walter Crane fala "dessa estranha doença decorativa conhecida pelo nome de L'Art Nouveau"[29]. Isto é digno de nota (e com certeza devido a razões de caráter nacional); pois em grande medida as funções do Artes e Ofícios na Inglaterra correspondiam às da Art Nouveau no continente. Ambos estabelecem a transição entre o historicismo e o Movimento Moderno, e ambos pretendiam renovar o artesanato e as artes decorativas. Por isso no continente

---

26. Viena e o Paris de Guimard foram as fontes onde a Itália foi basear o seu tardio e regionalmente restrito florescimento da Art Nouveau. Os principais representantes são Raimondo d'Aronco (1857-1932) e Giuseppe Sommaruga (1867-1917). O *magnum opus* do primeiro foram os edifícios para a exposição de Turim de 1902. São de cunho fortemente vienense, embora certos pormenores pareçam indicar também inspiração britânica direta. Sommaruga construiu o Palazzo Castiglioni, no Corso Venezia de Milão, em 1903, e o Hotel Campo dei Fiori, em Varese, em 1909-12. A sua decoração é espessa e com aspecto de lava, não alterando contudo a natureza dos edifícios. Sobre d'Aronco ver: Nicoletti, M., *Raimondo d'Aronco*, Milão (Il Balcone), 1955; e Mattione, E., *L'Architettura*, ii, 1956-7. Sobre Sommaruga ver: Monneret de Villard, U., *L'Architettura di G. Sommaruga*, Milão, sem data; Angelin, L., *Emporium*, xlv, 1917, *Rivista del Comune di Milano*, 31 de maio de 1926; Tentori, F., *Casabella*, n.º 217, 1958.

A prova mais monumental do renascer do interesse pela Art Nouveau, que tão fortemente se tem feito sentir nestes últimos anos e se explica em função das tendências Neo-Liberty da arquitetura atual, foi a recente reconstrução da fachada do Albergo Corso de Cattaneo, construído em Milão em 1907, como parte de uma moderna frontaria da Via San Paolo. O novo edifício pertence a uma companhia de seguros, e os arquitetos responsáveis por esta curiosa conservação de um monumento antigo típico são Pascuali e Galimberti.

27. 15 de abril de 1901. Citado por Madsen, p. 300.
28. *Art Journal*, outubro de 1900, citado por Madsen, p. 300.
29. Crane, Walter. *William Morris to Whistler*, Londres, 1911, p. 232.

não eram considerados como rivais, mas como colaboradores, e os que apoiavam um apoiavam também a outra. Isto fica claro verificando-se quais foram as exposições de arte decorativa e as revistas do gênero que surgiram no continente. O fato de terem aparecido subitamente tantas revistas e tantas exposições, todas elas bem-recebidas, mostra bem o vigor da renovação no continente. Evidentemente a primeira das novas revistas foi inglesa, o *Studio,* fundada em 1893, precisamente antes de ser sentida uma influência da Inglaterra sobre o continente. Entre os artistas mais discutidos em 1893 e 1894 destacam-se os seguintes: Beardsley, Crane, Voysey, Toorop, Khnopff. Outros artigos referiam-se ao novo mobiliário da Liberty, ao ressurgimento da cerâmica na França, à Sezession de Munique, ao New English Art Club. A primeira revista continental, *Pan,* foi publicada na Alemanha em 1895. Um dos seus dois editores era Meier-Graefe, o qual, como vimos, foi um dos que descobriram van de Velde, e que em 1897 abriu uma loja em Paris, La Maison Moderne, em concorrência com a de Bing[30]. Entre os seus principais adeptos colaboradores contavam-se Lichtwark e Karl Koepping. *Jugend* e *Simplizissimus,* dois jornais predominantemente satíricos, seguiram-se a *Pan* em 1896. Em 1897 publicaram-se na França *Art et Décoration* e *L'Art Décoratif,* e na Alemanha *Deutsche Kunst und Dekoration* e *Dekorative Kunst.* Ainda em 1897 foi remodelada a *Revue des Arts Décoratifs,* de Paris, e um ano mais tarde apareceram em *Viena Kunst und Kunsthandwerk* e *Ver Sacrum,* a revista da Sezession de Viena[31]. Também um ano mais tarde entrou em cena a Rússia com *Mir Isskutiva.* Talvez alguns exemplos dos temas tratados por estas revistas ajudem a dar uma idéia da diversidade de interesses desse tem-

---

30. O outro editor foi o escritor e poeta Otto Julius Bierbaum.
31. Na mesma altura verifica-se idêntica modificação no jornal alemão *Innendekoration*, fundado em 1890 por Alexander Koch (1860-1939). Durante os primeiros anos o jornal dedicou-se exclusivamente à decoração em estilos antigos, e em 1894 publicou gravuras de obras de Ernest Newton e de George e Petto e também papéis de parede ingleses impressos por Jeffrey e Essex. A partir de 1895 começam a aparecer também alguns exemplos de Art Nouveau. A vitória do novo estilo no *Innendekoration* é assinalada pela publicação por Koch dos quartos de Baillie Scott e de Ashbee para o palácio grão-ducal de Darmstadt. A ele se deve em grande parte a fundação da colônia de artistas da corte de Darmstadt a que me refiro na p. 142. O meu amigo Ernest Michalski, já falecido, cujo artigo sobre o Jugendstil ("Die Entwicklungsgeschichtliche. Bedeutung des Jugendstills'', *Repertorium für Kunstwissenschaft*, xlvi, 1925, pp. 133-49) foi, segundo creio, a primeira tentativa de encarar a Art Nouveau como um problema válido de história da arte; era também amigo do príncipe Ludwig de Hesse.

51. Plumet: Interior.

po. Nos primeiros anos, a revista *Pan* publicou poemas de Verlaine e Mallarmé, de Dehmel, Liliencron, Schlaf, ilustrações de Klinger, von Hoffmann e Stuck, decoração de Eckmann, Th. Th. Heine, artigos sobre Munthe, Obrist, Tiffany, e desenhos de Crane, Townsend e Voysey. Na *Dekorative Kunst* e na *Deutsche Kunst und Dekoration* encontramos artigos sobre luminárias inglesas, porcelanas de Copenhague, Voysey, ensaios de Endell e Bing, ilustrações de obras por van de Velde, Hankar, Lemmen, Serrurier, Plumet, Brangwyn, Ashbee e Cobden-Sanderson, e por Melchior Lechter, o ilustrador do grupo de Stefan George. Em *Art et Décoration* são discutidos Horta e van de Velde, assim como La Libre Esthétique de Bruxelas, o Artes e Ofícios inglês, os primeiros vidros de Lalique e mobílias de Plumet (fig. 51) e Selmersheim. Na mesma altura o *Studio* tratava também das obras de Tiffany, Plumet, Aubert, Selmersheim, e de alguns representantes alemães da Art Nouveau. No primeiro ano a *Mir Isskutiva* publicou reproduções ou artigos sobre obras de Beardsley, Brangwyn, Burne-Jones, Delaherche, Koepping, Vallotton e Whistler[32].

---

32. Assim como Puvis de Chavannes, Degas, Monet e os pintores flamengos e escandinavos interessados pelos temas populares.

Quanto a exposições, a Inglaterra ocupou mais uma vez o primeiro lugar. A Arts and Crafts Exhibition Society apresentou obras de artesanato artístico em 1888, 1889, 1890, 1893 e 1896. Em Paris o Salon du Champs de Mars de 1891 foi o primeiro a apresentar obras de arte decorativa ao lado de quadros[33]. No mesmo ano o Salon des Indépendants apresentou três peças de cerâmica e um relevo talhado em madeira de Gauguin[34]. Não obstante, as exposições de arte mais ousadas do continente foram as realizadas pelo grupo Les Vingt, de Bruxelas, chamado "La Libre Esthétique" desde 1894[35]. Apresentaram quadros de Khnopff, Ensor, Whistler, Liebermann já em 1884, de Raffaelli, Uhde, Manzini e Kröyer em 1885, de Monet, Renoir, Israels, Monticelli e Redon em 1886. O aparecimento concomitante de homens como Renoir e Whistler por um lado, e Ensor e Redon por outro, mostra como o impressionismo e o pós-impressionismo estavam estranhamente ligados na sua ação sobre os países estrangeiros. Les Vingt pediram colaboração em 1887 a Sickert e a Seurat, em 1888 a Toulouse-Lautrec e a Signac, em 1889 a Gauguin e Steer, em 1890 a Cézanne, van Gogh, Segantini, Sisley e Minne, e em 1891 a Crane e a Larsson. Em 1892 apresentaram pela primeira vez vitrais, bordados, cerâmicas (Delaherche), e livros ilustrados (Horne, Image). Depois disto, a exposição de 1894 incluía, além de obras de Beardsley e de Toorop, papéis de parede e tecidos de Morris, pratas de Ashbee, livros de Kelmscott Press, cartazes de Lautrec e um interior de estúdio completo mobiliado por Serrurier, e em 1895 Voysey já estava representado. Finalmente, em 1896, van de Velde apresentou uma *salle de five o'clock* completa. Entretanto, L'Oeuvre Artistique convidara a Escola de Arte de Glasgow, dirigida pelo notável Francis Newbery, a apresentar uma exposição em Liège. Nessa mesma exposição havia também obras de Ashbee, Burne-Jones, Crane, Morris, Sumner e Townsend[36]. Dois anos depois realizou-se na Alemanha a primeira exposição com orientação idêntica. A exposição do Glaspalast, de Munique, de 1897, destinou duas pequenas salas à arte aplicada. Entre os artistas representados contavam-se Eckmann, Endell, Obrist, Th. Fischer, Dülfer e Riemerschmid. A

---

33. Madsen, *Post-Impressionism*, pp. 141, 231 e 360.
34. Rewald, *Post-Impressionism*, p. 487.
35. Maus, *Trente Années de Lutte pour l'Art,* 1884-1914.
36. Ver Madsen, *loc. cit.*, p. 284.

exposição de Dresden, realizada em 1897, foi em maior escala, e os organizadores apresentaram seções inteiras de L'Art Nouveau de Bing.

Esta loja, que já mencionamos mais de uma vez, deu o seu nome a todo o movimento, pelo menos na Inglaterra e na França. O termo alemão *Jugendstil* foi tirado da *Jugend*, que, como dissemos, abriu no mesmo ano de 1896; e o termo italiano *Stile Liberty* vem, coisa curiosa, da Liberty, a loja de mobílias e tecidos da Strand de Londres, que durante os anos 90 se dedicou à produção de materiais e de cores próprias para os esquemas Art Nouveau. E assim, por puro acaso, a liberdade, a juventude e a novidade aparecem juntas nos nomes dados a este movimento de transição, notável embora breve.

Não há dúvida de que tem características de novidade, e de liberdade também, pelo menos entendida esta como licenciosidade. Contudo, à distância de mais de duas gerações, torna-se muito duvidoso que a Art Nouveau tenha aspecto jovem. Como revolução é suspeitamente sofisticada e refinada e — dúvida ainda mais premente — carece inteiramente de consciência social. Foi definida anteriormente como um estilo de transição entre o estilo vitoriano e o Movimento Moderno, comparada neste aspecto ao Artes e Ofícios na Inglaterra. Mas o Artes e Ofícios baseava-se solidamente no ensino de William Morris, e assim lutava por uma posição mais digna para o artista e por uma atitude mais sã no desenho. A Art Nouveau é *outrée* e apela para o esteta, aquele que está pronto a aceitar o perigoso dogma da arte pela arte. Nisto é ainda extremamente típica do século XIX, embora o frenesi com que insiste em formas totalmente novas a situe para além desse século de historicismo. Nunca poderia se basear nas suas premissas um estilo universalmente aceitável, e este foi durante os mesmos anos preparado mais humilde mas mais solidamente na Inglaterra.

Não é portanto de admirar que a Art Nouveau tenha atingido o apogeu num país que esteve à margem dos progressos feitos durante o século XIX no domínio da arte e da arquitetura, num país em que as condições sociais permaneceram completamente imutáveis: Antonio Gaudí (1852-1926) trabalhou quase exclusivamente em Barcelona e arredores[37]. Foi de início um renovador do gótico,

---

37. O primeiro livro sobre Gaudí foi publicado em 1928: Ráfols, J. P., *Antonio Gaudí*. Seguiu-se-lhe Puig Boada, I., *El Templo de la Sagrada Familia*, Barcelona, 1929. Importa referir o artigo sobre Gaudí escrito em 1930 por Evelyn Waugh (*Architectural Review*, lxvii, pp. 309 e ss.), em que aparecem gravuras, além das da Sagrada Família, da Casa Milà, e do Parque Güell, e em que o autor compara muito justamente estas

tardio e altamente pessoal. Não há dúvida de que conhecia os *Entretiens* de Viollet-le-Duc, mas o caráter de pesadelo de palácios goticistas como o do bispo de Astorga (1887-95) já é inteiramente o de Gaudí, e em pormenores decorativos como os portões assustadoramente pontiagudos da Casa Vicens, de Barcelona (1878-80), é tão original como Burges, na mesma época, nos pormenores da casa de Melbury Road (fig. 39). Depois — num vigoroso paralelo com Mackmurdo e com mais ninguém na Europa — passou a preferir as arrojadas e caprichosas curvas da entrada da casa citadina do seu grande patrono Eusebio Güell, um fabricante muito bem informado sobre os mais recentes progressos ingleses.

Gaudí atingiu a libertação completa em 1898, e as suas primeiras obras-primas inteiramente modernas foram começadas nesse ano e em 1900, ambas para Güell. É na Colônia Güell e na sua espantosa, fascinante, horrível e inimitável igreja, Santa Coloma de Cervelló (fig. 52), que pela primeira vez as paredes são postas em movimento, que as janelas aparecem nas posições aparentemente mais arbitrárias, que as colunas estão inclinadas ou desaprumadas e que ao artesão é pedido que deixe o trabalho em bruto. A concepção do Parque Güell (fig. 53) baseia-se nas novas idéias inglesas sobre os subúrbios-jardins e as cidades-jardins, que, num contexto mais normal, atrairão nossa atenção. Os detalhes de Gaudí dos pavilhões com minaretes e um orientalismo exagerado e selvagem, dos parapeitos serpenteantes, dos passeios cobertos, com um trabalho de pedra tão em bruto como as falsas ruínas do século XVIII e das colunas dóricas colocadas fora do lugar como postes de madeira escorando uma parede, tudo isto ultrapassa em muitos aspectos os limites da Art Nouveau ocidental, e contudo só pode ser compreendido nos termos desse estilo de tão curta existência. Há uma procura frenética da originalidade, uma fé na individualidade criadora, um deleite com as curvas arbitrárias, um vivo interesse pelas possibilidades dos materiais. Para evitar a todo custo qualquer con-

---

construções com as que aparecem nos filmes expressionistas alemães. Nestes últimos anos têm-se sucedido as obras sobre Gaudí: Cirlot, J., *El Arte de Gaudí*, Barcelona, 1950. Martinelli, C., *Antonio Gaudí*, Milão (Astra Arengaria), 1955. "Gaudí", *Cuadernos de Arquitectura*, n.º 26, 1956. Bergós, J., *Antonio Gaudí, l'Hombre y l'Obra*, Barcelona, 1957. Hitchcock, H.-R., Antonio Gaudí. Catálogo de uma exposição realizada pelo Museu de Arte Moderna, Nova York, 1948. Vallés, J. Prats. *Gaudí* (prefácio de Le Corbusier), Barcelona, 1958.

104 OS PIONEIROS DO DESENHO MODERNO

52. Gaudí: Cripta de Santa Coloma de Cervelló. Começada em 1898.

53. Gaudí: Parque Güell, Barcelona. Começado em 1900.

vencionalismo no uso dos materiais, Gaudí emprega fragmentos de telhas e velhos copos e pratos para forrar o seu parapeito, e mais tarde usa os mesmos absurdos materiais nos pináculos da Sagrada Família. A Igreja da Sagrada Família fora começada em 1882, sobre planos no estilo então em voga, o da Renovação Gótica. Em 1884 Gaudí foi encarregado da construção, e ao princípio concordou com o projeto convencional e desenvolveu-o. Na fachada leste do transepto (fig. 54) é perceptível como o seu gótico foi-se tornando de andar em andar cada vez mais original — de um modo comparável à parte do gótico do Artes e Ofícios inglês durante os mesmos anos (por exemplo J. D. Sedding e Caröe) — e como depois de 1900 trocou completamente o gótico pela sua Art Nouveau. As quatro cúspides em forma de pão de açúcar, mais tunisianas do que qualquer outra coisa, com o seu surpreendente padrão de vazios e de sólidos, e os seus pináculos ainda mais surpreendentes que fazem lembrar crustáceos, são o exemplo mais representativo da intrépida ousadia de Gaudí (fig. 55).

O fato de os fiéis de Barcelona, com cujo dinheiro a igreja era construída, estarem prontos a aceitar um projeto e um método de construção tão fantásticos — pois Gaudí estava todo o tempo no local e decidia todos os detalhes conversando diretamente com os trabalhadores — revela a distância entre as condições de Londres, Paris ou Bruxelas e aqueles que permitiram a Gaudí desenvolver o cunho intransigente da Art Nouveau. Ainda mais surpreendente é o fato de o mesmo estilo sem compromissos ser aceito para prédios de apartamentos (figs. 56 e 57). Quem estaria disposto a viver em quartos de formas assim curvas, sob tetos como costas de dinossauros, entre paredes bojudas e inclinadas de maneira tão precária e sobre varandas trabalhadas em ferro de tal forma que oferecem o risco de um ferimento? Quem, a não ser um esteta ou um compatriota de Gaudí e Picasso?

A arte de Gaudí — um florescimento da Art Nouveau, muito depois de arquitetos e desenhistas mais sérios a terem posto de lado — é um elo de ligação entre a revolta dos anos 90 e o expressionismo dos primeiros *collages*, o expressionismo da cerâmica de Picasso, e algumas das mais violentas inovações da arquitetura de 1950. Ronchamp está mais ligado à Sagrada Família do que ao estilo cujos primeiros passos constituem o assunto deste livro.

54. Gaudí: Sagrada Família, Barcelona. Transepto, 1903-26.

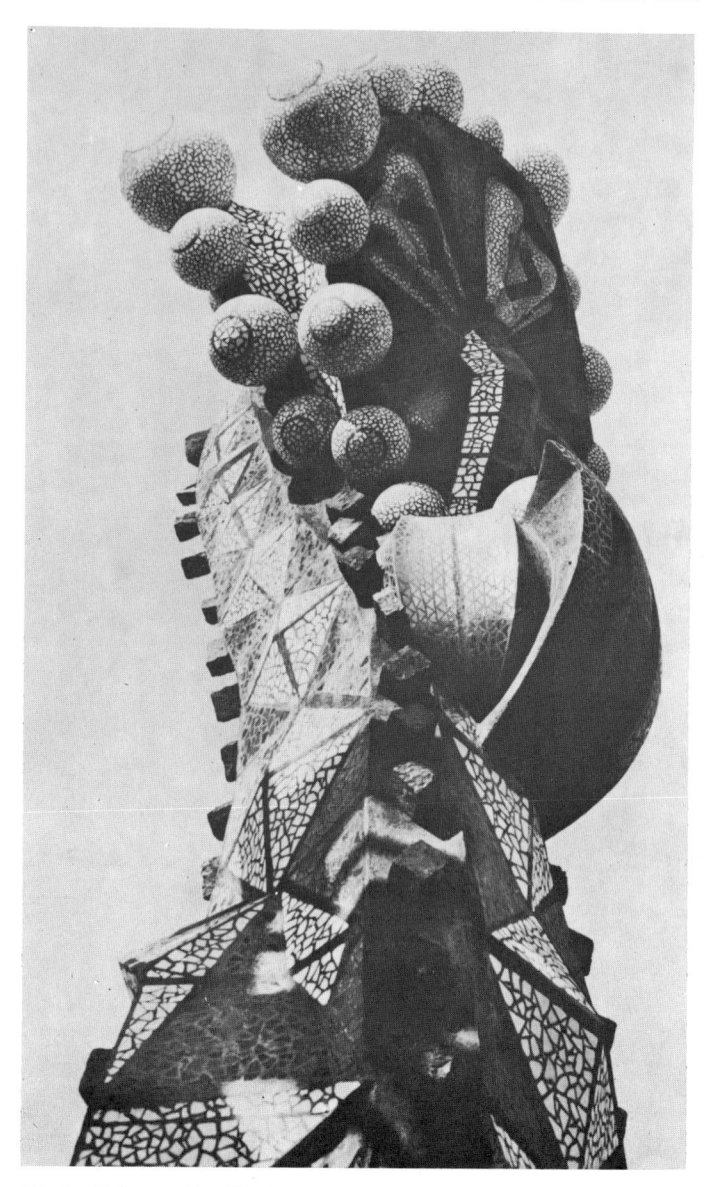

55. Gaudí: Sagrada Família, Barcelona. Detalhe do cimo de uma das torres transepto.

56. Gaudí: Casa Batlló, Barcelona, 1905-7.

57. Gaudí: Casa Milà, Barcelona, 1905-7.

CAPÍTULO CINCO
A ENGENHARIA E A ARQUITETURA DO SÉCULO XIX

O Movimento Moderno não nasceu de uma só raiz. Como vimos, uma das suas fontes principais foi Morris e o Artes e Ofícios; uma outra foi a Art Nouveau. As obras dos engenheiros do século XIX são a terceira fonte do estilo atual, e uma fonte tão importante como as outras duas[1].

As obras arquitetônicas dos engenheiros do século XIX baseavam-se amplamente no emprego do ferro, primeiro como ferro fundido, depois ferro batido, e finalmente como aço. Já perto dos finais do século apareceu como alternativa possível o cimento armado.

A história do ferro como material de utilidade mais que meramente auxiliar na arquitetura começa quando, durante a revolução industrial, depois de 1750, se descobriu a maneira de produzi-lo industrialmente[2]. Logo se fizeram tentativas no sentido de substituir a

---

1. Mas na opinião do autor já não o é. A única objeção a fazer ao brilhante *Space, Time and Architecture*, Cambridge, Massachusetts, 1941, de Siegfried Giedion, é que o aspecto técnico é por ele exagerado, como componente do estilo moderno, em detrimento do estético.

2. Como a primeira edição deste livro é de 1936, os nossos conhecimentos sobre a arquitetura do ferro foram muito aumentados com os importantes capítulos do livro de Giedion mencionado na nota anterior. Estes acrescentam muito ao que o dr. Giedion havia compilado para o seu *Bauen in Frankreich, Eisen, Eisenbeton*, Leipzig, 1928, livro por sua vez muito influenciado pela obra de Alfred Gotthold Meyer *Eisenbauten*, Esslingen, 1907. Depois do livro do dr. Giedion os dois mais importantes que se publicaram foram: Gloag, John e Bridgewater, Derek, *Cast Iron in Architecture*, Londres, 1948; Sheppard, Richard, *Cast Iron in Building*, Londres, 1945. De publicação mais recente, e analisando o assunto de maneira inteiramente inédita, temos Bannister, T., "The first iron framed buildings", *Architectural Review*, cvii, 1950, pp. 231 e ss. Por sua vez

madeira ou a pedra pelo ferro. O primeiro caso de que se tem notícia é um monstro: as colunas de ferro fundido que sustentam uma chaminé em Alcobaça, Portugal. Datam de 1752. Houve empregos mais estruturais na França durante os anos 70 e 80, com Soufflot na escadaria do Louvre, em 1779-81, e com Victor Louis no teatro do Palais Royal, em 1785-90. É certo que Rinaldi, no Palácio Orlov, de S. Petersburgo, usou vigas-mestras de ferro, mas isso não prova que tenha havido antecedentes na Itália ou na França. Alguns dos primeiros casos semelhantes na Inglaterra são a lanterna de ferro sobre a seção de títulos de Soane no Banco de Inglaterra (1792), as vigas-mestras de ferro do palácio de James Wyatt, em Kew (1801), a abóbada de ferro e vidro de Nash para a galeria de pintura do Attingham Park, em Shropshire (1810), e o Theater Royal, de Foulston, em Plymouth (1811-14), onde a madeira foi praticamente substituída por ferro fundido e ferro batido. No continente, já em 1802 Ludwig Catel sugerira um telhado de ferro para o projeto do Teatro Nacional de Berlim, e em 1806 Napoleão quis que o templo dedicado à glória da *grande armée* fosse construído sem madeira nenhuma, com pedra e ferro exclusivamente. Posteriormente a 1820 há mais casos a citar. Em Londres, Smirke empregou em 1824, na parte mais antiga do Museu Britânico, a biblioteca real, vigas de ferro no teto. As vigas de ferro do University College, de Wilkins, também em Londres, são de 1827-8. Quanto às igrejas, elevou-se um telhado de ferro sobre as abóbadas de ferro da catedral de Southwark, ainda em Londres, provavelmente entre 1822 e 1825, e na catedral de Chartres em 1836-41.

Em todos estes casos a razão da escolha do ferro em vez da madeira fora meramente prática e não estética, e o mesmo se passou com os progressos das estruturas de ferro nas fábricas, arquitetonicamente muito mais importantes. Neste caso o impulso criador foi dado por William Strutt, de Derby, industrial de fiação de algodão e durante algum tempo sócio de Richard Arkwright, cuja invenção da *water-frame for spinning* foi mencionada no Capítulo II. Em 1792-3 construíram em Derby uma fábrica de seis andares que tinha colunas de ferro. Este edifício já não existe; mas no interior

---

este foi corrigido em vários aspectos importantes por A. W. Shempton e H. R. Johnson num artigo das *Transactions of the Newcomen Society*, xxx, 1956. Cf. também Skempton, A. W., "Evolution of the Steel Frame Building", *The Guild Engineer*, x, 1959.

58. Benyon, Bage & Marshall: Fiação de linho, Ditherington, Shrewsbury, 1796.

de um armazém de Strutt, em Milford, no Derbyshire, no chamado "Edifício Cruciforme", construído em 1793, aparecem colunas de ferro fundido sustentando vigas de madeira. O mesmo acontece no West Mill, de Strutt e Arkwright, em Belper, construído em 1793-5, e que tem também seis andares. O passo seguinte, que foi decisivo, foi dado por outro industrial. A firma Benyon, Bage & Marshall construiu a sua fiação de linho em Ditherington, perto de Shrewsbury, em 1796 (fig. 58). Esta felizmente também ainda existe. Tem cinco andares, com paredes de tijolo, e no interior tem suportes de ferro fundido a toda a altura, quer dizer, não só as colunas mas também as vigas são de ferro fundido. A madeira foi inteiramente posta de lado — o que numa fábrica é evidentemente uma grande vantagem. A nova idéia depressa se espalhou. Em 1799 Boulton e Watt construíram uma fiação de algodão de sete andares para Philips & Lee, em Salford, perto de Manchester; em 1803 Benyon & Bage construíram outra fiação de linho, em Leeds, e a partir de 1803 Strutt construiu mais fiações em Belper e em Milford. Quando, em 1823, P. C. W. von Beuth, ministro do Comércio prussiano,

59. Lorillard: Edifício em Gold Street, Nova York, 1837

visitou a Inglaterra, viu grande número de fábricas com oito e nove andares, com paredes finas como papel e colunas e vigas de ferro[3]; e em 1826 Schinkel desenhou-as, durante uma visita à Inglaterra[4].

Estes elementos de ferro, todavia, pouca ou nenhuma importância poderiam ter desde que ficassem no interior do edifício, aos

---

3. Von Wolzogen, Alfred, *Aus Schinkels Nachlass*, Berlim, 1862-4, iii, p. 141.
4. Ettlinger, L., "A German Architect's Visit to England in 1826", *Architectural Review*, xcvii 1945.

olhos do espírito de fachada da geração de arquitetos dos meados do século XIX. É à América que se deve a aplicação do ferro na frente de edifícios utilitários. Em Pottsville, na Pensilvânia, o Farmers' and Miners' Bank de 1829-30 tem uma fachada de ferro fundido imitando mármore; o arquiteto foi John Haviland[5]. Um armazém da Gold Street, em Nova York, construído em 1837 (fig. 59) tem pilares e lintéis de ferro fundido. Aqui o estilo continua a ser clássico. Parece portanto haver uma lacuna na nossa demonstração; porém, um trecho do *Wissenschaft, Industrie und Kunst*, de Gottfried Semper[6], escrito no final de 1851, refere-se a um relatório de um engenheiro alemão sobre a construção em Nova York e considera coisa vulgar "uma fachada toda de ferro fundido ricamente ornamentado" e completamente estucada. Estes edifícios devem portanto ter existido antes de 1850. Contudo não podem ter sido muito importantes, pois nesse caso James Bogardus não poderia ter mantido sua posição de inventor, ou pelo menos de inovador, quando publicou, em 1856, o seu panfleto *Cast Iron Buildings*. Já em 1854 tinha construído um prédio com uma moldura de ferro fundido à vista para a firma Harper em Nova York[7] (fig. 60). Em meados dos anos 50 a Inglaterra conhecia certamente tão bem como Nova York as possibilidades arquitetônicas do ferro fundido para fins comerciais. Exemplo disto é o armazém da Jamaica Street, em Glasgow, de 1855-6 (fig. 61); e, mais espetacular ainda, o edifício Oriel Chambers, de Liverpool, da autoria de Peter Ellis e construído em 1864-5[8]. A delicadeza do trabalho de ferro das sacadas de chapa de vidro e da cortina da parte de trás com suportes verticais, metidos para dentro, embora visíveis do exterior, é quase inacreditavelmente revolucionária para o tempo. Quanto a Londres, o arquiteto George Aitchison, que se dedicava intensamente à construção comercial, diz, em 1864, que lá "é raro ver-se um grande edifício ser construído sem colunas e traves de ferro"[9].

O que ainda restava de detalhes decorativos nas fachadas devia-se à moda italianizante ou goticizante da época. Mas nos fun-

---

5. Gilchrist, A., *Architectural Review*, cxv, 1954, p. 224.
6. Braunschweig, 1852, p. 21.
7. Aparentemente os armazéns à beira-rio junto de St. Louis que o dr. Giedion publicou em *Space, Time and Architecture* são todos posteriores. Em *Building News*, xvi, 1869, aparecem críticas e gravuras de fachadas de ferro fundido em Nova York.
8. Woodward, G., *Architectural Review*, cxix, 1956, pp. 268 e ss.
9. Conferência no Royal Institute of British Architects, em 29 de fevereiro de 1864, citado por Harris, Thomas, *The Three Periods of English Architecture*, Londres,

60. Bogardus: Edifício para Harper Bros., Nova York, 1854.

61. Armazém em Jamaica Street, Glasgow, 1855-6.

62. Ellis: Oriel Chambers, Liverpool, 1864-5.

dos, onde não havia preocupações exibicionistas, aparece por vezes uma ausência de quaisquer "motivos" que é surpreendentemente semelhante aos detalhes característicos do século XX (fig. 62). O mesmo acontece, em grau ainda mais extraordinário, num edifício grande e puramente utilitário recentemente descoberto por Eric de Maré[10]. É um estaleiro na Sheerness Naval Dockyard (fig. 63), desenhado em 1858 pelo coronel G. T. Greene, diretor de engenharia e trabalhos arquitetônicos do Almirantado. Foi construído em 1859-61. Tem cerca de 60 metros de comprimento por 40 de largura, e apresenta uma estrutura de ferro de quatro andares, absolutamente original, com filas de janelas baixas e peitoris de ferro ondulado. Enquanto por um lado a originalidade técnica de todos estes

---

1894, p. 84. Aitchison construiu, por exemplo, os nos 59-61 de Mark Lane, em Londres, em 1863. Sobre estas primeiras fachadas de ferro na Inglaterra cf. Hitchcock, H.-R., *Architectural Review*, cix, 1951, pp. 131 e ss., e *Early Victorian Architecture in Britain*, New Haven e Londres, 1954.

    10. *Architectural Review*, cxxii, 1957, p. 32, cf. Skempton, A. W., *The Times* de 27 de fevereiro de 1959 e um artigo do mesmo para a *Trans. Newc. Soc.*, xxxii, 1960.

63. G. T. Greene: Estaleiro naval em Sheerness, 1858-61.

edifícios residia no abundante emprego do ferro, por outro lado a sua qualidade estética mais notável era o emprego igualmente pródigo e completamente uniforme do vidro. De qualquer modo, podia-se utilizar muito vidro nos edifícios altos da cidade; os autores das casas citadinas de estrutura de madeira dos séculos XVI e XVII sabiam-no bem. Muitas destas casas têm fachadas em que tudo é vidro, exceto mainéis, persianas e peitoris, que são de madeira. Era possível obter-se o mesmo efeito tanto com pedra quanto com ferro e a verdade é que há na América fachadas todas de vidro com mainéis de pedra antes de passarem a ser de ferro. A mais extraordinária de todas é a do Jayne Building, em Filadélfia, de 1849-50. Foi desenhada por W. J. Johnston e Thomas U. Walter, o arquiteto do Gerard College e da cúpula de ferro do Capitólio, homem interessado pela engenharia e com bastante experiência nesse campo. O edifício tem oito andares e o trabalho de pedra gótico é em granito (fig. 64)[11].

---

11. Devo a fotografia deste edifício a John Maass, o qual chamou também a minha atenção para a sua publicação por A. L. Huxtable em *Progressive Architecture*, xxxvii, 1956. Publicaram-se também algumas notas mais breves no *Journal of the Society of Architectural Historians*, de outubro de 1950 e março de 1951.

64. Johnston e Walter: Jayne Building, Filadélfia, 1849-50.

    Nenhuma diferença fundamental existiu de fato entre a fachada de pedra e vidro e a de ferro e vidro enquanto a técnica não evoluiu até o ponto a que chegou no século XX, nomeadamente no aspecto da passagem da alvenaria ou dos painéis de tijolo das paredes para os membros do esqueleto de ferro; é este o caso de Oriel Chambers. De qualquer modo, isso foi feito exatamente ao mesmo tempo numa alta torre de um edifício de Nova York, construído cerca de 1860-65, e num silo de cereais em Brooklyn. Conforme nos disseram, estes foram "concluídos como uma estrutura de ferro fundido tendo como vedação uma leve parede de tijolo, sendo o ferro visível do exterior"[12]. Na França, os armazéns das docas de St. Ouen, perto de Préfontaine e Fontaine, criticados no *Builder* em 1865, tinham também ao que parece uma estrutura de ferro, sendo o tijolo usado apenas como vedação[13], tal como a Fábrica de Chocolate Menier, de 1871-2, em Noisiel-sur-Marne, perto de Saulnier[14]. Neste caso houve influência de Viollet-le-Duc, cujos *Entretiens* voltaremos a mencionar num futuro capítulo.

    Os edifícios apresentados até aqui têm muito interesse, mas seria difícil sustentar que neles o ferro foi considerado elemento es-

---

    12. *British Architect*, xxxvii, 1892, p. 347.
    13. *Builder*, xxiii, 1865, p. 296.
    14. Ilustrações publicadas em Giedion, S., *Space, Time and Architecture*, 1.ª ed., p. 139.

65. Ponte de Coalbrookdale, 1777-81.

tético. É difícil determinar ao certo quando foi que esta atitude positiva surgiu pela primeira vez, isto é, quando foi que os projetistas começaram a gostar do aspecto das estruturas de ferro. Somos tentados a afirmar que foi com as pontes de ferro, por causa da atração estética que a sua elasticidade e elegância, que só graças ao ferro são possíveis, exercem sobre nós. Isto se aplica, até certo ponto, à primeira ponte inteiramente de ferro que se conhece, construída pelo grande mestre do ferro Abraham Darby em 1777-81 sobre o rio Severn, em Coalbrookdale (fig. 65). Não se sabe ao certo quem foi o autor. Parece ter sido em parte uma idéia de John Wilkinson, o outro grande mestre do ferro da mesma região, e em parte de um arquiteto, Thomas Farnoll Pritchard. O projeto feito por Pritchard em 1775, encontrado recentemente (fig. 66), é certamente mais arrojado do que aquele que foi finalmente adotado depois da sua morte, em 1777. O projeto executado era provavelmente de Abraham Darby, mas a idéia parece que deve ser atribuída a Pritchard e a Wilkinson[15]. Mais arrojada e com economia de materiais ainda maior foi a sucessora da ponte de Coalbrookdale, a ponte de Sunderland, construída entre 1793 e 1796, e ao que parece da autoria de Tom Paine, o qual concebera o projeto, durante a sua estadia na América entre 1774 e 1787, de lançar uma ponte de ferro sobre o

---

15. Maguire, R., e Matthews, P., "The Iron Bridge at Coalbrookdale", *Architectural Association Journal*, lxxiv, 1958. Este invalida o que afirma o prof. Bannister, assim como *Dynasty of Ironfounders*, Londres, 1953, de A. Raistrick.

A ENGENHARIA E A ARQUITETURA DO SÉCULO XIX 121

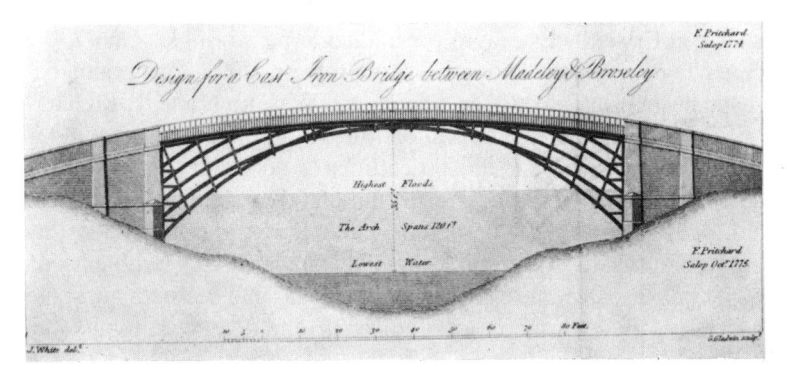

66. Pritchard: Projeto para a ponte de Coalbrookdale, 1775.

67. Telford: Projeto de ponte de ferro fundido para substituir a ponte de Londres, 1801.

rio Schuylkill, e em 1788 registrara na Inglaterra uma patente para pontes de ferro. A ponte de Sunderland foi executada por Walker, de Roterdam, e por Rowland Burdon. Infelizmente já foi destruída. Tinha um vão de 62 metros de altura, ao passo que o de Coalbrookdale tinha 30. Cinco anos depois de estar pronta, Thomas Telford sugeriu que se substituísse a ponte de Londres por uma estrutura de ferro fundido, a ser lançada sobre o rio numa única curva de 180 metros (fig. 67).

A evolução da ponte de arco é acompanhada pela da ponte pênsil. Entre os chineses houvera pontes pênseis de correntes de ferro, que foram divulgadas na Europa já em 1667, na *China... illustrata*, de Kircher e em 1726 na *Historical Architecture*, de Fischer von Erlach[16]. Este livro foi traduzido para o inglês em 1730 e cerca de dez ou doze anos mais tarde foi construída uma ponte, baseada neste princípio chinês, sobre o rio Tees, no Norte da Inglaterra, 3 quilômetros acima de Middleton. Tinha 21 metros de comprimento, mas pouco mais de 60 centímetros de largura, e era utilizada principalmente por mineiros a caminho do trabalho. A passagem era, dizia-se, em 1794, desagradavelmente insegura e "poucos estranhos ousavam aventurar-se nela". Depois disto o problema da ponte pênsil parece ter sido abandonado durante sessenta anos, até que James Finley (que morreu em 1828) lhe deu novo impulso na América. A sua ponte sobre o vale do Jacob, entre Uniontown e Greenburgh, tinha aproximadamente o mesmo comprimento que a sua antecessora inglesa, e data de 1801. Neste mesmo ano Finley registrou uma patente para pontes pênseis e construiu mais oito entre esta data e 1811. A maior de todas atravessava as cataratas do Schuylkill e tinha um arco com 90 metros de vão[17].

Quando a Inglaterra reapareceu na história da ponte pênsil, com o projeto de Telford para a ponte do Menai, em 1815, conhecia com certeza estas inovações americanas[18]. A ponte do Menai tem um arco principal com 175 metros de vão e dois arcos laterais com 78 metros cada, e caracteriza-se por uma admirável limpidez. Telford foi seguido pelo capitão Samuel Brown, o qual já em 1817 registrara uma patente para pontes de cadeias. Construiu a sua ponte Union, em Berwick-on-Tweed, cujo arco principal tem 135 metros de vão, em 1819-20. Seguiu-se, em 1822-3, o Pier de cadeias de Brighton, e depois muitos outros na Inglaterra e no continente.

A mais impressionante de todas é talvez a ponte pênsil de Clifton, em Bristol (fig. 68), desenhada em 1829-31 por Isambard Kingdom Brunel (1806-59) e iniciada em 1836[19]. É difícil admitir que a beleza dessa estrutura seja puramente acidental, isto é, resultante apenas de um trabalho de engenharia inteligente. Mas sem

---

16. Prof. Bannister, *loc. cit.*, refere uma gravura de uma ponte pênsil de ferro ainda mais antiga em Venanzio, Fausto, *Machinae Novae*, Veneza, 1595.

17. Sobre a ponte do Tees: Hutchinson, W., *History and Antiquities of the County Palatine of Durham*, iii, p. 297. Sobre a ponte de Jacob's Creek: Finley, James, "A Description of the Patent Chain Bridge", *Port Folio*, n.º iii, 1810, pp. 441-53.

18. Sobre Telford ver Rolt, L. T. C., *Thomas Telford*, Londres, 1958.

19. Sobre Brunel ver Rolt, L. T. C., *Isambert Kingdom Brunel*, Londres, 1957.

68. Brunel: Ponte pênsil de Clifton, Bristol. Projetada em 1829-31. Começada a construir em 1836.

dúvida um homem como Brunel deve ter sido sensível às qualidades estéticas sem precedentes da sua obra — uma arquitetura sem peso, os velhos contrastes entre a resistência passiva e a vontade ativa neutralizados, pura energia funcional lançando-se numa curva gloriosa para conquistar os 210 metros que separam as duas margens do vale profundo. Não há uma única palavra a mais, não há uma só forma de compromisso que seja. Nem sequer os pilares são ornamentados, ao que parece contra a primeira idéia de Brunel de usar decoração neo-egípcia, e contrastam de maneira esplêndida com a transparência da construção de ferro. Antes disso, só uma vez um espírito tão ousado dominara a arquitetura européia, no tempo em que Amiens, Beauvais e Colônia foram construídas.

Possivelmente Brunel não pensou as suas obras nestes termos, ou sequer em termos de arte, e a esse nível isso foi talvez o melhor. É certo que os construtores que utilizavam o ferro tinham ambições de caráter artístico, e logo que esta aspiração se tornava um esforço consciente os resultados eram menos valiosos. Tal fato verifica-se com o púlpito de ferro fundido de John Wilkinson, de cerca de 1790, em Bradley, no Staffordshire, e também com o obelisco que é o seu próprio altivo monumento funerário em Lindale, perto de

69. St. Alkmund, Shrewsbury, 1795. Trabalho em ferro fundido.

Grange-over-Sands (1808)[20], e com aquele rendilhado de ferro fundido de fins do século XVIII e princípios do século XIX que aparece nas igrejas do Shropshire e dos condados vizinhos, não muito longe dos trabalhos de ferro do vale de Severn (fig. 69).

Por outro lado pode-se afirmar, quanto ao aparecimento de colunas de ferro em igrejas e edifícios públicos, que regra geral a escolha do material foi ditada por razões de ordem prática, e não de ordem visual. Mais uma vez, neste aspecto, a Inglaterra foi precursora. Na igreja de Saint Anne, construída em Liverpool em 1770-72 e já desaparecida, as galerias apoiavam-se em colunas de ferro

---

20. Existe um obelisco de ferro fundido ainda mais antigo que o de Wilkinson em Ullersdorf, na Silésia. Data de 1802 e tem 22 metros de altura (ver Schmitz, *Berliner Eisenguss*, Berlim, 1917, p. 19). Em 1814 erigiu-se outro, em homenagem ao filósofo Fichte. As *flèches* de ferro tornaram-se banais no século XIX, como se vê por exemplo nas catedrais de Rouen e de Notre-Dame de Paris.

fundido. O mesmo se dá com a de Lightcliffe, no West Riding de Yorkshire, que data de 1774-5 e tem um estilo muito próximo do de John Carr[21]. Por outro lado, na de Saint Chad, em Shrewsbury, de George Stewart, as duas séries de esguias colunas estão ainda revestidas de madeira; esta igreja é de 1790-92[22].

O ferro não dissimulado aparecia em menor escala em colunas de galerias de teatros ou de igrejas. O primeiro teatro em que se saiba ter isto acontecido é o Covent Garden de Londres, de Smirke, construído em 1808-9. As primeiras igrejas parecem estar relacionadas com outro partidário fanático do ferro, John Cragg, de Liverpool, que convenceu o jovem Thomas Rickmann a empregar o ferro de modo extensivo na igreja de Everton Parish, perto de Liverpool, em 1813-14, e na de Saint Michel, Toxteth, em 1814[23].

Alguns anos mais tarde foi um destacado arquiteto, *Sir* John Soane, quem o recomendou no seu memorando ao conselho eclesiástico de 1818[24], mas para ser usado sem revestimento apenas nas igrejas menores. John Nash emprega-o muitas vezes, mas, via de regra, de modo a levar o público a tomá-lo por pedra. Assim as colunas dóricas de Carlton House Terrace (começado em 1827), em frente do St. James's Park, de Londres, são de ferro fundido tal como eram as do Regent Street Quadrant (começado em 1818).

Contudo há pelo menos um caso em que Nash parece ter tratado o ferro deliberadamente como ferro, e apreciado a elegância que ele pode dar a um suporte. Foi a sua famosa extravagância, o Pavilhão de Brighton, com a escada principal inteiramente de ferro,

---

21. Este exemplo foi mencionado pela primeira vez por mim em *The Buildings of England, The West Riding of Yorkshire*. Harmondsworth (Penguin Books), 1959.

22. Whiffen, Marcus, *Stuart and Georgian Churches outside London*, Londres, 1947-8, p. 53, fig. 67. Dr. Giedion, em *Space, Time and Architecture*, mostra uma livraria londrina com colunas de ferro aparente sustentando uma pequena cúpula, que data de 1794.

23. Sobre Covent Garden: Britton, J., e Pugin, A., *Illustrations of the Public Buildings of London*, Londres, 1825-8, i, p. 220, fig. VI. Sobre as igrejas de ferro de Liverpool: Brown, A. T., *How Gothic Came Back to Liverpool*, Liverpool (University of Liverpool Press), 1937. Sobre John Cragg: Nasmyth, J., *Autobiography*, Londres, 1883, p. 183, Nasmyth fala da igreja de St. James, de Liverpool, como sendo uma igreja de ferro e da autoria de Blore, mas não foi possível verificá-lo. As notas de Whiffen (*Stuart and Georgian Churches*) começaram com uma referência a Tetbury, Gloucestershire, de 1777-81. Posteriormente, contudo, o vigário escreveu uma carta desmentindo que as colunas tivessem o interior de ferro, e é portanto possível que Everton seja o primeiro caso de colunas principais de ferro.

24. *The Works of Sir John Soane*. Publicação n.º 8 do Museu de *Sir* John Soane, Londres, 1923, p. 91.

a cozinha com o teto sustentado por colunas de ferro, de cujo topo caem folhas de palmeira de ferro. Isto deu-se em 1815 e em 1818-21, respectivamente, datas importantes, pois ao que se sabe marcam o primeiro aparecimento do ferro não dissimulado em obras dependentes da Coroa inglesa.

A cúpula bulbosa do Pavilhão tem também uma armação de vigas de ferro. Todavia, o primeiro aparecimento de metal com vidro numa cúpula foi nas Halles au Blé, de Paris, desenhadas em 1809 e construídas em 1811. Isto dá ao interior do edifício uma luz diurna uniforme, coisa que de outra maneira não se poderia conseguir. Na mesma época os projetistas de estufas começaram a aperceber-se das vantagens da abóbada de vidro. Neste campo os tetos de vidro já vinham sendo utilizados desde o início do século XVIII. A idéia dos tetos "curvilíneos" aparece pela primeira vez numa comunicação feita à Sociedade de Horticultura de Londres por *Sir* G. S. Mackenzie em 1815. Foi imediatamente posta em prática pelo horticultor T. A. Knight, de Downtown Castle, no Shropshire, irmão de Richard Payne Knight, mais célebre, e pelo floricultor e jornalista Loudon. Este último sugeriu em 1817 e 1818 as formas que se tornaram então mais comuns (fig. 70). Cerca de 1830 havia na Inglaterra grande número de vastas estufas com tetos ou cúpulas curvas, como na estufa circular de Bretton Hall, no Yorkshire, que tinha 30 metros de diâmetro por 18 de altura[25]. Por conseguinte, a importância do *Jardin des Plantes*, de Paris, foi bastante exagerada. Seguiu-se a estufa de Chatsworth, construída por Joseph Paxton (1801-65) para o duque de Devonshire em 1837-40, com 83 metros de comprimento, 40 de largura e 20 de altura.

Assim foi preparado o terreno para o Palácio de Cristal de 1851, sede da primeira exposição internacional jamais realizada, uma profissão de fé no ferro tão veemente como a maior ponte pên-

---

25. Mackenzie, Sir G. S., "On the Form which the Glass of a Forcing-House ought to have, in order to receive the greatest possible Quantity of Rays from the Sun", *Transactions of the Horticultural Society of London*, ii, 1818, pp. 170-77. Knight, Thomas Andrew. "Upon the Advantages and Disadvantages of Curvilinear Iron Roofs to Hot-Houses", *Transactions of the Horticultural Society of London*, v, 1824, pp. 227-33. Loudon, J. C., *Remarks on the Construction of Hothouses*, Londres, 1817. Loudon, J. C., *Encyclopaedia of Gardening*, Londres, 1822, n.º 6.174. Loudon, J. C., Encyclopaedia of Cottage, Farm and Villa Architecture and Furniture, Londres, 1842, fig. 1.732.

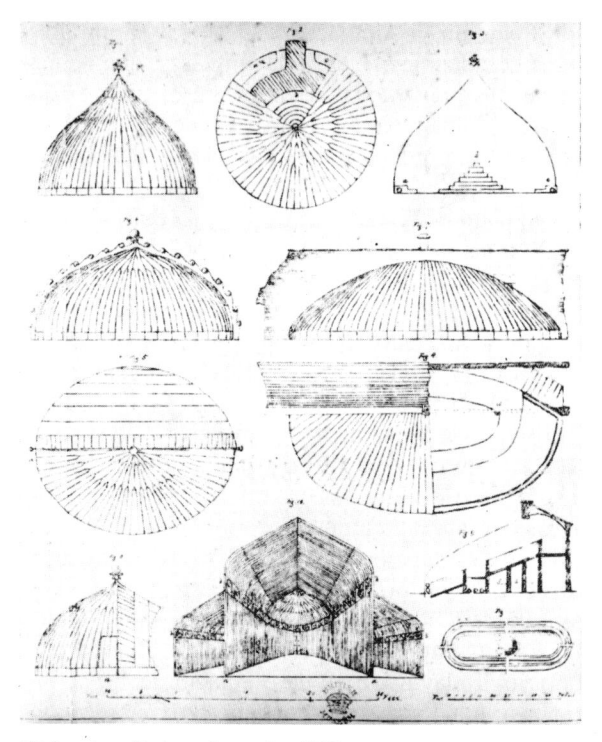

70. Londres: Projetos de estufas, 1817.

sil do mundo. Mas, antes, deverão ser levadas em conta algumas outras inovações. O ferro e o vidro têm também vantagens evidentes para mercados cobertos e estações ferroviárias, dois tipos de construção trazidos para primeiro plano pelo fantástico aumento da população urbana nos princípios do século XIX e pela crescente troca de materiais e de produtos entre as fábricas e as cidades. O mercado coberto próximo da Madeleine, em Paris, tinha, já em 1824, uma construção elementar de ferro e vidro. Não tinha abóbada, mas em 1845 Hector Horeau sugeriu, para a reconstrução do mercado central de Paris, uma abóbada de vidro com 90 metros de vão[26]. Isso teria atingido o vão da maior estação ferroviária já cons-

---

26. Sobre Horeau ver Doin, J., *Gazette des Beaux-Arts*, 4.ª série, xi, 1914.

truída, a de Broad Street, em Filadélfia, de 1893[27], e teria ultrapassado todas as que as companhias ferroviárias inglesas, que ocupavam o primeiro lugar nas construções de ferro até os anos 80, tinham construído, nomeadamente a de New Street, de Birmingham, por Cowper, em 1854, que tinha 64 metros, e a de St. Pancras, de Londres, por W. H. Barlow, em 1863-5, que tinha 70. O mercado coberto de Paris, executado por Baltard & Callet em 1852-9, é também de vidro e ferro, mas não tem abóbada nem qualquer mérito especial.

No Palácio de Cristal as abóbadas também não são o fator decisivo. O que faz da obra de Paxton o exemplo mais importante da arquitetura de ferro e vidro dos meados do século XIX é mais o seu tamanho imenso — 556 metros de comprimento, ou seja, muito maior do que o do Palácio de Versalhes —, a ausência de quaisquer outros materiais e o uso de um engenhoso sistema de pré-fabricação dos elementos de ferro e vidro assentados numa armação envolvente de 8 metros que abrange tudo. Só com processos de préfabricação um edifício com tais dimensões poderia ser construído no prazo miraculosamente curto de dez meses. É muito provável que mesmo Paxton, que era um *outsider*, não se tivesse atrevido a métodos e desenhos tão inéditos se não estivesse trabalhando para um edifício temporário. Todavia, o fato de o Palácio de Cristal ter voltado a ser construído em 1854 em Sydenham, próximo de Londres, para fins mais duradouros, prova que a nova beleza do metal e do vidro tinha conquistado os vitorianos mais progressistas, assim como o público em geral. Na literatura arquitetônica estabeleceu-se uma rija polêmica. Pugin, goticista e católico fanático como era, evidentemente o detestava. Chamava-lhe "Fraude de Cristal" e "Monstro de Vidro", "uma má e vil construção" e "a coisa mais monstruosa que já se inventou"[28]. Ruskin, aqui como em tantas outras coisas seguidor de Pugin, considerava-o "uma estufa maior do que qualquer estufa já construída" e a prova cabal de que era "defi-

---

27. Atualmente a obra fundamental sobre arquitetura ferroviária é Meeks, Carroll L. V., *The Railroad Station*, Yale University Press e Londres, 1956. O prof. Meeks compara este amplo vão com os maiores vãos de pedra que jamais se construíram, nomeadamente o Panteão de Roma, com 43 metros, S. Paulo, em Londres, com 34 metros, Santa Sofia, em Constantinopla, com 32 metros, etc.
28. Todas estas citações provêm de cartas inéditas encontradas por *Mrs.* Stanton e que serão publicadas na sua próxima monografia sobre Pugin. Estou-lhe imensamente grato por me permitir oferecer aos meus leitores esta primeira informação.

nitivamente impossível" conseguir com o ferro uma beleza superior[29]. Já em 1849 enunciara no princípio das suas *Seven Lamps of Architecture* uma definição que "distingue a arquitetura dos ninhos de vespas, dos buracos de ratos e das estações ferroviárias". Opuseram-se a esta atitude negativa e reacionária os homens do círculo de Henry Cole, os quais, como inovadores do desenho, estavam em outros aspectos muito perto de Ruskin. Em problemas relacionados com a arquitetura em ferro o porta-voz do círculo era Matthew Digby Wyatt, que como arquiteto era inferior a Pugin, como escritor era inferior a Ruskin, mas era um crítico extremamente inteligente. Em 1851 escreveu no *Journal of Design*[30]: "Tornou-se difícil saber onde acaba a engenharia civil e começa a arquitetura." As novas pontes de ferro contam-se entre as "maravilhas do mundo". "A partir de tais inícios", continua Wyatt, "quais os prodígios que estão para vir, quando a Inglaterra tiver sistematizado uma escala de formas e proporções ... podemos permitir-nos sonhar, mas não nos atrevemos a profetizar. Seja qual for o resultado, é impossível não levar em conta o fato de o edifício da Exposição de 1851 estar provavelmente destinado a acelerar a 'realização ardentemente desejada' e a originalidade da sua forma e pormenores a exercer uma forte influência no gosto nacional."

Mais do que em qualquer outro aspecto sentimo-nos aqui inclinados a dar aos homens do círculo Cole um lugar entre os pioneiros do desenho do século XX, e só se recordarmos quão desastrosamente as obras de Wyatt diferem da sua teoria seremos capazes de o relegar para os meados do século XIX a que na realidade pertence. Outro caso de certo modo semelhante é o de Thomas Morris, cujas construções se caracterizam pelo que o primeiro estilo vitoriano tem de mais medonho e de pesadelo, e que apesar disso escreveu em 1862 que no Palácio de Cristal "deve-se considerar ter início um novo estilo arquitetônico, tão notável como os que o precederam", e que "o ferro e o vidro conseguiram dar um cunho acentuado e diferente à arquitetura do futuro"[31]. Mesmo Ruskin,

---

29. Ruskin, John, *The Stones of Venice*, Londres, 1851, ii, pp. 407, 405.
30. Pevsner, N., *Matthew Digby Wyatt*, Londres (Cambridge U. P.), 1905, pp. 19-20.
31. Harris, T., "What is Architecture?", *Examples of the Architecture in the Victorian Age*, Londres, 1862, p. 57. Peter F. R. Donner, em "A Harris Florilegium", *Architectural Review*, xciii, 1943, pp. 53-4, sugeriu que fosse também Harris a publicar este volume, que seria o primeiro de uma série; todavia foi este o único publicado.

antes de ver o Palácio de Cristal, sugerira em 1849 que talvez se aproximasse o tempo "em que se desenvolveria um novo sistema de leis arquitetônicas inteiramente adaptadas à construção metálica"[32]. O mais destacado arquiteto do primeiro estilo vitoriano, *Sir George Gilbert Scott*, era demasiado inteligente para desprezar as possibilidades do ferro para a arquitetura, embora fosse conservador demais para ser ele próprio a explorá-las. Escreveu sobre pontes em 1858: "É evidente que este triunfo da moderna construção metálica abre caminho para um campo de evolução da arquitetura inteiramente novo" e "seria difícil, mesmo para o desastrado mais completo, tornar (as pontes suspensas) desagradáveis". Mas quando se refere a edifícios só admite o ferro como "um expediente excepcional" em casos como o do Palácio de Cristal[33].

A estação ferroviária constituiu o campo em que a arquitetura e a engenharia se encontraram. Nada poderia caracterizar a situação de modo mais significativo do que o palácio de tijolo e granito de Scott, gótico, altaneiro e cheio de torres, em frente da esplêndida estação de Barlow, em St. Pancras. Corresponde exatamente a isto a afirmação de James Fergusson na *History of Modern Styles* de que a Gare de l'Est de Paris era superior à King's Cross Station, de Londres, pois "graças ao seu alto grau de ornamentação ... torna-se um verdadeiro marco da arte arquitetônica"[34]. Voltamos portanto ao ponto em que este livro começou, à definição da arquitetura como decoração da construção. Os mais notáveis são aqueles que elogiam incondicionalmente a arquitetura ferroviária. "As estações são as catedrais do nosso século", disse um autor anônimo no *Building News* em 1875[35], e vinte e cinco anos antes, ou seja, antes do Palácio de Cristal, Théophile Gautier escrevera: "A Humanidade criará um tipo de arquitetura totalmente novo ... no momento em

---

32. *Seven Lamps of Architecture*, Londres, 1849, p. 337.
33. Scott, *Sir* George Gilbert, *Remarks on Secular and Domestic Architecture*, Londres, 1858, pp. 109-10.
34. Citado de Meeks, *loc. cit.*, p. 65. Esta opinião manteve-se até o fim do século. Madsen cita uma frase de Charles Garnier, o arquiteto da Ópera de Paris em 1893, em que aquele afirma que o ferro "é um meio, e nunca será um princípio" (p. 224), e outra de Grasset, o principal desenhista de cartazes da França, em 1896, de que "a arquitetura do ferro é horrível, porque as pessoas têm a insensata pretensão de querer mostrar tudo. A arte nasceu precisamente da necessidade de vestir o meramente útil, que é sempre repugnante e horrível" (p. 224).
35. Esta frase corresponde exatamente à idéia central do livro de Meeks; ver também p. 10.

que os novos métodos criados pela ... indústria forem utilizados. A aplicação do ferro permite e facilita o uso de muitas formas novas, como se vê nas estações ferroviárias, nas pontes e nos telhados das estufas"[36]. Estas palavras são estranhas, na pena do poeta de *L'Art pour l'Art*. Patenteiam a total confusão entre os problemas sociais e estéticos que é típica da crítica de arte dos meados do século XIX. Não seria talvez Gautier mais levado pela fé na era industrial do que pelo prazer das formas das estruturas de engenharia e das máquinas, um prazer como aquele que encontramos também no *Rain, Steam and Speed*, de Turner, na *Gare St. Lazare*, de Monet, ou no *Rolling Mill*, de Menzel?

Todas as opiniões sobre o ferro que até aqui expusemos foram inspiradas por obras que não eram de arquitetura com A maiúsculo. No que diz respeito a edifícios civis e igrejas, o número daqueles que estão prontos a usar o ferro abertamente e com convicção estética diminui logo consideravelmente. Os dois edifícios mais notáveis dos anos 40, a década anterior ao Palácio de Cristal, são a Bibliothèque St.-Geneviève, de Labrouste, em Paris, de 1843-50, e o Coal Exchange, de Bunning, em Londres, de 1847-9. A biblioteca de Labrouste tem um exterior estritamente neo-renascentista e um interior de duas naves, com arcos e abóbadas de berço, onde as colunas muito esguias que separam as duas naves são de ferro à vista e as duas abóbadas assentam numa rede de nervuras de ferro ligando as colunas com as paredes de pedra exteriores. O Coal Exchange de Londres expõe também abertamente o ferro, embora seja muito mais livre na decoração. Nos anos 50, o Oxford Museum, construído por Deane & Woodward sob a supervisão direta de Ruskin e com plena aprovação deste último, tem altas colunas de ferro e muita decoração em ferro com formas góticas e naturalistas. Em Paris, na mesma década, Louis-Auguste Boileau teve a temeridade de usar em Saint-Eugène não apenas colunas de ferro mas também arcos de abóbada de ferro (fig. 71; 1854-5). Ele e seu filho Louis-Charles fizeram o mesmo durante a década de 60 noutras igrejas[37], e Louis-Auguste escreveu vários livros sobre as vantagens do ferro para a arquitetura. Baltard, o arquiteto do Mercado, juntou-se aos

---

36. Em *La Presse*. Citado de Giedion, *Bauen in Frankreich*, Leipzig, 1928, p. 10.

37. Le Vésinet (Seine-et-Oise), 1863, por Louis-Charles e a antiga Notre-Dame de France, na Leicester Square de Londres, por Louis-Auguste, 1868 (ver *Builder*, xxiii, 1865, pp. 800 e 805, e *Architectural Review*, ci, 1947, p. 111).

71. Boileau: Saint-Eugène, Paris, 1854-5.

Boileau em Saint-Augustin, em Paris, em 1860-61, e empregou ferro nos pilares, nos arcos e numa cúpula.

É nesta altura que entra em cena Viollet-le-Duc, uma personalidade tão ambígua e influente como fora Pugin. Dedicou-se implacavelmente a restaurar, no que foi bem-sucedido, mais catedrais do que as que podemos contar, por exemplo a de Carcassone e a de Pierrefonds. Era radical em política e um bem-informado historiador da arquitetura. O seu *Dictionnaire* continua a ser hoje preciosa fonte de informações e objeto de estudo. Foi um defensor do princípio da construção gótica tão convicto como Pugin e muito maior conhecedor. Defendeu o século XIII gótico como um século do povo, e foi acima de tudo um apaixonado defensor do ferro na arquitetura, ferro para as colunas e ferro para as abóbadas. As opiniões

A ENGENHARIA E A ARQUITETURA DO SÉCULO XIX 133

de Viollet-le-Duc sobre o ferro encontram-se no seu livro *Entretiens*. No primeiro volume (1863), há no Capítulo IX uma observação geral de que "temos na atualidade imensos recursos fornecidos pela capacidade da indústria", e um apelo para "usar esses meios em vista da adoção de formas arquitetônicas adaptadas aos nossos tempos", em vez de disfarçar "estas inovações com uma arquitetura tirada de outras épocas", e no Capítulo X há uma referência ao uso do ferro na construção de um auditório para 2.000 pessoas[38].

No segundo volume (1872) há muito mais: uma proposta concreta de "emprego simultâneo de metal e de alvenaria" com paredes de alvenaria e suportes e nervuras de ferro não disfarçado, uma apreciação das "maravilhas de construção que o ferro permitiria e das inovações dos engenheiros"[39], e ilustrações mostrando exatamente aquilo em que pensava, pesadas estruturas vitorianas com membros de ferro pesados e floridamente decorados (fig. 72).

Evidentemente não se poderia esperar mais do que isto de qualquer arquiteto dos anos 60 e 70. O abandono completo de quaisquer elementos ou ideais arquitetônicos de outras épocas não podia ser de iniciativa dos arquitetos. Veio dos engenheiros, e as décadas seguintes foram os anos do seu completo triunfo. Fizeram-se pontes com vãos até então nunca atingidos, a ponte de Brooklyn, de 1870-73, com o seu arco principal de 478 metros de vão, e a ponte de Firth of Forth, de 1883-9, com um arco de 521 metros de vão. Fizeram-se abóbadas com o vão espantoso de 115 metros na Halle des Machines da Exposição Internacional de Paris de 1889, pelo engenheiro Contamin e pelo arquiteto Dutert (fig. 73). Tinha 45 metros de altura e provocou certamente um sentimento sem precedentes de espaço e de leveza. A ilustração mostra a facilidade fascinante com que os braços de aço se lançam das colunas de suporte. Os pares de braços não se unem no topo da abóbada; tocam-se apenas por meio das mesmas finas cavilhas usadas na base das colunas. Para a mesma Exposição, em que foi assim realizada a maior abertura de arco até então, Gustave Eiffel construiu a estrutura mais alta jamais erigida, a Torre Eiffel (fig. 74). Eiffel (1832-

---

38. Citado da edição inglesa, Londres, 1877, pp. 385 e 461.
39. Edição inglesa, Londres, 1881, pp. 58, 59, 87, 91, 120-21. Segundo as investigações do dr. Robin Middleton, a III Conferência do 2º volume data de 1868, a IV Conferência de 1869, a V e as seguintes de 1870 a 1872. A tese do dr. Middleton sobre Viollet-le-Duc (Cambridge, 1958) não foi ainda publicada.

72. Viollet-le-Duc: Ilustração de *Entretiens*, 1872.

1923)⁴⁰ tinha já tentado a construção daquelas vigas em forma de foice que estão na base da torre e em diversas pontes que se contam entre as mais arrojadas do século, como, por exemplo, a ponte de D. Maria II, no Porto (1875), e o viaduto do Garabit (1879). O efeito impressionante da Torre Eiffel deve-se à altura de 300 metros, inultrapassada até depois da guerra de 14-18, e também à elegância das suas linhas curvas e à energia poderosa, embora controlada, do seu *élan*.

A Torre Eiffel não teria sido construída nem se teria tornado o ídolo dos parisienses e dos visitantes estrangeiros se nessa época, cerca de 1890, o aço não tivesse atingido um alto nível de perfeição. Assim, a partir de 1890 o pensamento arquitetônico mais avançado e as qualidades usuais dos edifícios mais arrojados dei-

---

40. Bisset, Maurice. *Gustave Eiffel*, Milão (Astra Arengaria), 1957.

73. Dutert e Contamin: Halle des Machines, Exposição Internacional de Paris, 1889.

xam de poder ser compreendidos independentemente do aço, e nesta altura "aço" significa acima de tudo "arranha-céus". Nem todos os edifícios altos são arranha-céus; só se dá esta designação a edifícios em que a função da parede-mestra é desempenhada por um esqueleto. Investigações recentes determinaram com grande exatidão as diversas fases que levaram de um a outro[41]; não há interesse em detalhá-las aqui.

Acerca da pré-história do arranha-céu basta dizer que os grandes edifícios de escritórios só se tornaram possíveis depois da aparição do elevador (1852), e sobretudo do elevador elétrico (inventado por W. von Siemens em 1880). Em 1888-9, o Pulitzer Building, de Nova York, atingia a altura de 104 metros, apesar das suas sólidas paredes de alvenaria. Todavia, o Home Insurance Building, de

---

41. Resumindo sucintamente no catálogo mimeografado *Early Modern Architecture, Chicago, 1870-1910*, 2.ª ed., Nova York (Museu de Arte Moderna), 1940. Cf. também Giedion, *Space, Time and Architecture*; Condit, C. W., *The Rise of the Skyscraper*, Chicago, 1952.

74. Eiffel: Torre Eiffel, Paris, 1889.

William Le Baron Jenney (1832-1907), fora construído em Chicago em 1884-5 com uma autêntica construção em esqueleto, e outros prédios de escritórios de Chicago, como o Tacoma Building, de Holabird e Roche, de 1887-8, logo aperfeiçoaram a inovação de Jenney[42]. Mas quanto ao aspecto exterior nem o Home Insurance, nem o Tacoma, nem os outros primeiros arranha-céus de Chicago mostram elementos de progresso em relação às torres de alvenaria construídas anteriormente. Coube a Sullivan prestar ao aço a atenção devida, e o resultado foi o Wainwright Building de St. Louis (fig. 75), um marco decisivo na evolução do Movimento Moderno. O projeto data de 1890. Morrison salientou com razão que as fachadas deste prédio não mostram de modo algum a construção na sua totalidade. As faixas de alvenaria dos cunhais são ainda mais largas que as outras verticais, que têm a mesma espessura, embora só uma sim, uma não corresponda a uma escora de aço. Os olhos-de-boi do andar superior e a cornija superior saliente com a sua luxuriante decoração em estilo Art Nouveau sullivaniana são também reminiscências das tradições da pedra. Mas Sullivan compreendera que uma armação de aço exige um exterior fundamentalmente baseado numa só unidade ou, como ele diz, devemos "partir da célula individual; cada uma delas precisa de uma janela com um pilar de separação, um lintel e um peitoril, e sem arranjar mais dificuldades fazê-las parecer todas iguais, pois de fato são todas iguais"[43]. Daí a magnífica simplicidade de ritmo e o efeito direto e sem hesitações que provoca. Ao contrário de van de Velde, Sullivan adaptou assim

---

42. Os sonhos de L. S. Buffington com os "arranha-nuvens", de 1880-81, baseavam-se nos *Entretiens* de Viollet-le-Duc e eram extremamente vagos. Só registrou a sua patente em 1888, e nesta época já existiam os primeiros arranha-céus de Chicago. Cf. Morrison, Hugh. "Buffington and the Invention of the Skyscraper", *Art Bulletin*, xxvi, 1944, pp. 1-2. Tselos, Dimitros. "The Enigma of Buffington's Skyscraper", *Art Bulletin*, xxvi, 1944, pp. 3-12. Christison, Muriel B. "How Buffington Staked His Claim", *Art Bulletin*, xxvi, 1944, pp. 13-24. *The Origin of the Skyscraper*. Relatório da comissão nomeada pelos Trustees of the Estate of Marshall Field for the Examination of the Structure of the Home Insurance Building. Thomas E. Tallmadge, ed., Chicago, 1939.

43. Sullivan, Louis H. "The Tall Office Building Artistically Considered", *Lippincott's Monthly Magazine*, lvii, 1896, p. 405. Cf. também o artigo do sócio de Sullivan, Dankmar Adler: "The influence of steel construction and of plate glass upon the development of the Modern Styl." *Inland Architect and News Review*, xxvii, 1896. Não me foi possível consultar este artigo.

75. Sullivan: Wainwright Building, St. Louis, 1890-1.

à realidade dos grandes edifícios as teorias revolucionárias que expusemos no começo deste livro.

Não foi ele o único arquiteto de Chicago a sentir com tanta sutileza o caráter do século seguinte. Percebemos isso também em Richardson, quando encarregado, em 1885, de fazer o projeto do Marshall Field Wholesale Building, um prédio maciço, de modo nenhum um arranha-céu, mas um monumento ao comércio e à indústria, construído sem preocupações com toda a parafernália tradicionalmente ligada à monumentalidade. Apenas os arcos redondos fazem nele lembrar o passado neo-românico do arquiteto. O espíri-

76. Burnham e Root: Monadnock Block, Chicago, 1890-1.

to é inteiramente original, e deve ter impressionado fortemente não apenas Sullivan mas também Burnham e Root, quando, em 1890-1, construíram o Monadnock Block (fig. 76). Este edifício não tem quaisquer formas richardsonianas nem emprega esqueleto de aço; é a última das grandes torres de alvenaria, embora, graças à sua intransigente recusa de atenuar as suas linhas puras com quaisquer molduras ou ornamentos, pertença inteiramente à nova época. Isto mostra a que ponto podem a técnica e a estética estar separadas, em qualquer momento de uma evolução, mesmo que esta seja tão coerente como a da escola de Chicago[44].

Nos alicerces de Monadnock Block e de outros edifícios de escritórios americanos foi usado o concreto e, embora o tenha sido de maneira estritamente utilitária e escondida, merece ser apresentado com relevo, pois estava destinado a se tornar um dos materiais mais importantes do século XX. A sua pré-história foi recentemente estudada a fundo[45], e assim pode-se facilmente traçar-lhe a história. Antes de mais nada há que se distinguir entre cimento e concreto — o concreto é um agregado — e entre concreto em blocos e concreto armado — os reforços de ferro ou aço acrescentando a força de tensão do ferro à força de compressão do concreto.

O concreto foi largamente usado pelos romanos e foi a sua principal técnica de construção do século I d.C. em diante. Depois o material foi esquecido e só reapareceu nos manuais de construção franceses de cerca de 1800, como o livro de Rondelet *Art de Bâtir*. Depressa se começou a fazer propaganda do uso do concreto em blocos em cisternas, silos de cereais e casas, e tanto na França quanto na Inglaterra fizeram-se casas de concreto na década de 1830. O primeiro fanático do concreto da história, um tipo de pessoa que estava destinado a multiplicar-se rapidamente, foi François Coignet, que escreveu na época da Exposição Internacional de 1855: "O cimento, o concreto e o ferro estão destinados a substituir a pedra"[46], e construiu a meia cúpula da igreja de Le Vésinet de concreto. O interior desta era de ferro[47].

Os inícios do ferro reforçando o cimento evocam uma nota da *Encyclopaedia of Cottage, Farm and Villa Architecture*, de Loudon, de 1832[48], onde são mencionados pavimentos de cimento com uma armação incrustada de listões de ferro, e uma patente de 1844 referente a pavimentos de cimento com traves de ferro fundido incrustadas. Na década de 1850 houve mais patentes, uma em 1854, na Inglaterra, referindo-se explicitamente ao ferro e ao cabo de ara-

---

44. A literatura mais recente sobre a escola de Chicago é Randall, F. A., *History of Building Construction in Chicago*, Urbana, 1949; e Randall, J. D., *A Guide to significant Chicago Architecture of 1872 to 1922*. Glencoe, Illinois, edição particular, 1959.
45. Peter Collins. *Concrete*, Londres, 1959.
46. Collins, *op. cit.*, p. 27.
47. Ver nota 37 supra.
48. § 1.792.

me dentro do concreto como sendo um estado de tensão[49], e uma em 1856, na França, de Coignet, falando também explicitamente dos membros de ferro como tirantes[50]. Entre os nomes que devemos recordar o que se segue ao de Coignet é o de Joseph Monier, que aperfeiçoou vasos de flores em 1867 e colunas e vigas-mestras de concreto armado.

Na Inglaterra deu-se um progresso paralelo com o aperfeiçoamento do concreto. O nome de Norman Shaw merece também figurar na história do concreto, embora de modo muito marginal, pois os projetos de pequenas casas com partes em concreto que fez em 1878 previam a utilização de concreto em blocos, e não de concreto armado.

O concreto armado atingiu a maturidade nos mesmos anos 70, quando William E. Ward e Thaddeus Hyatt começaram a analisar e a calcular as propriedades do concreto e do ferro quando combinados. Alguns anos mais tarde seguiram-se os alemães, impressionados pelas experiências de Monier, e os nomes de G. A. Wayss e de Koenen, respectivamente como fabricante e como engenheiro, marcam o início da preparação e da técnica do concreto no sentido moderno. Estamos agora nos meados da década de 1880.

Os seus esforços científicos foram acompanhados e desenvolvidos pela habilidade e pela iniciativa de um grande entusiasta francês, François Hennebique. Foi Hennebique quem substituiu o ferro pelo aço e introduziu o arqueamento dos reforços de aço perto dos suportes. As suas primeiras patentes datam de 1892 e 1893, e a sua firma depressa se tornou extremamente próspera. Uma fábrica de fiação construída em 1895 por Hennebique em Tourcoing tem uma fachada com montantes de concreto aparente, com grandes superfícies de vidro, que é tão intransigentemente funcional como a de qualquer dos edifícios dos arquitetos de Chicago.

Dois anos mais tarde o concreto atingiu a maioridade, fato marcado pela igreja de Saint-Jean de Montmartre, de Anatole de Baudot (fig. 77), antigo discípulo de Viollet-le-Duc; partilhava a fé do mestre nos novos materiais e na sua aplicabilidade a fins monumentais. Foi Viollet-le-Duc quem sugeriu o emprego do ferro para a reinterpretação dos princípios góticos, mas foi Baudot quem em-

---

49. Wilkinson, W. B., ver Collins, *op. cit.*, p. 38.
50. Collins, *op. cit.*, p. 29.

77. De Baudot: Saint-Jean de Montmartre, Paris, 1894-7.

pregou o ferro para esses fins. A simplicidade e a pureza dos suportes, cujo efeito é semelhante ao que um andaime produziria, provocado pelas vigas de concreto distribuídas em todos os sentidos e pelo brilho dos pendentes e da lanterna, resultam numa austeridade direta que Baudot considerava fundamentalmente gótica, mas que ao mesmo tempo anuncia as complexidades espaciais de Mackintosh e de Le Corbusier. Entre o fim da construção desta igreja e o fim da primeira grande guerra, a França esteve sempre à frente do progresso da arquitetura em concreto.

Torna-se necessária mais uma nota antes de terminar esta exposição acerca das obras arquitetônicas dos engenheiros. Ruskin, Morris e os seus seguidores odiavam a máquina, e conseqüentemente também odiavam a nova arquitetura de aço e vidro, a qual, segundo Ruskin, está "para sempre separada de todas as coisas boas e grandes por um abismo do qual nem uma só polegada poderá ser franqueada por todas as pontes tubulares nem pela engenharia de dez mil séculos XIX amassados num único grande século"[51].

As razões deste frenético desprezo de Ruskin eram de natureza essencialmente estética, e as de Morris eram inteiramente sociais. Morris era incapaz de apreciar as possibilidades positivas dos novos materiais por estar demasiado preocupado com as conseqüências negativas da revolução industrial. Só era capaz de ver aquilo que tinha sido destruído: o artesanato e o prazer do trabalho. Mas não houve nenhuma nova época da civilização humana que surgisse sem uma fase inicial em que se desse uma completa renovação dos valores, e essas fases não são particularmente agradáveis para os que as vivem.

Por outro lado, os engenheiros estavam muito ocupados com as suas emocionantes descobertas para reparar no descontentamento social que se acumulava à volta deles, ou para escutar os avisos de Morris. Devido a este antagonismo, as duas tendências mais importantes da arte e da arquitetura do século XIX eram incapazes de juntar as suas forças. O Artes e Ofícios manteve a mesma atitude retrospectiva e os engenheiros a mesma indiferença para com a arte como tal.

Aconteceu que o precipitado que disto resultou foi a Art Nouveau. Os desenhistas da Art Nouveau ficavam tão fascinados com qualquer manifestação contra a tradição e a convenção que eram

---

51. Ruskin, *The Stones of Venice*, p. 406.

perfeitamente capazes de fazer suas as inovações dos engenheiros. Estavam tão profundamente convencidos da necessidade do trabalho dedicado no artesanato como Morris e os seus discípulos, mas eram também capazes de conseguir uma síntese provisória entre a nova sensibilidade e os novos materiais.

É portanto fundamental compreender o estilo do século XX como uma síntese do movimento de Morris, do desenvolvimento da construção em aço e da Art Nouveau. A exposição destas três linhas principais de progresso, feita neste capítulo e nos anteriores, permitir-nos-á agora dedicar as restantes páginas deste livro ao Movimento Moderno propriamente dito, tal como se desenvolveu na Inglaterra, nos Estados Unidos e no Continente.

CAPÍTULO SEIS
INGLATERRA: DE 1890 A 1914

Antes de mais nada, devemos voltar à arquitetura e ao desenho ingleses. No fim da década de 1880, como dissemos, o principal nome do desenho era Morris, e Norman Shaw o da arquitetura. A quebra proposital com a tradição que foi característica do estilo dos maiores pintores europeus de cerca de 1890 e do dos iniciadores da Art Nouveau não se deu nem foi desejada na Inglaterra. Por isso pareceu preferível deixar para agora a análise da evolução na Inglaterra a partir de 1890, embora um arquiteto inglês, pelo menos, tenha tentado um novo estilo, de natureza original e altamente inovadora, antes de a Art Nouveau ter começado. Foi ele C. F. Annesley Voysey (1857-1941)[1]. Dissemos já que os seus desenhos constituíram uma fonte de inspiração para a Art Nouveau. Van de Velde falou ao autor do efeito revolucionário que os papéis de parede de Voysey causaram sobre ele e seus amigos[2]. Foram as seguintes as suas palavras: "Foi como se de repente tivesse chegado a Primavera." De fato, basta-nos olhar para um dos papéis de parede de Voysey dos anos 90 (fig. 78) e para um dos seus linhos estampados de um pouco mais tarde (fig. 79) para ver a grande diferença

---

1. Até hoje ainda não se publicou nenhum livro sobre Voysey. A melhor crítica é a de Brandon Jones, John, "C. F. A. Voysey", *Architectural Association Journal*, lxxii, 1957, pp. 238-62. Ver também Pevsner, Nikolaus, "Charles F. Annesley Voysey", *Elsevier's Maandschrift*, 1940, pp. 343-55. Para outras publicações mais antigas da obra de Voysey cf.: *Dekorative Kunst*, i, 1898, pp. 241 e s.; Muthesius, H., *Das englische Haus*, Berlim, 1904-5, i, pp. 162 e ss.

2. Os papéis de parede de Adolphe Crespin criados em Bruxelas durante os anos 90 são a prova mais cabal desta influência de Voysey. *Art et Décoration*, ii, 1897, pp. 92 e ss.

78. Voysey: Papel de parede, c. 1895.

79. Voysey: Linho estampado, 1908.

que existe entre ele e Morris. Não que o seu fim último fosse a novidade; ao que parece as suas inovações, a sua modernidade, foram quase inconscientes. Não se coadunavam com a sua maneira de ser nem doutrinas nem regras rígidas. Não tomou posição em relação à polêmica entre os defensores da ornamentação estilizada e os da naturalista. Pois, embora tenha declarado numa entrevista em 1893 que o realismo era inadequado na decoração, tendia a admitir plantas e animais nos padrões com a condição de serem "reduzidos a simples símbolos". Talvez isto pareça estar de acordo com as idéias de Morris, mas dá um tom nitidamente diferente ao urgente desejo de Voysey de "viver e trabalhar no presente"[3].

E assim consegue padrões que estão muito perto da natureza e ao mesmo tempo cheios de inconfundível graça.

As formas graciosas de pássaros voando, pairando no ar ou pousados, das copas de árvores, com ou sem folhas, são os motivos preferidos por Voysey; há também uma delicadeza inconfundível nas árvores infantilmente estilizadas e nos pássaros e bichos afetuosamente retratados. Comparando estes papéis de parede ou linhos com o Honeysuckle, de Morris (fig. 8), vê-se bem o passo decisivo que foi dado do historicismo do século XIX para um novo mundo de luz e juventude.

Como se sabe, em toda a vida cultural inglesa se exprimiu um desejo de ar fresco e de alegria no fim do reinado da rainha Vitória. O êxito de Liberty, por volta de 1890, baseou-se em grande medida nas sedas orientais, cheias de sombras delicadas, e nas outras importações chinesas que apresentou. Ainda não se escreveu a história do papel desempenhado pela China e pelo Japão na arte européia a partir de 1860. Seria muito interessante mostrar a influência do Oriente que se manifesta quer através de uma técnica fluida da pintura, ou de uma maior finura de linhas e contornos, ou de cores claras, macias e puras, ou, em outros trabalhos, através de efeitos de padrão liso. Devido à síntese única, na arte oriental das qualidades ornamentais e "impressionistas", tanto os impressionistas como, no pólo oposto, os criadores da Art Nouveau podiam aproveitar os ensinamentos que as madeiras japonesas e a cerâmica chinesa tinham para lhes dar. O impressionismo adotou o Japão devido a uma leveza que tomou por *plein air*, por um manejar bosquejante do pincel, e a uma lisura de superfícies que erradamente interpretou

---

3. *The Studio*, i, 1893, p. 234.

como significando a ausência de sombras da luz do sol a pino. O seu adversário, mais acertadamente, acentuou o alto grau de estilização de cada linha desenhada e de cada superfície decorada por uma artista oriental. Por isso aparecem madeiras japonesas no segundo plano do *Zola*, de Manet, e do *Tissot*, de Degas, assim como no *Père Tanguy*, de van Gogh, e no *Shelton Studying Eastern Paintings*, de Ensor[4]. O caso de Whistler é particularmente esclarecedor, pois demonstra que é possível surgirem ambos os aspectos do estilo oriental no mesmo artista e no mesmo momento. É tão evidente a influência da cor, da delicadeza e da composição oriental nos seus retratos, nitidamente impressionistas, que não são necessárias as roupas chinesas na *Princesse du Pays de la Porcelaine* para o acentuar. Ao mesmo tempo, contudo, Whistler podia fazer deste mesmo quadro o elemento principal de uma sala decorada num estilo que, embora ainda não completamente livre de vestígios de historicismo, constituiu um passo na direção da Art Nouveau[5]. Além disso Whistler era a favor das salas com paredes inteiramente lisas e pintadas de cores claras, seguindo neste aspecto o seu amigo Edward Godwin, cuja casa de Bristol foi mencionada num capítulo anterior por causa das paredes lisas e dos tetos nus das suas salas e das suas gravuras japonesas. É extraordinário que estes interiores datem apenas de 1862. A casa de Whistler em Tite Street, no Chelsea, construída por Godwin, tinha paredes brancas e amarelo-vivo, no chão um esteirado japonês, cortinas simples com pregas retas,

---

4. Sobre a influência japonesa nos anos 60, ver, por exemplo, Rewald, John, *The History of Impressionism*, Nova York (Museu de Arte Moderna), 1946, p. 176. Sobre a influência do Japão sobre a Art Nouveau ver Lancaster, Clay, "Oriental Contribution to Art Nouveau", *Art Bulletin*, xxxiv, 1952, e mais recentemente Madsen, *Sources of Art Nouveau*, pp. 188, etc. Antes de 1900 temos a análise geral do assunto feita por Gonse, L., "L'Art Japonais et son Influence sur le Goût Européen", *Revue des Arts Décoratifs*, xviii, 1898. Algumas datas fundamentais: em 1854, primeiro tratado oficial entre os Estados Unidos e o Japão, e também entre a Grã-Bretanha e o Japão; 1859, primeiro acordo comercial entre os Estados Unidos e o Japão; 1859, primeiro acordo comercial entre a Grã-Bretanha e o Japão; 1856, descoberta ocasional de madeiras talhadas japonesas numa loja de Paris por Braquemond (o gravador que depois a deu a conhecer aos Goncourts, a Baudelaire, a Manet, a Degas, e provavelmente também a Whistler); 1862, participação do Japão na Exposição Internacional de Londres. Tratou-se já da viagem de Christopher Dresser ao Japão em 1876. Owen Jones, também já citado neste livro, publicou em 1867 *Examples of Chinese Ornament*.

5. O Peacock Room, atualmente na Free Gallery of Art de Washington, foi decorado por Whistler em 1876-7; a *Princesse* fora pintada em 1863-4.

algumas peças de porcelana chinesa e uns tantos quadros e gravuras com molduras simples[6]. Ao tentar imaginar essas salas sentimo-nos imediatamente nos primeiros anos do século XX, e não nos tempos de Morris e de Ruskin. E contudo, em teoria (se é que esta não é uma palavra exagerada para os seus *aperçus* ocasionais), e em técnica, Whistler era um impressionista tão completo como qualquer outro, e conseqüentemente objeto da apaixonada aversão por parte daqueles que trabalhavam para uma nova orientação da vida e da arte[7]. Não é necessário voltar a referir esse episódio desagradável que foi o antagonismo entre Whistler e Ruskin. Morris foi obrigado a seguir Ruskin[8], sobretudo por uma questão de princípio, mas também por uma questão de gosto.

Um homem que considerava Burne-Jones o grande pintor vivo do vitoriano final não podia apreciar as impressões pictóricas superficiais (verdadeiramente superficiais) de Whistler.

Seria de esperar um contraste entre os discípulos do Artes e Ofícios e os impressionistas idêntico ao que existia entre Morris e Whistler. É contudo um fato, já mencionado a propósito das exposições de Les Vingt, que no continente a divulgação do impressionismo e do novo estilo decorativo em ambas as suas formas, o Artes e Ofícios e a Art Nouveau, se deu simultaneamente e devido às mesmas pessoas. Meier-Graefe, um dos primeiros a descobrir van de Velde, escreveu livros sobre Renoir e Degas, assim como sobre van Gogh e Gauguin. E ainda hoje a maioria das pessoas interessadas em arte não percebem a diferença irreconciliável que existe entre o impressionismo como doutrina e a doutrina de Morris e de todos os seus seguidores. E contudo é evidente que a antítese entre o impressionismo e o Artes e Ofícios é apenas a expressão artística

---

6. Pennell, E. R. e J., *The Life of J. McN. Whistler*, Londres, 1908, i, p. 219; e Way, T. R., e Dennis, G. R., *The Art of J. McN. Whistler*, Londres, 1903, p. 99. As exposições organizadas por Whistler em 1883 e em 1884 tinham paredes brancas e amarelo-limão e brancas e cor-de-rosa (Pennell, pp. 310 e 313).

7. Dois exemplos mais interessantes desta confusão entre as idéias antigas — i. e., o ponto de vista de *l'art pour l'art* — e as modernas são: um trecho de Théophile Gautier, citado à p. 118, e outro de Oscar Wilde, citado à p. 30. Ver também: Gatz, Felix M., "Die Theorie des l'art pour l'art und Théophile Gautier", *Zeitschrift für Aesthetik und allgemeine Kunstwissenschaft*, xxix, 1935, pp. 116-40.

8. Refere-se ele à "impressão de uma pessoa muito míope acerca de vários incidentes horríveis vistos através do nevoeiro de Londres". National Association for the Advancement of Art and its Application to Industry, *Transactions, Edinburgh Meeting*, 1889, Londres, 1890, p. 199.

80. Voysey: Prato para torradas e galheteiro.

de uma antítese cultural muito mais geral entre duas gerações. De um lado, está a concepção da arte como uma rápida expressão de efeitos momentâneos de superfície, e, do outro, como uma expressão daquilo que é definitivo e essencial; de um lado está a filosofia da arte pela arte, e, do outro, uma fé renovada na mensagem social da arte. Os impressionistas são pelos luxos requintados de Paris de fins do século XIX, e o Artes e Ofícios por um "estilo em bruto", dentro do espírito desse movimento da juventude que é tão significativo dos anos de 1900 em diante, e se encontra tanto em Bergson como na fundação das primeiras escolas públicas "modernas" da Inglaterra: Abbotsholme (1889) e Bedales (1892).

No domínio do desenho Voysey é o mais importante, mas de modo nenhum o único representante desta nova *joie de vivre*. Alguns dos últimos papéis de parede de Crane afastam-se também do estilo pesado de Morris. Os desenhos para tecidos de Frank Brangwyn são outro exemplo. Enquanto os arquitetos continentais acreditaram na Art Nouveau, eram sobretudo os papéis de parede, os linhos, os *chintzes* etc., que os interessavam. Logo que se espalhou o novo gosto pela *Sachlichkeit*, todo o trabalho de pioneiros feito pelos arquitetos e artistas ingleses no domínio da forma (não da decoração) de objetos tornou-se típico. Deve ter sido uma agra-

81. Voysey: The Orchard, Chorleywood, Hertfordshire, 1900.

dável surpresa para todos os que, como Muthesius, chegaram à Inglaterra fartos não só de abafamento vitoriano mas também da liberdade excessiva da Art Nouveau, encontrar um prato para torradas ou um galheteiro desenhados por Voysey (fig. 80). A simplicidade refrescante dos seus papéis de parede é também a característica dominante destas pequenas coisas de uso cotidiano, cujo encanto reside apenas na limpidez e graciosidade das formas.

A expressão que este espírito tomou no mobiliário teve uma importância especial para o futuro Movimento Moderno. O átrio da casa de Voysey, The Orchard, em Chorleywood, no Hertfordshire, de 1900, pode servir de exemplo (fig. 81), com a sua luminosidade; as madeiras pintadas de branco, o azul puro e intenso dos azulejos, os contrastes cortantes entre as verticais e as horizontais, especialmente no anteparo da escada (um motivo que durante algum tempo se tornou extremamente popular) e as formas arrojadas e diretas, embora um pouco *outrées*, da mobília.

Há ainda outra coisa a dizer acerca de Voysey que o situa mais longe de Morris e mais próximo de nós: era um desenhista e não um artesão. De fato não era capaz, segundo disse ao autor, de trabalhar em qualquer ofício. Ernest Gimson (1864-1920)[9], o maior de todos os artistas-artesãos ingleses, estava efetivamente numa situação não muito diferente, embora poucos se apercebam disso. É certo que tivera uma aprendizagem de artesanato, mas as suas famosas obras de marcenaria, trabalho de metal etc., foram apenas desenhadas, e não feitas por ele. As cadeiras aqui representadas (fig. 82) dão uma idéia da sua honestidade, do seu profundo conhecimento da natureza da madeira e do seu espírito não revolucionário. Poucas das suas obras têm esta magnífica simplicidade. Regra geral, Gimson aceitava mais a tradição inglesa e não desdenhava o uso de formas inventadas no passado.

Nessa mesma altura *Sir* Ambrose Heal (1872-1959) dedicava-se à produção de mobiliário moderno numa boa base comercial. A firma Heal & Son produzira até então mobiliário vitoriano, até que Ambrose Heal alterou esse rumo. Um guarda-roupa apresentado pela firma Heal na exposição de Paris de 1900 (fig. 83) tinha a mesma claridade que encontramos nos papéis de parede de Voysey. Superfícies lisas de carvalho encerado e ligeiramente fumado contrastam com pequenos painéis decorados a peltre e a ébano. Não há grandes curvas; os padrões são compostos por retângulos e por flores graciosamente desenhadas. A atmosfera sufocante do medievalismo dissipou-se; viver no meio de objetos assim é o mesmo que respirar ar fresco.

A produção para o grande público da firma Heal teve ainda maior importância histórica do que estas peças de exposição. Em 1928 o primeiro catálogo de mobiliário de carvalho simples de Heal deu origem à introdução no mercado da simples cama de madeira na Inglaterra[10]. Durante mais de vinte anos estas agradáveis armações de cama popularizaram-se no mobiliário inglês, até que foram postas de lado por mal-orientados defensores das formas modernistas.

Na imprensa inglesa verifica-se exatamente o mesmo contraste, entre 1890 e 1900. A Kelmscott Press, de Morris — fundada em 1890 —, produziu páginas cujo efeito depende em grande medida da sua requintada decoração medievalista. A Doves Press, de Cobden-Sanderson e Emery Walker — fundada em 1900 e mencionada à p. 41 deste livro —, deu à página tipográfica simples e sem ornamentos um lugar na moderna produção editorial.

---

9. *Ernest Gimson, His Life and Work*, Stratford-on-Avon, 1924.
10. Weaver, *Sir* Lawrence. "Tradition and Modernity in Craftsmanship", *Architectural Review*, lxiii, 1928, pp. 247-9.

82. Gimson: Cadeiras, 1901.

83. Heal: Guarda-roupa, 1900.

84. Mackmurdo: O n.º 8 de Private Road, Enfield, c. 1883.

No que diz respeito à arquitetura inglesa, a posição histórica não é tão simples como nas artes aplicadas. Dissemos já que por volta de 1890 Norman Shaw atingira um estilo que, baseado no Queen Anne, tinha um caráter tão "moderno" e era tão perfeitamente adequado às necessidades e ao gosto inglês que seria difícil ultrapassá-lo, visto que não tentava uma quebra declarada com a tradição. Os primeiros casos de independência — anteriormente mesmo ao de Horta — e os mais notáveis aparecem em algumas das primeiras obras arquitetônicas de Mackmurdo e de Voysey. A casa de Mackmurdo, na Private Road n.º 8, em Enfield (fig. 84), construída cerca de 1883, tem uma estrutura geral surpreendentemente livre. São sobretudo dignos de nota o teto plano e as escassas janelas horizontais do andar superior. Embora mais ordenadamente, a sua independência de estilo faz com que constitua um paralelo, o único paralelo europeu, da casa de Godwin, de 1878, para Whistler. Em 1882 Mackmurdo fundou a Century Guild, o primeiro de todos aqueles grupos de artistas-artesãos-desenhistas que seguiram a doutrina de William Morris. O seu surpreendente frontispício, que de certo modo iniciou a Art Nouveau, data de 1883. Em

INGLATERRA: DE 1890 A 1914 155

85. Mackmurdo: *Stand* de exposição, Liverpool, 1886.

1886 Mackmurdo montou o *stand* para os produtos da sua corporação numa exposição de Liverpool, que vemos na fig. 85. As colunas mais finas, com as cornijas exageradas em vez de capitéis, e a repetição destas formas bizarras no alto da platibanda são ainda mais originais, e deram origem a uma moda quando Voysey e vários outros as adotaram. Não pode haver dúvidas sobre a forte influência de Mackmurdo sobre Voysey. Ele próprio disse ao autor que, quando era jovem, Mackmurdo o impressionara mais ainda do que Morris. Mas a primeira casa que Voysey construiu, em The Parade, no bairro-jardim de Norman Shaw, Bedford Park, perto de Londres (fig. 86), é extremamente original, tendo em conta a data, 1891. Impressiona sobretudo a disposição das janelas. Mas enquanto este tipo de agrupamento livre domina também a obra de Norman Shaw e da sua escola, a brancura das paredes é um protesto declarado contra o tijolo vermelho das casas vizinhas do subúrbio-jardim de Shaw. Também a altura da casa, semelhante à de uma torre, e o ritmo sacudido de paredes nuas e aberturas de janelas horizontais eram inovações propositadamente introduzidas, não sem um juvenil sentido de malícia.

86. Voysey: Casa em Bedford Park, perto de Londres, 1891.

Todavia Voysey não continuou nessa direção, pois nesse caso ter-se-ia tornado um arquiteto da Art Nouveau. Já no pequeno estúdio construído em St. Dunstan's Road, em West Kensington, em Londres, no mesmo ano de 1891 (fig. 87), as proporções gerais estão mais perto das tradições inglesas, as tradições da vivenda, do que todos os aspectos da casa de Bedford Park, embora os detalhes sejam mais uma vez notavelmente originais, sobretudo a chaminé maciça, a fila de botaréus à direita e também a grade da frente (evidentemente inspirada nas madeiras de Mackmurdo de 1886).

Voysey teve oportunidade de consolidar o seu conhecimento da tradição inglesa quando começou a receber encomendas de casas no campo[11]. Homem dotado de um intenso sentimento da natureza, como os seus desenhos demonstram, não podia deixar de pen-

---

11. Dois exemplos de palacetes do tipo Tudor ou século XVII que devem ter impressionado Voysey: Westwood, perto de Bradford-on-Avon, cuja fotografia vem em

87. Voysey: Estúdio, St. Dunstain's Road, West Kensington, Londres, 1891.

sar as suas casas em função da paisagem que rodeava cada uma delas, e assim apareceram formas mais semelhantes ao solar e à vivenda da antiga Inglaterra do que às que ele tinha criado em Londres. A prática de casas de campo começou nos primeiros anos 90, e cerca de 1900 atingia já vastas dimensões. Nunca construiu igrejas, nem edifícios públicos, e apenas uma vez um pequeno armazém.

Perrycroft, em Colwall, Malvern Hills, data de 1893 (fig. 88) e é plenamente representativa da idéia de Voysey de como devia ser uma casa de campo. Apesar da existência de elementos tão modernos como a disposição horizontal das janelas e as formas maciças das chaminés, não tem qualquer aspecto ostensivamente antitradicional, e adapta-se perfeitamente ao enquadramento natural (o jar-

---

Garner, T., e Stratton, A., *Domestic Architecture during the Tudor Period*, 2.ª ed., Londres, 1929; e Perse Caundle, no Dorset, em Oswald, A., *Country Houses of Dorset*, Londres, 1935.

88. Voysey: Perrycroft, Colwall, Malvern Hills, 1893.

89. Voysey: Casa em Shackleford, Surrey, 1897.

90. Voysey: Portaria e cavalariças em Merlshanger, perto de Guildford, Surrey, 1896.

dim foi planejado e plantado juntamente com a casa) e às dominantes arquitetônicas da região.

Isto é ainda mais patente em outro edifício, a casa construída para Canon L. Grane, em Shackleford, no Surrey, em 1897 (fig. 89). Não é fácil atualmente apreciar a candura, a simplicidade desta fachada. Porque, pelo menos na Inglaterra, tornou-se um exemplo imperfeitamente imitado por centenas de construtores especulativos ao longo de todas as estradas principais e em todos os subúrbios. Todavia, do ponto de vista do historiador, o fato de ele ter criado um padrão para a imensa maioria dos edifícios construídos durante um período de mais de trinta anos nem por isso é uma proeza menos importante. Poder-se-ia dizer que o que não foi copiado de Voysey foi o que hoje nos impressiona como seus aspectos mais progressistas — as extensas filas de janelas e os triângulos inteiramente nus das empenas, apenas com uma janela deliciosamente pequenina, e só um tudo-nada pretensiosa.

A honestidade puritana de muitas das casas de Voysey é por vezes atenuada com efeito ocasional da *mordacidade* da Art Nouveau. Assim, por exemplo, na portaria de Merlshanger, em Hog's Back, perto de Guildford, no Surrey, construída em 1896 (fig. 90), os esteios e as goteiras salientes típicos de Voysey suportam uma cúpula curva e muito achatada, com uma agulha muito fina que termina num catavento. Do mesmo modo, numa das suas melhores casas de campo, Broadleys, no lago Windermere (fig. 91), de 1898, o beiral assenta mais uma vez em finas mísulas de ferro, cuja delicadeza acrescenta um toque de leveza a toda a fachada.

Mas os efeitos deste gênero não passam de uma leve saliência naquilo que por outro lado é desenho são, ritmado e vigoroso, sem qualquer tendência para as inovações ostensivas. É isto que torna o beiral de Broadleys tão impressionante. Vê-se claramente aqui que se está perante um espírito igualmente adverso aos truques pitorescos da escola de Shaw e aos preciosismos da Art Nouveau. Podia ter-se dado uma passagem direta, deste vão central com colunelos e travessas sem nenhum ornamento, destas janelas rasgadas com simplicidade na parede, para o estilo arquitetônico de hoje, provavelmente mais direta do que dos desenhos daqueles poucos que na Inglaterra, nos últimos anos do século, parecem ser mais revolucionários que Voysey. Quem foram eles? Talvez Baillie Scott (1865-1945), que começou um pouco depois de Voysey e sofreu grande

91. Voysey: Broadleys, lago Windermere, 1898.

influência deste[12], e C. R. Ashbee, cujos escritos e atividade social foram atrás mencionados e cujas casas mais originais, em Cheyne Walk, no Chelsea, em Londres, datam de pouco depois de 1900[13]. Historicamente muito mais importante é o Mary Ward Settlement, em Tavistock Place, Londres (fig. 92), construído em 1895 por Dunbar Smith (1866-1933) e Cecil Brewer (1871-1918). A sua relação com Norman Shaw (a janela veneziana), assim como com Voysey (partes superiores das alas salientes), é evidente. Por outro lado o ritmo dos blocos, as proporções da parte central, menos saliente, com a sua parede de tijolo e a alta cornija lisa, a grande projeção dos telhados, tudo isto está nitidamente próximo do estilo atual, e o pórtico assimetricamente saliente tem um tratamento mais livre e mais "orgânico" do que jamais Voysey pretendeu conseguir.

Por sua vez este aspecto particular deve ter impressionado C.

---

12. Gravuras publicadas pela primeira vez no *Studio,* v, 1895. Cf. também Baillie Scott, M. H., *Houses and Gardens*, Londres, 1906.

13. A Magpie and Stump, sua vizinha do lado direito, tem muito menos interesse.

92. Smith e Brewer: Mary Ward Settlement, Tavistock Place, Londres, 1895.

Harrison Townsend, que era mais velho (1852-1928), cuja obra principal, a Whitechapel Art Gallery, de Londres, data de 1897-9 (fig. 93). Mas o estilo de Townsend tem origens mais complexas. A ausência propositada de simetria entre o andar inferior e o superior, tal como a extensa fila de janelas surpreendentemente baixas e os ornamentos de folhas dos frisos, estão evidentemente próximos de Voysey, mas o pesado arco de entrada deve refletir algum conhecimento por parte de Townsend daquilo que Richardson fizera na América durante mais de vinte anos[14]. Se esta suposição está certa, temos aqui o primeiro caso de influência americana sobre a Inglaterra. Os dois frisos planos sobre a fila de janelas lembram também, por exemplo, a igreja de Brattle Square, em Boston, de Richardson, 1870-72, e a relação com a América torna-se mais nítida na obra seguinte de Townsend, o Horniman Museum, em South London, de 1900-2 (fig. 94). A robusta torre quadrada com os seus cantos arredondados e cimo achatado é completamente diferente

---

14. O mesmo arco aparece já na primeira obra de Townsend, Bishopsgate Institute, de Londres, de 1892-4. A relação deste com Richardson foi apontada por P. F. R. Donner, "Treasure Hunt", *Architectural Review*, xci, 1941, pp. 23-5.

93. Townsend: Whitechapel Art Gallery, Londres, 1897-9.

das elegantes agulhas de que Voysey e os seus imitadores tanto gostavam. Os desenhos de Townsend destes anos, apesar de tudo quanto se possa dizer acerca das fontes na Inglaterra e no estrangeiro, são sem dúvida nenhuma o exemplo mais notável de ousado repúdio da tradição entre os arquitetos ingleses da época.

Entre os arquitetos ingleses, mas não entre os britânicos, porque em Glasgow trabalhavam durante estes mesmos anos alguns artistas tão originais e inventivos como quaisquer outros na Europa. Em pintura os Glasgow Boys, Guthrie, E. A. Walton, Lavery, Henry, Hornel e outros são bastante conhecidos. A sua primeira exposição no estrangeiro obteve bastante repercussão na Europa. Mas, em decoração e desenho, a primeira aparição da escola de Glasgow na exposição de Viena de 1900 foi um sucesso.

O fulcro do grupo era Charles Rennie Mackintosh (1868-1928), com sua mulher, Margaret Macdonald, e sua irmã, a senhora

94. Townsend: Horniman Museum, Londres, 1900-2.

MacNair[15]. Com ele podemos finalmente ligar a evolução na Inglaterra com a tendência principal da arquitetura continental dos anos 90, a Art Nouveau. Antes dos vinte e oito anos, Mackintosh foi escolhido para fazer o projeto do novo edifício da Escola de Arte de

---

15. Quando este livro foi escrito pela primeira vez não se publicara ainda qualquer obra sobre Mackintosh. Quando, em 1949, foi revisto ainda a lacuna não fora preenchida. A monografia do prof. T. Howarth, *Charles Rennie Mackintosh and the Modern Movement*, foi finalmente publicada em 1952, e contém todas as informações necessárias. O meu pequeno livro anterior (Pevsner, N., *Charles R. Mackintosh*, Milão – Il Balcone –, 1950) precisa ser citado apenas devido a certos pontos de interpretação em que discordo do prof. Howarth. Merecem ainda atenção as seguintes reproduções e críticas da obra de Mackintosh: *British Architect*, xxxvii, 1892, xliv, 1895, xlvi, 1896; *Studio*, ix, 1896, p. 205 (uma poltrona); xi, 1897, pp. 86-100 (um artigo especialmente sobre o grupo de Glasgow, de Gleeson White). No estrangeiro, o primeiro caso foi *Dekorative Kunst*, iii, 1899, pp. 69, etc.; iv, 1899, pp. 78-9.

95. Mackintosh: Escola de Arte, Glasgow, 1896-9.

Glasgow, uma escolha notavelmente ousada, que se deve sobretudo ao reitor, Francis H. Newbery. O projeto foi feito em 1897; a primeira parte do edifício ficou pronta em 1899 (fig. 95). Nem um só aspecto se baseia em estilos antigos. A fachada tem um estilo fortemente original e, de várias maneiras, conduz ao século XX, embora o vão de entrada, com varanda e um torreão curto, seja deliberadamente fantástico e semelhante à obra de Townsend, da mesma época. Mas o resto da fachada é extremamente simples, com uma arrojada disposição uniforme das janelas que quase chega a ser austera. Ausência total de curvas nas janelas horizontais dos escritórios do andar térreo e nas altas janelas do estúdio do andar superior; dominam as linhas retas verticais, mesmo na balaustrada da frente, compensadas apenas por alguns ornamentos de Art Nouveau, mais leves e divertidos, no cimo. Contraste semelhante entre a rigidez das janelas do andar superior e as estranhas hastes de metal da sua base, que se justificam funcionalmente por se destinarem à colocação de plantas ou a facilitar a limpeza das janelas. Apesar disso esta fila de linhas de metal revela uma das fontes principais e ao mesmo tempo uma das qualidades mais características de Mackintosh. Essa fonte, patente sobretudo nas estranhas bolas no cimo das hastes, com tentáculos de ferro entrelaçados, é nitidamente a arte celta e *viking* da Grã-Bretanha tal como se divulgou para além dos círculos especializados nessa mesma altura[16]. Manifesta-se também nas bolas das hastes o intenso sentido de Mackintosh dos valores espaciais. Os nossos olhos têm de passar através da primeira camada de espaço, indicada pelas hastes e bolas, antes de chegar à sólida fachada de pedra do edifício. Encontra-se a mesma transparência do espaço puro em todas as principais obras de Mackintosh.

O plano do edifício é claro e lúcido, revelando outro aspecto do interesse do arquiteto pelo espaço, um interesse raro entre os artistas da Art Nouveau. Podemos citar mais um exemplo para mostrar que este é de fato o aspecto fundamental da criação de Mackintosh — o interior da biblioteca da Escola de Arte de Glasgow, a sala central da ala ocidental, projetada em 1907 (fig. 96). O simples tema de uma sala alta com naves laterais e galerias em três dos lados é tão enriquecido que a impressão resultante é uma poderosa polifonia de formas abstratas. As galerias não são suficientemente

---

16. Ver por exemplo Abbot, T. K., *Celtic Ornaments from the Book of Kells*, Londres, 1892-5; Allen, J. Romilly, "Early Scandinavian Woodcarvings", Studio, x, 1897, e xii, 1898. Madsen fornece mais informações sobre a tendência céltica (pp. 207, etc.). Refere-se à viagem de Morris à Islândia em 1872; a *Account of Facsimiles of National Manuscripts of Ireland*, Partes I-IV, 1874-84, de *Sir J. T. Gilbert*; a Wanderings of Oisin, de 1889, e a *Twilight*, de 1893, de Yeats; e traça um sugestivo paralelo com o estilo dragão da Noruega, que acompanhou a renovação medieval no país a partir de 1840 (ver Madsen, S. Tschudi, "Dragestilen", *Vestlandske Kunstindustrimuseum Arbok*, 1949-80, pp. 19-62).

96. Mackintosh: Escola de Arte, Glasgow, 1907-9. Interior da biblioteca.

salientes para chegar aos pilares que separam a "nave" central das laterais. São utilizadas vigas para ligar os pilares às paredes e para suportar as galerias. Arejadas balaustradas, cujo detalhe é Art Nouveau, correm dos parapeitos da galeria até os pilares; o seu fim é oferecer perspectivas interessantes. As curvas, raras e por isso mesmo mais significativas nas primeiras obras de Mackintosh, desapareceram completamente. Todo o efeito é produzido por verticais e horizontais, por quadrados e retângulos. Isto e a quantidade de ângulos fascinantes que o arquiteto conseguiu aqui e em outra obra fundamental do mesmo período, o Salão de Chá Cranston, em Sauchiehall Street, de 1904 (fig. 97), fazem dele o equivalente europeu de Frank Lloyd Wright e um dos escassos autênticos precursores do mais engenhoso malabarista do espaço ainda vivo: Le Corbusier*. Le Corbusier declarou uma vez que o seu desejo era criar poesia através da arquitetura: a atitude de Mackintosh é muito semelhante. Nas mãos dele a arquitetura torna-se uma arte abstrata, musical e matemática ao mesmo tempo.

---

* Falecido em 1965 posteriormente à publicação desta obra.

168 OS PIONEIROS DO DESENHO MODERNO

97. Mackintosh: Salão de Chá Cranston, Sauchiehall Street, Glasgow, 1904. Interior.

Exemplo disto é a fachada da ala ocidental da Escola de Arte. Aqui o artista abstrato preocupa-se fundamentalmente com a formação do volume, e não do espaço, com sólidos e não com vazios (fig. 98). O valor estético das colunas esguias em que as janelas estão inseridas depende inteiramente da sua função. Os contrastes entre ornamentação de entalhe e o sólido silhar e entre a ameaçadora nudez da esquerda e a complexa polifonia da direita são também efeitos mais comparáveis com o relevo abstrato do que com os edifícios do tipo dos de Voysey.

Reparando na primeira e na última parte da Escola de Arte, verifica-se a evolução do gosto de Mackintosh entre 1897 e 1907. Deixa de usar os delicados ornamentos metálicos da estrutura linear. Há agora um predomínio das linhas retas e robustas, o que constitui uma surpresa. São, ao que parece, a maneira de Mackintosh aceitar a tradição nacional. As suas ligações com a "época dos barões escoceses" são talvez mais nítidas nas casas de campo do que em edifícios como a Escola de Arte. Reparando bem na forma geral e na estrutura da Hill House, de Kilmacolm, de 1900-1, vê-se que as empenas escarpadas e os canos das chaminés são inconfundíveis

98. Mackintosh: Escola de Arte, Glasgow, 1907-9. Ala da biblioteca.

(fig. 99). Tendo isto presente, logo se verificarão as relações com a "época dos barões" da ala da biblioteca da Escola de Arte, situada ao cimo do acentuado declive da rua que leva à fachada. O que nela fascina é de fato uma síntese de elementos tradicionais com uma notável ousadia na distribuição funcional das janelas e na excessiva rigidez das suas formas estreitas, angulosas e verticais. Daqui parte

99. Mackintosh: Hill House, perto de Glasgow, 1902-3.

um caminho direto para aquele expressionismo peculiar e de curta duração da arquitetura continental, e sobretudo holandesa, que durante algum tempo assegurou o progresso da corrente principal da arquitetura moderna por volta de 1920[17]. Não se sabe ao certo se os arquitetos holandeses chegaram a ter conhecimento das últimas obras de Mackintosh. Neste aspecto a sua fonte essencial não era estrangeira: foi H. P. Berlage (1856-1934). Berlage, considerado na Holanda como tendo maior projeção européia do que parece ser verdade, é mais um equivalente de Voysey do que de Mackintosh, isto é, essencialmente um defensor da possibilidade de desenvolver tradições nativas para através delas atingir objetivos modernos. Tomou como ponto de partida a arquitetura em tijolo da Idade Média holandesa, assim como a fé no artesanato. É isto que dá ao seu edifício mais célebre, a Bolsa de Amsterdã, começado em 1898, um caráter sólido, são e seguro. Contudo no interior dele, e mais ainda no da casa n.º 42-4 do Oude Scheveningsche Weg, de Haia (fig. 100), há uma declaração de tijolo e ferro interessante, aguda, irregular, que lembra tanto Gaudí como o expressionismo. J. M. van der

---

17. Os principais representantes desta fantástica aberração expressionista de Amsterdã são Michel de Klerk e Piet Kramer. Dudok também sacrificou neste altar durante alguns anos.

100. Berlage: Casa no n? 42-4 de Oude Scheveningsche Weg, Haia, 1898, Escada.

Mey, quinze anos mais novo, fez em 1911-16, os anos que marcam o fim do período tratado neste livro, no Scheepvaarthuis, de Amsterdã, uma grande fachada a partir desses temas expressionistas de Berlage, destruindo totalmente a sua pureza fundamental. Aqui o expressionismo arquitetônico aparece cinco ou dez anos antes de qualquer outro lugar. Por um lado o Scheepvaarthuis, e por outro as últimas obras de Gaudí, são os elos de ligação entre a Art Nouveau e o expressionismo.

Contudo enquanto esta é talvez a ligação entre o último estilo de Mackintosh e o continente, a ligação entre o primeiro e um país europeu em especial, a Áustria, tem muito maior interesse histórico e, por levantar também um problema algo complicado, exige uma análise mais detalhada. A evidente semelhança entre os primeiros interiores de Mackintosh — ou, melhor, os interiores de Mackintosh e Margaret Macdonald — e o estilo da Sezession vienense tem sido muito comentada. O Salão de Chá Cranston, na Buchanan Street,

101. Mackintosh: Salão de Chá Cranston, Buchanan Street, Glasgow, 1897-8.

102. Klimt: *Tragédia*, 1897.

de 1897-8 (fig. 101), devia ser estudado em função desta relação — ocasionalmente o primeiro monumento do *tearoom movement*, um movimento que se opõe ao aconchego e ao cheiro de mofo do *pub*, identificado com o novo gosto pela saúde e pela elegância. No salão de chá da Buchanan Street as paredes são decoradas com as mesmas linhas longas e graciosas e as mesmas figuras excessivamente esguias que encontramos nas obras de Klimt e dos seus seguidores. Mas o salão de chá é de 1897, e nesse ano o estilo de Klimt estava ainda dependente do dos últimos desenhistas da Art Nouveau (fig. 102). Um ano depois, em 1898, quando a Sezession lançou o seu periódico *Ver Sacrum*, as páginas deste foram decoradas num estilo com uma semelhança impressionante com o de Mackintosh. Como o *Studio* tinha publicado alguns desenhos para o Salão de Chá Cranston em 1897, pode-se concluir seguramente que a mudança de gostos dos artistas da Sezession foi devida em parte à influência da obra de Mackintosh[18]. Esta hipótese é confirmada pelo fato de em 1900 a Sezession ter convidado Mackintosh e o seu grupo para exibir trabalhos na exposição anual de Viena, e em 1901, como conseqüência disto, Mackintosh ter mobiliado e decorado a sala de música para Fritz Wärndorfer, o qual deu dois anos depois o dinheiro para fundar a Wiener Werkstätte. Os motivos para a sala de música foram tirados das *Sept Princesses*, de Maeterlinck. O que mais impressionava os artistas de Viena no estilo de Mackintosh foi muito bem definido por Ahlers-Hestermann: "Havia nele uma estranha mistura de formas puritanamente severas desenhadas para uso prático com uma evaporação verdadeiramente lírica de todo e qualquer interesse pela utilidade." Estas salas eram como sonhos, painéis estreitos, seda cinzenta, delgadíssimas colunas de madeira — verticais por todo o lado. Pequenos guarda-louças de forma retangular com cornijas muito salientes, macios, "em

---

18. Quanto à interpretação dos acontecimentos discordo do prof. Howarth e do dr. Madsen. O prof. Howarth escreve (*loc. cit.*, p. 268): "Pensou-se durante muito tempo que Hoffmann baseara a sua obra na de Mackintosh; todas as provas examinadas pelo autor indicam que não foi assim." Madsen escreve (p. 404): "A evolução da arquitetura deu-se, sem dúvida nenhuma, de maneira independente nos dois países, tal como a evolução de certas formas decorativas." Por outro lado o dr. I. Hatle, numa tese de doutoramento (*Gustaw Klimt*, Graz, 1955, p. 66) aceita sem restrições a influência dos escoceses sobre o estilo de Klimt. E o que tem ainda mais interesse é que os quadros pintados por Mackintosh nos últimos anos de sua vida parecem refletir a maneira própria dos discípulos de Klimt, especialmente E. Schiele, durante os primeiros anos deste século.

103. Mackintosh: Sala de jantar para a casa de um *connoisseur*, 1901.

que a moldura e a almofada não aparecem"; retas, brancas, de aspecto sério, como se fossem jovens prontas para ir à solenidade da Primeira Comunhão — porém não inteiramente; porque havia sempre em algum lugar uma peça de decoração que era como uma jóia, nunca interferindo no contorno, linhas de uma elegância hesitante, como um eco distante e fraco de van de Velde. O encanto destas proporções, a segurança aristocrática e sem esforço com que era colocado um ornamento de esmalte, de vidro colorido, de pedra semipreciosa ou de metal batido fascinavam os artistas de Viena, já um tanto fartos da eterna e sólida virtude dos interiores ingleses. Havia misticismo e ascetismo, embora de modo nenhum no sentido cristão, mas com uma fragrância de heliotrópio, com mãos bem-arranjadas e uma delicada sensualidade... Como reação contra o habitual excesso de objetos, não havia quase nada nessas salas, exceto, por exemplo, duas cadeiras retas com costas da altura de um homem, em cima de um carpete branco olhando silenciosa e espectralmente uma para a outra por cima de uma mesinha... *Chambres garnies pour belles âmes*, escreveu Meier-Graefe.

Exemplo típico destas intenções era a casa que Mackintosh desenhou para um concurso organizado pelo editor alemão Koch em 1901 (fig. 103). Vê-se aqui tudo o que Ahlers-Hestermann queria dizer e vê-se também claramente que as influências de Mackintosh são Voysey, Beardsley e Toorop[19]. Esta síntese do seu estilo foi o legado da Grã-Bretanha ao futuro Movimento Moderno. Nenhuma outra contribuição britânica há para a arquitetura européia antes da guerra de 14-18 com bastante importância para ser aqui tratada[20]. Devido a razões diversas, a Inglaterra perdeu a direção da conquista do novo estilo cerca de 1900, isto é, precisamente na altura em que a obra de todos os pioneiros começou a convergir para um único movimento universal. Uma das razões foi explicada no primeiro capítulo[21]: *A tendência niveladora da futura combinação de massas* — e um autêntico estilo arquitetônico é para todos os homens — não se adaptava às características próprias da Inglaterra. Idêntica aversão impediu a quebra total com a tradição que se impunha para se chegar a um estilo adequado ao nosso século. Por isso, precisamente na altura em que os arquitetos do continente descobriram os elementos de um *genuíno estilo futuro* para a construção e o artesanato ingleses, a própria Inglaterra retrocedeu para um neoclassicismo eclético, num alheamento quase total dos problemas e necessidades atuais. Para as casas rústicas e urbanas tornaram-se populares os estilos neogeorgiano e neocolonial; quanto aos edifícios públicos, bancos, etc., voltaram a aparecer filas solenes de colunas colossais, um pouco dependentes da influência dos Estados

---

19. *Mrs.* J. R. Newbery, na introdução do catálogo da Glasgow Memorial Exhibition, cita também os nomes de Beardsley, Toorop e Voysey, acrescentando o de Carlos Schwabe. *As Três Noivas*, de Toorop, vêm reproduzidas no *Studio*, i, 1893, p. 247. Madsen (p. 180) reproduz um livro de Schwabe, que de fato anuncia Eckmann, e não Mackintosh. O prof. Howarth disse a Madsen, também, que os Newberys tinham uma edição de *Le Rêve*, de Zola, com ilustrações de Schwabe.

20. Tudo o mais que interessa na Inglaterra entre 1900 e 1914 como preparação do Movimento Moderno foi coligido pelo autor num artigo: "Nine Swallows — No Summer", *Architectural Review*, xci, 1942, pp. 109-12. Os edifícios mais dignos de nota são a fábrica Queensferry, de H. B. Creswell, de 1901 (fig. 148 no original inglês), e a Eagle Insurance de Birmingham, de Lethaby, de 1900.

21. P. 29 e nota 33, Capítulo I.

H. B. Creswell: Fábrica em Queensferry perto de Chester, 1901.

Unidos, onde, depois da exposição de Chicago de 1893, se tinha verificado idêntica reação contra a escola de Chicago e contra Sullivan. O Selfridge Building, de Burnham, de 1908, em Londres, é um eloqüente exemplo desta tendência.

A afirmação de que o súbito declínio da importância européia da arquitetura inglesa realmente se verificou pouco depois de 1900 é confirmada também pela evolução do urbanismo. A Inglaterra manteve-se à frente durante a segunda metade do século XIX. Situam-se na década de 1840 os começos do moderno planejamento de apartamentos e de casas pequenas para trabalhadores[22]. Os primeiros bairros planejados de casas pequenas devem-se a fabricantes progressistas (Saltaire, de *Sir* Titus Salt, começado em 1851)[23]. O primeiro bairro de casas de tijolo acolhedoras e meio isoladas, rodeadas de árvores, foi construído em Bedford Park, perto de Londres, baseado nos projetos de Norman Shaw de 1875 em diante. Pouco depois de Bedford Park foram começados Port Sunlight e Bournville, ambos bairros-jardins para os membros do pessoal de uma grande companhia. Port Sunlight foi construído para a Lever's a partir de 1888, e Bournville para a Cadbury's a partir de 1895.

A idéia das cidades-jardins independentes foi apresentada por Ebenezer Howard no célebre livro *Tomorrow: a Peaceful Path to Real Reform* (1898). Foi posta em prática pelos fundadores de Letchworth. O plano desta cidade-jardim (começada em 1904) é da autoria de Raymond Unwin e Barry Parker. Aos mesmos arquitetos se deve o subúrbio de Hampstead Garden (1907).

Estes bairros ingleses exerceram uma forte influência no continente. Krupp iniciou o seu primeiro bairro para trabalhadores em 1891. A primeira cidade-jardim independente da Alemanha, Hellerau, perto de Dresden, foi começada em 1909, por iniciativa da Deutsche Werkstätten, com planos de Riemerschmid. Contudo, o interesse dominante na Alemanha depressa passou a ser, em vez dos bairros de casas pequenas, os grandes conjuntos de blocos de apartamentos. Entre 1900 e a guerra de 14-18 os urbanistas alemães foram completamente absorvidos por este problema e pelo já referido planejamento de áreas urbanas inteiras.

---

22. Pevsner, Nikolaus. "Model Houses for the Labouring Classes", *Architectural Review*, xciii, 1943, pp. 119-28.

23. Richards, J. M. "*Sir* Titus Salt", *Architectural Review*, lxxx, 1936, pp. 213-18.

É impressionante o paralelismo entre a história do urbanismo de 1850 a 1914 e a da arquitetura e da decoração desse mesmo período. Das duas maiores tarefas confiadas a arquitetos durante o terceiro quarto de século, a Ringstrasse de Viena é uma monumental cadeia de edifícios individuais, sem qualquer relação, ou quase, uns com os outros, ao passo que os famosos grandes *boulevards* que Haussmann rasgou através do centro de Paris são sem dúvida muito mais arquitetônicos, pois os valores espaciais não são desprezados em favor dos de volume. Todavia, nem em Paris nem em Viena foram considerados os problemas sociais da demolição dos bairros pobres e da reconstrução, e o mesmo pode-se dizer de todo o urbanismo das outras cidades européias e americanas. Também não contribuíram as novas tendências iniciadas cerca de 1890 para resolver estes problemas urgentes. Em Chicago, Burnham promoveu um movimento a favor da construção de centros cívicos monumentais nos Estados Unidos, movimento que conquistou a Inglaterra depois de 1900. Na Alemanha, o livro de Camillo Sitte *Der Städtebau* (1889) pronunciava-se contra a grandiosidade oca das praças e avenidas do neobarroco, e propunha uma urbanização mais livre e mais pitoresca, de linhas medievais. Tanto Sitte como Burnham pensavam ainda em termos de peças individuais do desenvolvimento planejado.

Fica assim demonstrado que a interpretação do urbanismo mais do que como uma ostentação do poder público, como um planejamento para o bem-estar e conforto da população interna, teve origem na Inglaterra e à Inglaterra se limitou durante mais de uma década. Mas nos casos em que se aplicava o urbanismo a áreas mais vastas do que o bairro-jardim de uma firma, a iniciativa municipal tinha de substituir o empreendimento privado. É muito característico que, mal se atingiu este nível, a Inglaterra tenha ficado para trás e a Alemanha tenha assumido o comando. A maioria das cidades alemãs possui grande parte de áreas para construção dentro dos seus limites e — ajudadas pela legislação — procuram adquirir mais. Theodor Fischer, um dos mais enérgicos jovens arquitetos, foi eleito arquiteto oficial da cidade de Munique na década de 1890; o jornal *Der Städtebau* começou a ser publicado em 1904; cidades como Nuremberg, Ulm, Mannheim, Frankfurt estabeleceram esquemas coerentes para o desenvolvimento dos centros e dos subúrbios. A exposição de urbanismo realizada em Berlim em

1910 pode ser considerada como a síntese final destas tendências, tal como se afirmaram antes da guerra de 14-18[24].

Desde 1918 os grandes bairros residenciais construídos por toda a Holanda, Alemanha e Áustria contribuíram mais do que qualquer outro tipo de edifício para chamar a atenção dos outros países para a existência de um estilo arquitetônico moderno. Na Inglaterra só pouco antes de 1930 as empresas construtoras de prédios de apartamentos para trabalhadores começaram a se interessar um pouco pelo estilo do século XX, estilo desenvolvido, entre 1900 e 1925, por arquitetos americanos, franceses e alemães.

---

24. Cf. Hegemann, Werner, *Der Städtebau*, Berlim, 1911-13, 2 vols. Relativamente à posição proeminente da Alemanha no urbanismo, anteriormente a 1914, H. Inigo Triggs escreve no seu *Town Planning, Past, Present and Possible*, Londres, 1909, p. 39: "Em nenhum país o tema do urbanismo foi tratado com maior cuidado do que na Alemanha, onde durante muitos anos os principais arquitetos do país tinham dedicado grande atenção ao tema, e onde o Estado praticamente obriga os municípios a possuir áreas para melhoramentos públicos..."

CAPÍTULO SETE
O MOVIMENTO MODERNO ANTES DE 1914

Durante os quinze anos que antecederam a Primeira Grande Guerra, os países que mais contribuíram para o progresso foram os Estados Unidos, a França, a Alemanha e a Áustria. De início coube à América o comando; mas não foi criado qualquer estilo que obtivesse aceitação geral. A iniciativa limitava-se a um punhado de grandes arquitetos, e pode-se até dizer que a um só homem. Na França foi desenvolvido com admirável coerência um dos aspectos do novo estilo, mas mais uma vez apenas por um pequeno grupo de arquitetos-engenheiros. Só a Alemanha, os países centro-europeus que dela dependiam (Suíça e Áustria) e a Escandinávia continuaram as ousadas realizações dos primeiros pioneiros, e de modo tão completo que a partir das suas experiências individuais foi possível constituir-se o estilo universalmente aceito da nossa época.

A contribuição da França para o Movimento Moderno antes da guerra consiste unicamente na obra de dois arquitetos: Auguste Perret e Tony Garnier. Perret nasceu em 1874 e Garnier em 1869[1]. O que sobretudo os distingue entre os demais é terem sido os primeiros a usar concreto no exterior e no interior dos seus edifícios sem ocultar o material nem o seu caráter específico e sem o adaptar ao espírito de estilos antigos. Neste aspecto ultrapassaram Baudot, cujas formas em Saint-Jean de Montmartre, embora não sejam verdadeiramente copiadas da arquitetura gótica, como que exprimem, por meio do concreto, os sentimentos próprios da catedral medie-

---

1. Perret morreu em 1954. Sobre Perret ver Jamot, Paul, *A.-G. Perret et l'Architecture du Béton Armé*, Paris, 1927, e Rogers, E., *Auguste Perret*, Milão (Il Balcone), 1955; sobre Garnier ver Veronesi, Giulia, *Tony Garnier*, Milão (Il Balcone), 1948.

104. Perret: Bloco de apartamentos no n.º 25-bis da Rua Franklin, Paris, 1902-3.

val. Na obra de Perret não existe esta ambigüidade. O bloco de apartamentos do n.º 25-bis da rua Franklin, que construiu em 1902-3 e em que ele próprio viveu, tem uma planta baixa e uma fachada igualmente sem concessões (fig. 104). Tem oito andares e uma estrutura de concreto. Os dois andares superiores são recuados, como se tornou obrigatório nos grandes edifícios americanos, e como se tem tornado mais ou menos hábito também na Europa. No cimo há um terraço aberto com algumas plantas, uma antecipação do futuro terraço-jardim. A fachada tem a estrutura aparente, de maneira até aí nunca atingida na arquitetura doméstica. Embora os painéis decorativos sejam de cerâmica com folhagens em relevo, não é neles que o olhar se detém, seguindo de preferência as traves e vigas verticais e horizontais ao longo de toda a fachada. Há uma nudez que no tempo em que a casa foi construída foi considerada impudica. Tem especial importância para o futuro a complexidade dos planos salientes e recuados, o caráter de "plenitude" dos efeitos espaciais.

É difícil decidir qual dos diversos planos verticais merece ser considerado a fachada propriamente dita. Por cima de cada uma das duas portas de entrada alonga-se uma fila vertical de janelas quadradas e salientes, e assim uma altura de seis andares consegue dar uma impressão de ritmo sem que haja qualquer suporte. Na parte central a fachada recua, mas exatamente no meio há outra fila de janelas ligeiramente salientes. De todos os arquitetos europeus, só Mackintosh possuía uma imaginação espacial comparável a esta.

Igualmente revolucionário é o estilo do projeto de Tony Garnier para uma cidade industrial, feito em 1901 e exibido em 1904[2]. Garnier (1869-1948) era um *pensionnaire* da Académie de France em Roma quando se dedicou à tarefa de planejar uma cidade moderna como deve ser. Foi um manifesto contra todo o academismo, pela escolha do assunto, pelo seu tratamento e pelas notas introdutórias que acompanhavam a apresentação. "Como toda e qualquer arquitetura que assenta em princípios falsos", teve Garnier a audácia de escrever, "a arquitetura antiga é um erro. Só a verdade pode ser bela. Em arquitetura, a verdade é o resultado de cálculos feitos para satisfazer necessidades e materiais conhecidos"[3]. Assim, no assunto que escolhera, o urbanismo, defendeu um plano linear e não concêntrico para a sua cidade, um agrupamento racional da indústria, da administração e das residências, e número suficiente de espaços abertos; preferiu os telhados planos, assim como pátios de recreio abertos ou cobertos nas escolas, e recusou-se a admitir os habituais pátios interiores e estreitos. Além disso há certos edifícios da cidade industrial que parecem absolutamente atuais; é esta a primeira vez que se é possível dar um caso de atribuição errada de datas: nos edifícios da Administração (figs. 105 e 106), os telhados planos, a completa ausência de ornamentos, e sobretudo a longa marquise da direita, com os seus poucos suportes e a sua arrojada balança — tudo isto mal parece possível numa data tão recuada. Mais uma vez na estação ferroviária (fig. 107) a torre transparente de concreto, a expressiva grade da fachada e da marquise em balanço sobre delgadíssimos suportes são inteiramente do século XX[4], como o é também o cubismo das casas pequenas (fig. 108) e

---
2. Garnier, Tony, *Une Cité Industrielle*, Paris, 1967.
3. Citado na Builder, lxxx, 1901, p. 98.
4. A estação de Garnier, embora nunca tenha sido construída, é a primeira das grandes estações do século XX. A segunda foi a de Eliel-Saarinen (1870-1950), em Helsinque, projetada em 1905 e acabada em 1914. O estilo desta é influenciado pelo de

105. Garnier: Cidade industrial, 1901-4. Edifício da Administração.

106. Garnier: Cidade industrial, 1901-4. Sob o alpendre, edifício da Administração.

a sua situação numa rua com árvores dispostas livremente e canteiros gramados (fig. 109). A combinação de alas laterais cúbicas com a cúpula do centro, de forma não convencional (fig. 110), é tão surpreendente como a abóbada de vidro que cobre o pátio das palmeiras de um hotel (fig. 111). O material desta parece exatamente os tijolos de vidro que tão populares se tornaram entre 1920 e 1930. Igualmente popular foi a escada em caracol ostentando a sua espiral no exterior, e também ela foi antecipada na cidade industrial,

---

Viena de cerca de 1900. O conjunto é arrojado e caracteriza-se por uma torre colocada assimetricamente como a de Garnier. A iniciativa passou de Helsinque para a Alemanha, onde se construiu um certo número de excelentes estações, culminando na de Stuttgart (de Bonatz e Scholer), começada em 1911 e acabada só em 1928.

O MOVIMENTO MODERNO ANTES DE 1914 183

107. Garnier: Cidade industrial, 1901-4. Estação ferroviária.

108. Garnier: Cidade industrial, 1901-4. Quatro casas particulares.

109. Garnier: Cidade industrial, 1901-4. Rua.

110. Garnier: Cidade industrial 1901-4. Teatro.

111. Garnier: Cidade industrial, 1901-4. Pátio das Palmeiras.

112. Maillart: Ponte de Tavenasa, 1905.

onde uma torre de escada, em parte no velho estilo de Blois e em parte preparando o de 1914 e posterior, forma o centro de um bloco de apartamentos com uma só divisão.

O aspecto tecnicamente mais interessante dos projetos de Garnier para a cidade industrial é o balanço do edifício administrativo que supõe uma compreensão das possibilidades do concreto armado ainda rara em 1904. Os historiadores da engenharia deviam pronunciar-se sobre este aspecto. Na rua Franklin, e até o fim da vida, Perret usou o concreto dentro do estilo de pilares e lintéis já desenvolvido nos edifícios de pedra. O engenheiro suíço Robert Maillart (1872-1940)[5], discípulo de Hennebique, é universalmente considerado o primeiro a ter compreendido plenamente as vantagens combinadas do concreto armado, tanto em compressão como em tensão. Na sua ponte de Tavenasa, de 1905, o arco e a passagem de veículos formam uma unidade estrutural (fig. 112); as chapas que os constituem, umas curvas e outras retas, são elementos estruturais ativos. Maillart aplicou o mesmo princípio à construção de edifícios por meio de pilares em cogumelo, emergindo com a

---

5. Bill, M., *Robert Maillart*, Zurique, 1949, 2ª ed., 1955. E também o capítulo sobre Maillart das últimas edições do *Space, Time and Architecture*, do dr. Giedion.

chapa do teto por cima. Os primeiros resultados concretos destas experiências surgiram em 1903, ano em que o engenheiro americano C. A. P. Turner publicou um artigo no *Western Architect* sobre a mesma técnica, que também estudara.

Em 1910 Maillart construiu o seu primeiro armazém segundo este novo método "monolítico".

É neste último, nas pontes de Maillart e no misterioso balanço do projeto de Garnier que pela primeira vez se verificam as potencialidades estéticas completamente novas que preparam o século XX. Não era a França o país em que elas haveriam de se desenvolver; com efeito, neste momento a França pode desaparecer do nosso palco. Entre 1914 e 1921, o ano dos projetos de Le Corbusier para Citrohan, nenhuma contribuição veio dela com significado internacional. Le Corbusier[6] (nascido em 1887) é suíço, mas passou em Paris quase toda a sua vida de trabalho. As suas obras anteriores a 1921 não são tratadas neste livro por não podermos considerá-lo dentro da mesma categoria de pioneiros que os arquitetos a que é dedicado, embora ele tenha tentado nos seus escritos se apresentar como um dos primeiros inovadores. O projeto que fez para uma vila rural chamada "Domino", que se destinava a ser toda em concreto, é de fato muito arrojado, e data de 1915; mas em 1916 Le Corbusier foi ainda capaz de construir uma casa particular que não ultrapassa o período atingido, já antes da guerra, por Perret ou por van de Velde[7].

Os escritos de Frank Lloyd Wright são quase tão enganadores como os de Le Corbusier, mas no seu caso as realizações autenticamente precursoras dos primeiros anos são evidentes e facilmente documentáveis. E Wright não foi apenas um dos nossos pioneiros, mas também discípulo e continuador de um pioneiro. Já se tratou extensamente, quanto a Sullivan, da sua teoria revolucionária (p. 12), da sua decoração revolucionária (p. 86), e do seu tratamento revolucionário do arranha-céu nos primeiros anos de existência deste (pp. 137-8)[8]. A sua realização estética mais surpreendente é todavia o Schlesinger & Mayer, agora Carson Pirie Scott Store, em Chicago (fig. 113). Foi começado em 1899 na Madison Street, e em

---

6. Le Corbusier e Jeanneret, P., *Ihr Gesamtes Werk von 1910-1929*, Zurique, 1930.

7. Le Corbusier, *Towards a New Architecture*, Londres, 1931, pp. 80-82. E também *Architectural Review*, lxxxvi, 1934, p. 41.

8. E o pouco que disse das Omega Workshops, de Roger Fry, começadas em 1912, foi realmente publicado por Pevsner, Nikolaus, "Ω", *Architectural Review*, xc, 1941, pp. 45-8.

113. Sullivan: Carson Pirie Scott Store, Chicago, 1899 e 1903-4.

1903-4 ampliado com um bloco mais alto na esquina com a State Street. A decoração do térreo e do primeiro andar tem toda a fantasia própria de Sullivan, mas os andares superiores patenteiam o ritmo do século XX de maneira mais cabal que qualquer outro edifício dos que até agora apareceram nestas páginas. Também neste caso ninguém diria, ao ver uma fotografia de várias filas destas janelas horizontais, com as faixas brancas contínuas que as separam horizontalmente, que elas não são mais modernas.

Entretanto, Frank Lloyd Wright começara a revolucionar a casa particular com idêntica coragem[9]. A inspiração veio-lhe das

---

9. A obra básica sobre Frank Lloyd Wright é Hitchcock, Henry-Russell, *In the Nature of Materials*, Nova York, 1942.

114. Sullivan e Wright: Charnley House, Chicago, 1891.

115. Wright: Winslow House, River Forest, Illinois, 1893.

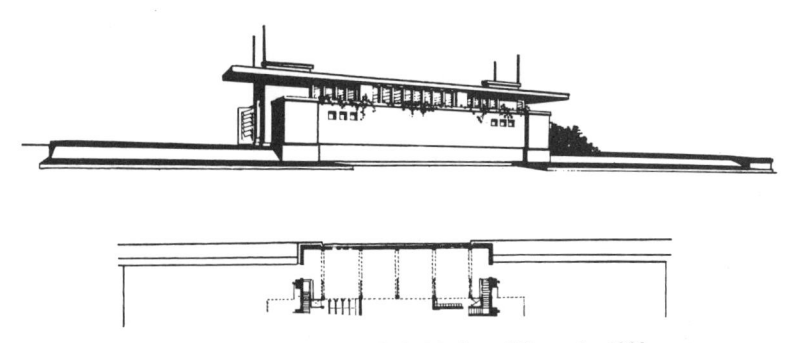

116. Wright: Projeto para o Yahara Boat Club, Madison, Wisconsin, 1902.

casas de Richardson e das formas e rudimentos de arquitetura que aprendera com Sullivan. A Charnley House, na Astor Street, em Chicago, de 1891 (fig. 114), parece simultaneamente refletir o estilo do Sullivan do Wainwright Building e anunciar a futura evolução do próprio Wright. Pode-se portanto afirmar com segurança que ela representa o estilo de desenho independente de Wright durante os anos em que trabalhava ainda para Sullivan. Na data e na originalidade corresponde ao Mary Ward Settlement.

Dois anos mais tarde, a Winslow House, em River Forest (fig. 115), tem o mesmo sentido das vastas superfícies lisas e a mesma forte acentuação nas horizontais. Tem ainda um andar superior decorado no estilo de Sullivan, e contudo nada ainda da futura mestria de Wright no planejamento espacial. Comparado com o Voysey de Colwall, nesse mesmo ano de 1893, é evidente que Wright estava se afastando do passado e Voysey tendendo para um compromisso entre o passado e o presente.

O sentido de composição tridimensional de Wright atingiu a maturidade cerca de 1900. O projeto para o Yahara Boat Club, de Madison, de 1902 (fig. 116), apresenta marquises muito salientes sobre as duas portas e extensos terraços na frente destas, aproximando parte do espaço exterior do corpo de uma casa que todavia tem uma forma rigorosamente simétrica. As janelas, pequenas e colocadas muito acima, têm agora inteiramente o ritmo característico do estilo do século XX.

Três anos mais tarde, a W. R. Heath House, em Buffalo (fig. 117), tem um plano muito livre, um conjunto de salas que se ligam confortavelmente umas com as outras, e uma linha vasta e livre, do tipo "pradaria", de que Wright tanto gostava. Já não há limite rígi-

117. Wright: Heath House, Buffalo, Nova York, 1905.

118. Wright: Coonley House, Riverside, Illinois, 1908. Interior.

119. Wright: Projeto para um arranha-céu, 1895.

do entre espaço externo e espaço interno. Os interiores baixos e espaçosos (fig. 118) têm qualquer coisa de irresistivelmente convidativo, apesar da constante preferência de Wright pelas formas decorativas rígidas e angulosas — semelhantes, na Europa, às de Berlage. Não é de admirar que tenham sido os holandeses os primeiros a adotar o especialíssimo estilo de Wright, depois da sua divulgação no estrangeiro por duas publicações alemãs de 1910 e 1911[10].

---

10. *Ausgeführte Baute und Enwürfe von Frank Lloyd Wright*, Berlim (Wasmuth), 1910; e *Frank Lloyd Wright: Ausgeführte Bauten* (com uma introdução de C. R. Ashbee), Berlim (Wasmuth), 1911. No mesmo ano de 1911 Berlage foi à América, especialmente a Chicago. W. G. Purcell, jovem arquiteto de Chicago, de estilo semelhante ao de Wright, mostrou-lhe os edifícios de Sullivan e de Wright em 1906. Berlage ficou impressionado sobretudo com o Carson Pirie Scott Store (fig. 113) e viu também o Larkin Building, de Wright (figs. 120 e 121) e as casas feitas por ele em Chicago. De volta à Holanda, Berlage fez conferências sobre o que tinha visto nos Estados Unidos e escreveu sobre o mesmo assunto na *Schweizer Bauzeitung* em 1912 (cf. Eaton, L. K., "Louis Sullivan and Hendrik Berlage", *Progressive Architecture*, xxxvii, 1956). Portanto Wright era já bastante conhecido na Holanda quando, depois da Primeira Grande Guerra, duas obras sobre ele foram publicadas por dois holandeses: Wijdeveld,

120. Wright: Larkin Building, Buffalo, Nova York, 1904.

Verifica-se um contraste idêntico ao que existe entre o estilo ainda hesitante da Winslow House e a maturidade da Heath House, entre um projeto de arranha-céu de 1895 e o Larkin Building, de Buffalo, de 1904 (figs. 119 e 120). Mais uma vez o arranha-céu não passa de uma paráfrase pessoal das idéias de Sullivan, mas o

---

H. T., *The Life-Work of the American Architect Frank Lloyd Wright*, sete números especiais de *Wendingen*, 1925; e de Fries, H., *Frank Lloyd Wright,* Berlim, 1926. Depois destes foram publicados dois livros na França, um deles com uma introdução de Henry-Russell Hitchcock. A América só apareceu muito mais tarde. O exemplo mais vigoroso da influência de Wright na Holanda é uma casa construída em 1915 por van't Hoff, reproduzida, assim como alguns outros edifícios wrightianos da Europa, por Pevsner, Nikolaus, "Frank Lloyd Wright's Peaceful Penetration of Europe", *The Architects' Journal*, lxxxix, 1939, pp. 731-4.

O MOVIMENTO MODERNO ANTES DE 1914

121. Wright: Larkin Building, Buffalo, Nova York, 1904. Interior.

Larkin Building, com as suas paredes lisas de simples tijolo, sem janelas, nichos ou ornatos que as aligeirem, com as suas faixas horizontais e cornijas do mais simples perfil retangular, é extremamente impressionante, no rígido estilo atual. O interior, com a sua unidade espacial de todos os andares (fig. 121), de cuja "eterealização" Wright tanto gostava (ver p. 215), é talvez influenciado pelo armazém de tipo europeu. Na forma específica que Wright lhe deu, este tornou-se um protótipo de muitos átrios semelhantes em edifícios de escritórios europeus depois da Primeira Grande Guerra.

Resumindo, a importância excepcional de Frank Lloyd Wright reside no fato de ninguém em 1904 ter ainda construído edifícios tão próximos do estilo atual como os dele. A atividade posterior de Wright não é abrangida pelo escopo deste livro e, co-

122. Endell: Estúdio Elvira, Munique, 1897-8.

mo o trabalho dos seus contemporâneos e continuadores antes de 1914 nada de essencial veio acrescentar à contribuição do mestre, nada mais é necessário dizer aqui acerca dos Estados Unidos.

Podemos assim dedicar inteiramente as restantes páginas à Alemanha e à Áustria, com uma exceção suíça e outra italiana. Enquanto a transição para uma nova simplicidade e severidade foi facilitada na Inglaterra pela ausência de Art Nouveau e pela inata sensatez inglesa na América o foi pelas exigências técnicas dos enormes edifícios de escritórios, e na França pelas magníficas tradições da engenharia do século XIX, a Alemanha, em 1900, estava quase inteiramente dominada pela Art Nouveau, com um gosto pela decoração exuberante, tal como tantas vezes acontecera em séculos anteriores. Apenas alguns dos que tinham desempenhado um papel diretivo no Jugendstil conseguiram libertar-se deste caos. Merecem ser citados sobretudo três artistas, que são o equivalente alemão do que Mackintosh foi na Grã-Bretanha.

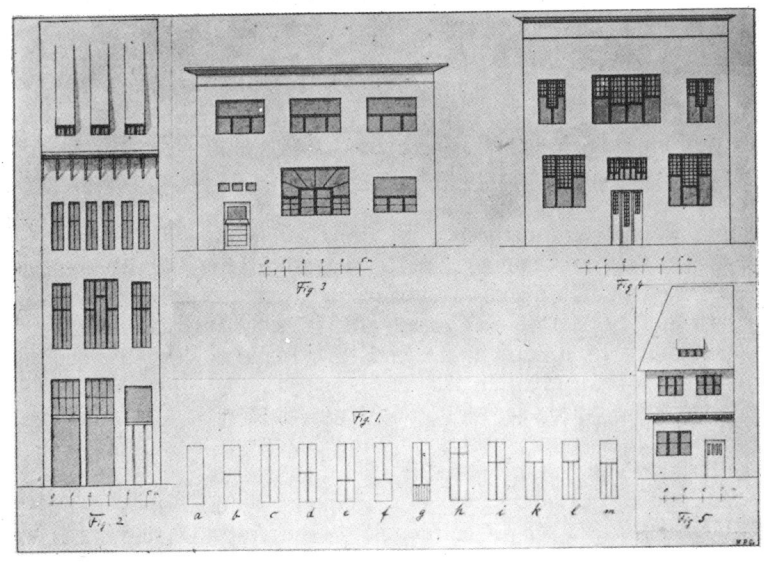

123. Endell: Estudos sobre as proporções básicas na construção, 1898.

A obra mais popular de Auguste Endell (1871-1925) foi o Estúdio Elvira, de Munique, construído para um fotógrafo em 1897-8 (fig. 122). A ausência propositada de equilíbrio entre as aberturas e a superfície da parede, ou entre as janelas do primeiro andar e as do térreo, assim como as curvas das barras de metal que separam as vidraças, tinham afinidades com Guimard em Paris, com Gaudí em Barcelona e com Mackintosh em Glasgow. Todavia, o motivo dominante da fachada, esse ornato avassalador em forma de concha ou de dragão que cobria a parede do primeiro andar, é inteiramente original. Reaparece nesta violenta erupção de fúria ornamental a exuberância sem limites dos padrões alemães do período de "migração". Esta eterna característica da arte alemã, verificável tanto no românico e no gótico finais, como na decoração do barroco e do rococó, dá a Endell o seu lugar na arquitetura, embora pareça muito provável que os bordados de Obrist lhe tenham fornecido inspiração mais direta. Seja como for, o Estúdio Elvira constitui um admirável *tour de force*, e dá ensejo a que se possa esperar mais surpresas do seu criador.

No mesmo ano em que a fachada do Estúdio se tornou conhecida, Endell publicou um ensaio sobre o sentido emocional de certas proporções fundamentais dos edifícios, o qual é igualmente original e inspirador[11]. O texto referente à fig. 123 descreve o calmo equilíbrio da fig. 4, a tensão da fig. 2 e a facilidade e conforto da fig. 3. Além desta interessante tentativa de interpretação da arquitetura como arte abstrata, as formas da fachada da fig. 3 parecem-se extraordinariamente com as de certas casas alemãs dos anos que se seguiram à Primeira Grande Guerra. A forma das janelas do primeiro andar e o telhado chato são, mais uma vez, difíceis de situar numa época determinada.

Idêntica ambivalência aparece na obra do arquiteto vienense Otto Wagner, muito mais velho do que Endell (1841-1918), e do seu discípulo Josef Maria Olbrich (1867-1908). Pela idade, Wagner estava mais próximo de Shaw, McKim e Mead & White do que de Wright, Perret e Garnier. De fato começou por um convencional neobarroco e voltou-se, tal como Shaw, McKim e Mead & White, para as formas mais sóbrias do neoclassicismo. A sua inovadora conferência inaugural, citada no Capítulo I, data de 1894. Depois desta época, passada a casa dos cinqüenta, transformou radicalmente o estilo, talvez por influência do seu próprio discípulo. É isto, pelo menos, o que as datas dos edifícios parecem indicar. Olbrich[12] tornou-se conhecido com o edifício para a Sezession, o grupo de artistas que ele fundou em conjunto com Klimt e outros, e que desenvolveu uma versão austríaca da Art Nouveau e mais tarde conduziu, a partir da decoração linear, ao estilo mais arquitetônico, embora igualmente gracioso, das Wiener Werkstätte[13]. O edifício da Sezession (fig. 124) foi projetado e construído em 1898-9. Torna-se desnecessário acentuar aqui as características típicas do Jugendstil da cúpula de metal, com a sua abundante decoração floral: para nós é mais importante a simplicidade do contorno semicircular e o ritmo dos três blocos que dominam a parte da frente. Com efeito, isto é tão original como qualquer aspecto da obra de Wright do mesmo período[14]. Em 1907-8, Olbrich construiu a Hochzeitsturm

---

11. Endell, A., "Formenschönheit und dekorative Kunst", *Dekorative Kunst,* ii, 1898, pp. 121 e ss.

12. Lux, J. A., *Josef Maria Olbrich,* Viena, 1919. Roethel, J., "Josef Maria Olbrich", *Der Architect,* vii, 1958, pp. 291-318.

13. Já foi mencionado que o dinheiro que tornou possível a fundação em 1903 das Wiener Werkstätte foi dado por Fritz Wärndirfer, o mesmo que em 1901 encomendou a Mackintosh a decoração da sala de música. Os grandes impulsionadores dos primeiros tempos das Werkstätte foram Josef Hoffmann e Kolo Moser.

14. Mas aqui Sullivan mais uma vez chegara primeiro. O bloco com a cúpula semi-esférica e o sentido da simples decoração vegetal de Olbrich aparecem já no Wainwright Tomb, de Sullivan, no cemitério Bellefontaine, em St. Louis, de 1892. Reproduzido em Morrison, Hungh, *Early American Architecture,* Nova York, 1952, Pl. 41.

124. Olbrich: A Sezession, Viena, 1898-9.

125. Olbrich: Hochzeitsturm, Darmstadt, 1907-8.

126. Hoffmann: Casa de Convalescença, Purkersdorf, 1903-4.

(fig. 125), destinada a ser o centro da colônia de artistas que o grão-duque de Hesse fundara em 1899 (cf. p. 99, n.º 31). Mais uma vez parece justificar-se uma comparação com Mackintosh, desta vez com a ala da biblioteca da Escola de Arte de Glasgow. As cinco bizarras formas de tubo de órgão do cimo da torre são características da inquietação de muitos dos que queriam ultrapassar a Art Nouveau mas se sentiam incapazes de operar uma ruptura radical. De um ponto de vista atual, o aspecto mais notável é o das duas estreitas faixas horizontais com pequenas janelas que dão a volta à esquina, talvez a primeira aparição de um motivo que foi muito usado pelos arquitetos posteriores.

O MOVIMENTO MODERNO ANTES DE 1914

127. Hoffmann: Palais Stoclet, Bruxelas, 1905.

Ao examinarmos a obra do segundo chefe de fila da arquitetura vienense dos começos do século XX damos mais um passo em frente. A mais notável das primeiras obras de Josef Hoffmann (1870-1955)[15] é também a mais "moderna", a Casa de Convalescença de Purkersdorf, de 1903-4 (fig. 126). Mais uma vez neste caso os especialistas seriam capazes de se enganar e de considerar estes telhados chatos, estas janelas sem decoração, a linha quadrada do telhado saliente por cima da entrada e a janela alta e vertical da escada como coisas impossíveis antes da Primeira Grande Guerra.

Apesar do caráter internacional destes motivos, mesmo assim as peculiaridades locais estão bem patentes no ritmo das pequenas vidraças e das delicadas faixas à volta das janelas e ao longo das arestas do prédio. Todavia, o *magnum opus* de Josef Hoffmann é sem dúvida o Palais Stoclet, de Bruxelas (fig. 127), de 1905. As suas dimensões desusadas e o seu esplendor eclipsaram todas as outras obras do autor. O Palais Stoclet tem uma composição extremamente brilhante, as aberturas, requintadamente espaçosas, são uma alegria para os olhos, e aparece mais uma vez a alta janela contínua da escada; mas neste caso a atitude artística está longe de

---

15. Kleiner, Leopold. *Josef Hoffmann*, Berlim, 1927. Rochowalski, L. W., *Josef Hoffmann*, Viena, 1950. Veronesi, Giulia, *Josef Hoffmann*, Milão (Il Balcone), 1956. E também *Wendingen*, n.º 8-9, 1920, e *L'Architettura*, ii, 1956-7, pp. 362 e ss. e 432 e ss.

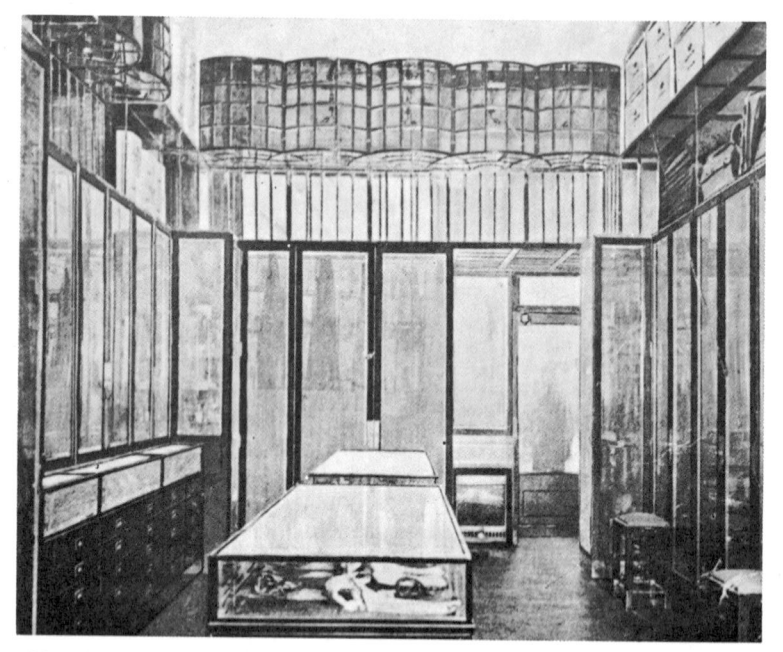

128. Loos: Interior de loja, Viena, 1898.

ser *sachlich* (certamente que com muita razão): estão cheias de encanto e de jovialidade estas fachadas, tão diferentes da maioria das principais construções do novo estilo, embora tenham um caráter essencialmente austríaco. Verificada a unidade internacional do novo estilo, não se deve todavia esquecer que na elegância de Hoffmann, na clareza de Perret, na expansiva amplidão e confortável solidez de Wright ou na maneira direta e sem compromissos de Gropius estão presentes qualidades nacionais, e na sua mais elevada expressão.

Mas o historiador da arte tem de considerar tanto as qualidades individuais como as nacionais. Só a interação destas com uma época é capaz de traçar um quadro completo da arte de um período dado, tal como o concebemos. Rubens, Bernini, Rembrandt e Vermeer são representativos da sua época, da época do barroco; e contudo Rubens é tão integralmente flamengo como Bernini é napolitano e Rembrandt e Vermeer são holandeses; mas a personalidade própria de Rembrandt é diametralmente oposta à de Vermeer quando comparados dentro dos limites da arte da nação de ambos. Será assim talvez significativo opor o esplêndido edifício de Hoffmann à obra de Adolf Loos[16] (1870-1933), de caráter inteiramente contrastante, apesar de Loos ser também austríaco. Foi já traçada a posição deste na evolução das teorias estéticas por volta de 1900; vamos agora definir-lhe o lugar na história da arquitetura propriamente dita. Se recordarmos os seus ataques contra a ornamentação, assim como o panegírico do artesão dos metais pobres, não nos surpreenderá não encontrar na sua primeira obra o interior de uma loja de Viena, de 1898 (fig. 128), nada a que rigorosamente possa chamar-se ornamentação. O valor desta obra depende inteiramente da excelente qualidade dos materiais usados e da dignidade das proporções. O efeito decorativo do friso superior é obtido graças ao emprego de curvas convexas e de um ritmo mais rápido de verticais e horizontais entrecruzadas. A ornamentação de concreto de Perret, que não conhecia o estilo de Loos, tem um caráter surpreendentemente idêntico.

Seis anos mais tarde, numa casa à beira do lago de Genebra, Loos atingiu a mesma simplicidade elegante e bem-proporcionada num exterior, e passados outros seis anos, na casa Steiner, de Viena (fig. 129), atingiu de modo integral e sem quaisquer limitações o estilo de 1930. O contraste violento entre o centro recuado e as alas salientes, a linha contínua dos telhados, as pequenas aberturas da água-furtada, as janelas horizontais de grandes caixilhos únicos, tudo isto são elementos que qualquer pessoa não informada julgaria muito posteriores[17]. Apesar deste estilo tão isento de compromissos, a influência de Loos pouco se fez sentir durante muito tempo. Todos os outros pioneiros foram muito mais conhecidos e imitados.

Embora tivesse já mais de sessenta anos, Otto Wagner sofreu uma influência estimulante destes seus jovens discípulos ou continuadores, como se prova, por exemplo, com a Caixa Econômica Postal de Viena (fig. 130), que é a sua obra mais extraordinária. Construída em 1905, com o átrio coberto por uma frágil abóbada de vidro, é a primeira realização plena das suas doutrinas de dez anos atrás. Do ponto de vista histórico, é tão alheia por um lado à

---

16. Kulka, Heinrich. *Adolf Loos: das Werk des Architekten*, Viena, 1931. Münz, Ludwig. *Adolf Loos*, Milão (Il Balcone), 1956.

17. Cf., por exemplo, a casa construída por Peter Behrens para Bassett-Lowke, em Northampton, em 1926; reproduzida na *Architectural Review*, lx, 1926, p. 177.

129. Loos: Casa Steiner, Viena, 1910.

130. Wagner: Caixa Econômica Postal, Viena, 1905.

influência dos estilos antigos, e por outro à Art Nouveau como qualquer dos edifícios contemporâneos de Hoffmann e Loos na Áustria, de Wright na América e de Garnier e Perret na França.

O arquiteto alemão mais importante deste período foi Peter Behrens (1868-1940)[18]. Antes de se formar em Arquitetura, começou como pintor, e passou pela reforma "moral" das artes aplicadas, fato que é bem típico dos anos à volta de 1900. Nessa altura dizer artes aplicadas era o mesmo que dizer Art Nouveau, mas Behrens depressa fugiu dessa atmosfera enervante. A sua casa de Darmstadt (1901), que foi também a sua primeira construção, apresenta já um endurecimento das curvas macias da Art Nouveau[19]. Neste mesmo ano Behrens desenhou uma página tipográfica em que há uma mudança completa: curvas menos acentuadas, iniciais decoradas apenas com quadrados e círculos. Tem grande interesse histórico comparar esta primeira página tipográfica de Behrens com a de Eckmann (1900)[20]. Mais uma vez, esta nova simplicidade apareceu graças à influência da Inglaterra; a Doves Press é a origem da imprensa alemã do século XX. Os sonhos doentios da estética da Art Nouveau são substituídos pelo novo ideal de uma arte honesta e sã.

Behrens não foi o único a se revoltar contra a Art Nouveau; o primeiro caso conhecido na Alemanha é um apartamento desenhado por R. A. Schröder (1878-1962), poeta e decorador e um dos fundadores da Insel Verlag, para o seu primo Alfred Walter von Heymel (1878-1914), também poeta e também fundador da Insel Verlag. O apartamento ficava em Berlim e data de 1899 (fig. 131)[21]. É a primeira vez que aparecem — embora talvez com uma certa influência da rigidez hierática de algumas das mobílias de Mackintosh — cadeiras sem curvas e paredes, tetos e fogões de sala divididos em padrões retangulares, simples e geométricos.

---

18. Hoeber, Fritz, *Peter Behrens*, Munique, 1913. Cremers, Paul Josef. *Peter Behrens, sein Werk von 1909 bis zur Gegenwart*, Essen, 1928.
19. Reproduzido na *Architectural Review*, lxxvi, 1934, p. 40.
20. Cf. Schmalenbach, *Jugendstil*, pp. 28-9, 85. Rodenberg, J., "Karl Klingspor", *Fleuron*, v, 1926. Baurmann, Roswitha, "Schrift", em *Jugendstil*, editado por Seling H., Heidelberg e Munique, 1959.
21. Sobre este ver Ahlers-Hestermann, *Stilwende*, p. 109. Atribui à sala a data de 1901, mas o próprio dr. Schröder disse-me numa carta que a data exata é 1899.

131. Schröder: Apartamento para A. W. von Heymel, Berlim, 1899.

132. Behrens: Pavilhão das Artes, Exposição de Oldenburg, 1905.

Nos exteriores dos edifícios de Behrens a partir de 1904 verifica-se o mesmo espírito um tanto ou quanto classicista.

Veja-se, por exemplo, o Pavilhão das Artes de uma exposição realizada em Oldenburg em 1905 (fig. 132), e compare-se com a Sezession de Olbrich. Na obra de Behrens desapareceram a cúpula florida e a cornija encurvada. O pavilhão central e os laterais têm tetos em forma de pirâmides — motivo inspirado no edifício da exposição de Olbrich em Darmstadt, de 1901 (fig. 125) — e os res-

133. Behrens: Fábrica de turbinas, Huttenstrasse, Berlim, 1909.

tantes têm-nos planos. As paredes, sem janelas, são decoradas com linhas delicadas que formam painéis retangulares e quadrados. O pórtico ficou relativamente nu, apenas com dois pilares quadrados e um lintel também quadrado[22].

Está já aqui esboçada a direção em que Behrens viria a evoluir nos anos seguintes. Fez os seus principais edifícios de antes da guerra para a A.E.G., uma das grandes companhias elétricas da Alemanha, cujo diretor-gerente, P. Jordan, o nomeara arquiteto e conselheiro. A fábrica de turbinas, construída em 1909, é talvez o mais belo edifício industrial erguido até essa época (fig. 133). A estrutura de aço está claramente à vista; vastas vidraças substituem as paredes dos lados e no meio de cada um dos extremos; e, embora as esquinas sejam ainda de pesada pedra de estilo rústico e tenham ângulos arredondados, a estrutura metálica, projetando os seus cantos aguçados por cima dos pilares de pedra, restabelece o equilíbrio de maneira arrojada e eficaz. Esta obra nada tem a ver

---

22. Neste campo a decoração linear de quadrados e retângulos é tão característica de Behrens como de Schröder, Mackintosh ou, evidentemente, Josef Hoffmann, a quem puseram a alcunha de *Quadratl-Hoffmann*.

134. Behrens: Fábrica de motores elétricos, Voltastrasse, Berlim, 1911.

com as fábricas vulgares dessa época, nem mesmo as mais funcionais da América, construídas por Albert Kahn com estruturas de aço aparente. É esta a primeira vez que se concretizam as possibilidades inventivas da arquitetura industrial; o resultado é uma obra de pura arquitetura, tão bem-equilibrada que custa a imaginar as suas enormes dimensões sem se comparar com as pessoas que se vêem na rua. A ala lateral de dois andares que se vê à esquerda tem o teto plano e a fila de janelas que encontramos nas obras mais modernas dessa época.

A fábrica de pequenos motores elétricos foi construída em 1911 (fig. 134). As proporções da parte do edifício que se vê à esquerda, as filas de janelas altas e bastante estreitas, sem qualquer decoração, inspiram-se na fábrica de 1909, e estão mais de acordo com as proporções preferidas de Schinkel do que com as de Hoffmann ou de Loos. A mesma força, o mesmo nobre vigor aparecem na composição do bloco principal, com pilares de frente arredondada e janelas recuadas.

Ao mesmo tempo que realizava tarefas monumentais deste gênero, Behrens conseguia dedicar igual cuidado e igual talento à

O MOVIMENTO MODERNO ANTES DE 1914   **207**

135. Behrens: Chaleira elétrica para a A.E.G., 1910.

136. Behrens: Luminárias de rua para a A.E.G., 1907-8.

137. Berg: Jahrhunderthalle, Breslau, 1910-12.

melhoria da concepção de pequenos objetos de uso cotidiano, e de objetos maiores, de caráter tão utilitário que nunca alguém pensara considerá-los obras de arte. Como exemplo dos primeiros temos a esplêndida chaleira de 1910 (fig. 135), e dos segundos as luminárias de rua de 1907-8 (fig. 136). Há neles a mesma pureza de formas, a mesma sobriedade que limita o desenho a simples formas geométricas, e a mesma beleza de proporções que nos encantam nas construções de Behrens.

É evidente a solidariedade da Deutscher Werkbund para com esta atitude de Behrens. Foi já referido que a Werkbund foi fundada em 1907, ano em que Behrens foi nomeado conselheiro da A.E.G. Como já vimos também, as Deutscher Werkstätten haviam realizado um ano antes, em Dresden, a sua primeira exposição de mobiliário fabricado a máquina. Na altura em que a Werkbund publicou o primeiro *Anuário,* cerca de 1912, pôde já imprimir mais de cem reproduções de obras industriais e arquitetônicas dentro do estilo que defendia. Nestas páginas estavam representadas tanto as Deutscher Werkstätten como a A.E.G., assim como Riemerschmid, Josef Hoffmann e Gropius. Antes de passarmos à obra de Gropius, porém, impõem-se algumas palavras sobre alguns edifícios de dois ou três outros arquitetos alemães. Ludwig Mies van der Rohe[23] nasceu em 1886, Hans Poelzig[24] em 1869 (faleceu em 1948), e Max Berg em 1870. No seu Jahrhunderthalle de Breslau (fig. 137), Max Berg (1870-1947) fez em 1910-12 com concreto armado o mesmo que Behrens fizera com a armadura de aço; conseguiu uma nobre monumentalidade, sem que isto prejudicasse o arrojo da estrutura. O Jahrhunderthalle cobre uma área de cerca de 19.500 metros quadrados e pesa 4.200 toneladas, ao passo que, por exemplo, a cúpula de S. Pedro de Roma tem uma área de 4.877 metros quadrados e precisa de um peso de cerca de 10.000 toneladas para a cobrir. Além disso o vão e a curvatura dos suportes têm uma elegância que anuncia já as obras de Pier Luigi Nervi de depois da Segunda Grande Guerra.

Mies van der Rohe e Poelzig representam dois tipos opostos de expressão do estilo do século XX. A casa feita por Mies van der Rohe em 1912 para a senhora Kröller-Müller (fig. 138) tem nítidas influências de Behrens, mas tem-nas também, embora talvez menos nitidamente, de Schinkel, já por mais de uma vez citado nestas páginas, e que nessa altura acabava de ser redescoberto e revalorizado[25]. É dele que provêm a amplitude e a precisão extrema de Mies, e o seu sentido das relações cúbicas vem-lhe dele e de Behrens.

A casa Kröller, de Mies, tem uma estabilidade, mesmo no desenho, e uma monumentalidade que faz com que o edifício de escritórios construído por Poelzig em Breslau, em 1911 (fig. 139), pareça avançar pesadamente em nossa direção. As largas faixas que torneiam a esquina têm grande poder dinâmico, apesar dos detalhes um tanto pesados, e um estilo muito pessoal. E, apesar de o

---

23. Johnson, Philip C., *Mies van der Rohe*, Nova York (Museu de Arte Moderna), 1947.
24. Heuss, Theodor, *Hans Poelzig*, Berlim, 1939.
25. Ver Mebes, Paul, *Um 1800*, Munique, 1920. Stahl, Fritz, *Karl Friedrich Schinkel*, Berlim, 1911.

210 OS PIONEIROS DO DESENHO MODERNO

138. Mies van der Rohe: Projeto de uma casa para *Frau* Kröller-Müller, 1912.

139. Poelzig: Edifício para escritórios, Breslau, 1911.

edifício importante que Poelzig fez a seguir, uma fábrica de produtos químicos em Luban, na Silésia (fig. 140), de 1911, ser muito mais elegante e requintado, o contraste entre as janelas semicircu-

140. Poelzig: Fábrica de produtos químicos, Luban, 1911-12.

lares e as outras, pequenas, quadradas e dispostas de maneira estranha, é mais uma vez muito pessoal, chegando até a ser caprichoso.

O poder inventivo e a imaginação revelados nestes edifícios fizeram de Poelzig o líder do expressionismo arquitetônico alemão nos anos que se seguiram à Primeira Grande Guerra, época em que este estilo turbulento chegou ao apogeu tanto na pintura e na escultura como na arquitetura. A sua Grosses Schauspielhaus data de 1919. Foi nesta mesma época que Erich Mendelsohn (1887-1953) utilizou o motivo das fachadas curvas e das filas de janelas torneando as esquinas como instrumento efetivo do expressionismo. Este motivo predomina na Torre Einstein, de 1921, e, com tratamento mais racional, nos seus posteriores projetos para armazéns. Tornou-se um dos motivos mais populares dos anos entre as duas guerras, e a ele se deve grande parte daquele aerodinamismo fictício que de um ponto de vista funcional não tem justificação, mas de um ponto de vista emocional a tem, que se tornou dominante em refrigeradores, carrinhos de bebê e muitos outros objetos produzidos industrialmente.

O Movimento Moderno da arquitetura necessitava, para conseguir uma expressão integral do século XX, possuir duas qualidades: fé na ciência e na técnica, na ciência social e no planejamento

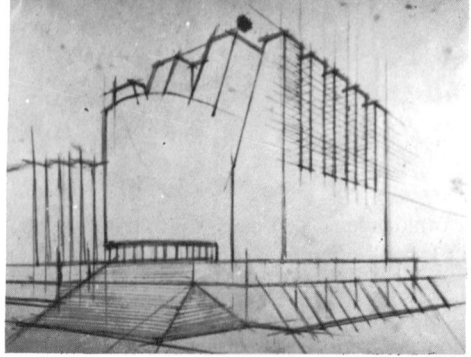

141, 142 e 143. Sant'Elia: Desenhos, 1912-14 ou 1913-14.

racional, e uma fé romântica na velocidade e no rugir das máquinas. Vimos no Capítulo I como um destes conjuntos de valores foi apreciado por Muthesius, pela Werkbund, e pelo Bauhaus, de Gropius, e o outro pelos futuristas italianos e por Sant'Elia, mais um precursor destes do que seu representante. Na arquitetura aconteceu o mesmo. Os desenhos de Sant'Elia e os primeiros edifícios de Gropius são exemplo das duas interpretações da nova civilização metropolitana e tecnológica do século XX. Era preciso escolher uma das duas logo que acabou a Primeira Grande Guerra, e atualmente é preciso, ainda, ou novamente, fazer essa escolha.

Não se sabe ao certo as datas das estruturas dos desenhos de Sant'Elia, mas são prováveis as de 1912-14 ou 1913-14 (figs. 141, 142 e 143); são extraordinárias. Sugerem fábricas, centrais elétricas, estações ferroviárias, arranha-céus ao longo de estradas com

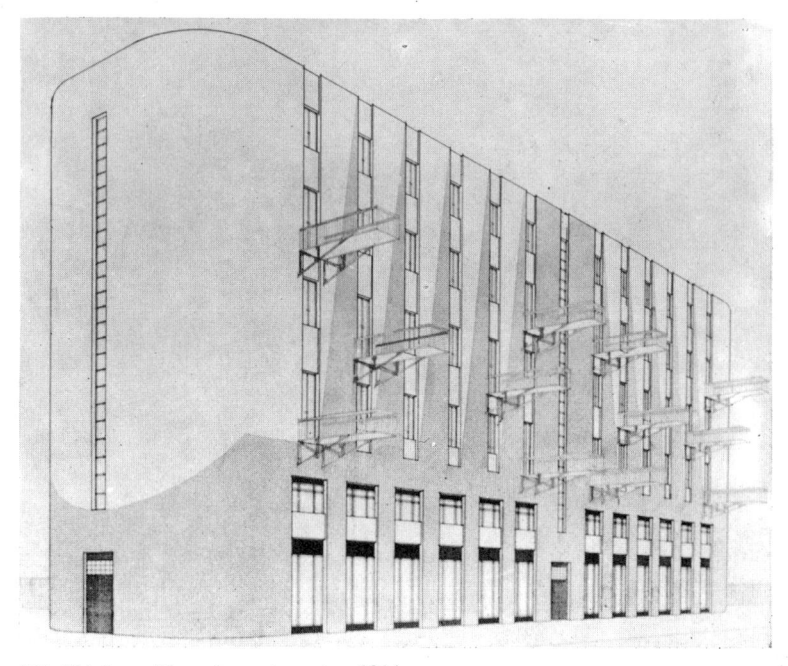

144. Chiattone: Bloco de apartamentos, 1914.

vários níveis. A curva da pena do arquiteto, a curva das simples verticais ou das fachadas curvilíneas e estreitamente unidas das torres, tudo isso é extremamente original e imaginativo e cheio de uma paixão violenta pela grande cidade e pelo seu tráfico mecânico. Estas formas filiam-se na Sezession de Viena; verdadeiro paralelismo têm-no apenas com o edifício de escritórios de 1911 de Poelzig e com os desenhos de Mendelsohn dos mesmos anos. Parece pelo menos provável haver uma relação entre Sant'Elia e Mendelsohn.

Aquilo que Sant'Elia, que morreu com vinte e nove anos apenas, teria sido capaz de fazer com edifícios reais não podemos saber. Nem tampouco nos dão uma indicação aqueles que anos depois foram construídos por Mario Chiattone (falecido em 1957), seu único colega italiano como arquiteto e como futurista de ideais semelhantes[26]. Os projetos de Chiattone de cerca de 1914 (fig. 144)

---

26. Ver *L'Architettura*, iii, 1957-8, p. 438.

145. Gropius e Meyer: Fábrica Fagus, Alfeld-am-Leine, 1911.

são tão extraordinariamente proféticos em relação aos anos 20 como os de Sant'Elia, e talvez um pouco menos utópicos. Nos esboços de Sant'Elia sente-se a falta de interesse pelos planos e pela função exata dos edifícios: são expressionismo puro. A sua paixão pela Grande Cidade não era mais realista do que a de Gautier pela arquitetura do metal ou a de Turner pelo vapor e pela velocidade. A partir de Sant'Elia, o caminho da arquitetura do século XX leva mais uma vez ao expressionismo, incluindo a primeira cidade sonhada por Le Corbusier para três milhões de pessoas (1922).

As autênticas realizações concretas não derivam de Sant'Elia, nem de Poelzig ou Mendelsohn, mas sim de Behrens e do seu grande discípulo Walter Gropius (nascido em 1883). Quase imediatamente depois de ter deixado o *atelier* de Behrens, em 1911, foi-lhe encomendada uma fábrica em Alfeld-am-Leine (Fagus-Fabrik, fig. 145). O seu projeto ultrapassa claramente os de Behrens para a A.E.G.: a influência deste só se nota em certos detalhes, como as janelas do lado direito do bloco principal. Quanto ao bloco principal em conjunto, tudo é novo e cheio de idéias revolucionárias: é a primeira vez que uma fachada é inteiramente concebida em vidro; os pilares são reduzidos a estreitas colunas de aço; as esquinas não têm qualquer suporte, solução que tem sido imitada vezes sem conta; a expressão do telhado plano também é diferente. Só encontramos este mesmo perfeito sentido do cubo puro no edifício construído por Loos um ano antes da fábrica Fagus. Outra característica importante do edifício de Gropius é, graças ao novo tratamento do vidro e do aço, o desaparecimento da habitual distinção rígida entre o exterior e o interior. A luz e o ar atravessam livremente as paredes, e assim o espaço interior já não se distingue, no essencial, do grande universo de espaço do exterior. Esta "eterealização" da arquitetura, como Frank Lloyd Wright lhe chamou em 1901[27], é um dos elementos mais característicos do novo estilo. Vimo-la surgir na habitual planta baixa dos edifícios de escritórios dos finais do século XIX, onde as vigas de aço facilitavam a eliminação das paredes internas, e mais tarde nas plantas baixas das casas particulares de Wright, na disposição das salas da casa de Perret de 1903 e nas fascinantes perspectivas de Mackintosh; no domínio do planejamento corresponde isto à passagem da cidade para a totalidade da província, feita na Alemanha logo a seguir à Primeira Grande Guerra (Landesplanung, distrito do Ruhr, 1920). Também aqui há a conquista do espaço, o franquear de grandes distâncias, a coordenação racional de funções heterogêneas que fascinam os arquitetos. É evidente a íntima ligação que existe entre esta paixão pelo planejamento e as características do estilo da arquitetura do século XX, por um lado, e a eterna preocupação com o espaço da arquitetura ocidental, por outro. Na forma que Gropius lhe imprimiu, o novo estilo integra-se numa evolução que parte do românico e do gótico e vai ter ao Renascimento de Brunelleschi e Alberti e ao barroco de Borromini e Neumann. Talvez tenha desaparecido para sempre a maneira quente e direta como eram feitos os edifícios do passado, graças a séculos de artesanato e a uma relação mais pessoal entre o arquiteto e o cliente. Neste nosso século o arquiteto tem de ser mais frio para poder dominar a produção mecânica e para conseguir projetos que satisfaçam clientes anônimos.

    Contudo, mesmo numa época dominada por uma energia coletiva todo-poderosa, haverá lugar para o gênio, mesmo dentro deste novo estilo do século XX, que, precisamente por ser um autêntico estilo, e não uma moda passageira, é universal. Em 1914 Gropius construiu uma pequena fábrica-modelo para a exposição da Werk-

---

27. E como Octave Mirbeau já em 1889 a imaginava. A expressão que usou foi *combinaisons aériennes* (Giedion, *Bauen in Frankreich*, p. 18).

146. Gropius e Meyer: Fábrica-modelo, Exposição da Werkbund, Colônia, 1914. Lado norte.

bund. A ala norte (fig. 146) é a sua crítica pessoal à fábrica de turbinas do seu mestre de cinco anos atrás. São bem claras a redução dos motivos ao mínimo absoluto e a simplificação radical das linhas. Tem sobretudo importância a substituição dos pesados pilares de esquina de Behrens por finas linhas metálicas. A fachada sul (fig. 147) é ainda mais arrojada com o seu soberbo contraste entre o centro de tijolo, nitidamente wrightiano, e as esquinas inteiramente envidraçadas. No meio há apenas fendas estreitíssimas em vez de janelas e uma entrada muito baixa; nas esquinas, onde, de acordo com os princípios tradicionais, deveria haver uma força de suporte bem visível, há apenas vidro, cuja transparência deixa ver duas escadas em caracol.

  Isto tem sido imitado tantas vezes como a esquina sem coluna da fábrica Fagus; prova de que a expressão pessoal de Gropius teve êxito completo. Há qualquer coisa de sublime no domínio sem esforço do material e do peso que ele consegue. Desde a Sainte-Chapelle e o coro de Beauvais, nunca a arte humana de construir triunfara desta maneira sobre a matéria. E, contudo, estes novos edifícios nada têm a ver com o gótico, são até radicalmente opostos a este. Enquanto no século XIII todas as linhas, embora funcionais, estavam

147. Gropius e Meyer: Fábrica-modelo, Exposição da Werkbund, Colônia, 1914. Lado sul.

submetidas à finalidade artística de apontar para o céu, para um limite extraterreno, e as paredes eram translúcidas para conferir uma magia transcendente às figuras santas do vidro colorido, agora as paredes de vidro são claras e sem mistérios, o enquadramento de aço é rígido, e a sua expressão é inteiramente alheia a toda e qualquer especulação metafísica. A arquitetura de Gropius glorifica a energia criadora deste mundo em que vivemos e trabalhamos e que queremos dominar, um mundo de ciência e de técnica, de velocidade e de perigo, de duras lutas, sem segurança pessoal, e enquanto o mundo continuar a ser assim e estes continuarem a ser os seus problemas e ambições, o estilo de Gropius e dos outros pioneiros continuará a ser válido.

Os quarenta anos que se seguiram à pausa forçada da Primeira Grande Guerra assistiram ao triunfo deste estilo. O expressionismo foi um interlúdio de curta duração, que se seguiu ao Gropius dos primeiros tempos e precedeu o Gropius já amadurecido da Bauhaus de Dessau, a maturidade do Le Corbusier das vivendas dos meados dos anos 20, a maturidade do Mies van der Rohe do pavilhão alemão da exposição de Barcelona. Estamos agora no meio de um segundo interlúdio de que são responsáveis Le Corbusier (com obras como a capela de peregrinação de Ronchamp) e os brasileiros. Como Gaudí entre Sullivan e Behrens, Loos e os outros de após 1900, como o expressionismo entre a Fagus e a Bauhaus, assim o Le Corbusier atual e as acrobacias estruturais dos brasileiros e de todos os que os imitam ou neles se inspiram são tentativas para satisfazer a ânsia dos arquitetos por uma expressão individual, a ânsia do público pelo extraordinário e pelo fantástico e por uma fuga da realidade para um mundo fictício. Todavia, tanto os arquitetos como os clientes devem ter consciência de que a realidade atual, tal como a de 1914, só pode encontrar uma expressão integral no estilo criado pelos gigantes desse passado já distante. Desde então a sociedade não se modificou, a industrialização ampliou-se, não desapareceu o anonimato do cliente, e aumentou o do arquiteto. As fantasias e as manifestações de gênio de certos arquitetos não podem se considerar resposta satisfatória aos problemas sérios que ao arquiteto compete resolver. Se esta resolução deve ser diferente das dos pioneiros de 1914, e como deve ela ser diferente, é coisa que não compete a este livro decidir.

ÍNDICE DE NOMES E DATAS

Arquitetos e Desenhistas			Pintores	
1750-1830	Telford	1757-1834		
	Finley	? -1828		
	Paxton	1801-65		
	Horeau	1801-72		
	Labrouste	1801-75		
	Brunel	1806-59		
	Boileau	1812-96		
			Moreau	1826-98
			Rossetti	1828-82
1831-40	Shaw	1831-1912		
	Webb	1831-1915		
	Jenney	1832-1907		
	Eiffel	1832-1923		
	Godwin	1833-86		
			Burne-Jones	1833-98
	Morris	1834-96		
	Dresser	1834-1904		
	de Baudot	1834-1915		
			Whistler	1834-1923
	Nesfield	1835-88		
	Richardson	1838-86		
			Cézanne	1839-1906
	Contamin	1840-93		
			Redon	1840-1916

220 OS PIONEIROS DO DESENHO MODERNO

	Arquitetos e Desenhistas		Pintores	
1841-50	Wagner	1841-1918		
			Rousseau	1844-1910
	Dutert	1845-1906		
	Day	1845-1910		
	Crane	1845-1915		
	Gallé	1846-1904		
			Gauguin	1848-1903
	Koepping	1848-1914		
	Tiffany	1848-1933		
	Root	1850-91		
1851-60	Mackmurdo	1851-1942		
	Gaudí	1852-1926		
	Townsend	1852-1928		
			van Gogh	1853-90
	White	1853-1906		
	Messel	1853-1909		
			Hodler	1853-1918
	Daum	1854-1909		
	Holabird	1854-1923		
	Gilbert	1854-1934		
	Roche	1855-1927		
	Sullivan	1856-1924		
	Berlage	1856-1934		
	Voysey	1857-1941		
	Delaherche	1857-?		
			Khnopff	1858-1921
			Toorop	1858-1928
	Majorelle	1859-1926		
			Seurat	1859-91
			Ensor	1860-1949
			Hankar	1861-1901
1861-70	Muthesius	1861-1927		
	Plumet	1861-1925		
	Horta	1861-1947		
			Klimt	1862-1918
	Obrist	1863-1927		

ÍNDICE DE NOMES E DATAS   **221**

	Arquitetos e Desenhistas		Pintores	
	Ashbee	1863-1942		
			Munch	1863-1944
	van de Velde	1863-1957		
	Gimson	1864-1920		
	Eckmann	1865-1902		
			Vallotton	1865-1925
	Smith	1866-1933		
	Olbrich	1867-1908		
	Guimard	1867-1942		
	Brangwyn	1867-1956		
	Mackintosh	1868-1928		
	Behrens	1868-1940		
	Poelzig	1869-1948		
	Garnier	1869-1948		
	Wright	1869-1959		
	Loos	1870-1933		
			Denis	1870-1945
	Berg	1870-1947		
	Hoffmann	1870-1955		
1871-80	Selmersheim	1871-?		
	Brewer	1871-1918		
	Endell	1871-1925		
			Beardsley	1872-98
	Maillart	1872-1940		
	Heal	1872-1959		
	Schmidt	1873-1948		
	Perret	1874-1954		
	Paul	1874-1968		
	Schröder	1878-1962		
1881-90	Gropius	1883-1969		
	Mies van der Rohe	1886-1969		
	Sant'Elia	1888-1917		

BIBLIOGRAFIA SUPLEMENTAR

GERAL

Cassou, J., Langui, E., Pevsner, N., *The Sources of Modern Art*, Londres, 1962. Este suntuoso volume é comemorativo da exposição realizada em Paris em 1960 "Les Sources du XXe Siècle". A parte da autoria de Pevsner trata da arquitetura e do *design*; foi recentemente revista e publicada, em separata (Londres, 1968).

Benevolo, L., *Storia dell'Architettura Moderna*, 2 vols., Bari, 1964.

Collins, P., *Changing Ideals in Modern Architecture*, Londres, 1965. Abrange o período de 1760 a 1960.

Posener, J., *Anfänge des Funktionalismus*, Berlim, 1964. Obra antológica.

Ponente, N., *Structures of the Modern World, 1850-1900*, Londres, 1965.

Pevsner, N., *Studies in Art, Architecture and Design*, 2 vols., Londres, 1968. Coletânea de ensaios, entre os quais figuram os referidos nas notas sobre "Morris and Architecture", Mackmurdo, Voysey e Mackintosh, e também um escrito sobre George Walton, outro dos pioneiros de Glasgow, de cerca de 1900.

Sharp, D., *Sources of Modern Architecture*, Londres, 1967 (Architectural Association Papers II — Bibliografia).

Jordan, R. Furneaux, *Victorian Architecture*, Harmondsworth, 1966. O período vitoriano é considerado até 1914.

Hilberseimer, L., *Contemporary Architecture, its Roots and Trends*, Chicago, 1964.

TEMÁTICA

Indústria e primórdios do ferro:

John Harris (*Arch. Rev.*, cxxx, 1961) utilizou muito provavelmente colunas de ferro fundido nas Houses of Parliament em 1706. A primeira igreja em que se utilizaram colunas de ferro fundido para sustentar galerias parece ter sido a de St. James, Toxteth, Liverpool, na década de 1770 (*The Buildings of England, South Lancashire*, Harmondsworth, 1969). O dr. R. Middleton citou-me o nome de Pierre Patte, no livro de Blondel *Cours*, vol. v, 1770, p. 387 e fig. 82, a respeito de colunas de ferro em estufas. A figura representa uma estufa na Rue de Babylone, "qui avait pris pour modèle les plus belles serres anglaises"; e Patte escreve: "Aujourd'hui ce sont les Anglais qui passent pour surpasser tous les autres." Sobre Strutt e Arkwright ver Fitton, R. S., e Wadsworth, A. P., Manchester, 1964; sobre Boulton & Watt, ver Gale, W. K. W., publicação do City of Birmingham Museum, 1952. Sobre o Miners' Bank, Pottsville (p. 132), ver Gilchrist, A., *Journal of the Society of Architectural Historians*, xx, 1961, p. 137.

Arquitetura americana (pp. 142, etc.):

Condit, C. W., *American Building Art. The Nineteenth Century*, Nova York, 1960. E também Condit, C. W., *The Chicago School*, 1875-1925, 2.ª ed., Chicago, 1964. Além disso, veja-se o livro de Siegel, A., bastante popular, *Chicago's Famous Buildings*, Chicago, 1965, e, em italiano, Pellegrini, L., nove artigos desde a Escola de Chicago até Elmslie, Purcell, etc., in *L'Architettura*, i, 1955-6; ii, 1956-7.

Art Nouveau (p. 101):

A torrente de livros novos não tem diminuído. A lista que segue, referente aos anos de 1955-67, é extensa, embora incompleta (com exceção dos quatro anos de 1964-7). As obras são citadas por ordem cronológica e devem ser acrescentadas à nota 1 do capítulo IV.

Pollack, B., *Het Fin-de-Siècle in de Nederlandsche Schilderkunst*, Haia, 1955 (sobre pintura, especialmente Toorop). Grady, James, apresentou em 1955 "A Bibliography of the Art Nouveau" (*Journal of the Society of Architectural Historians*, xiv). Selz, J., e Constantine, M., *Art Nouveau*, Museum of Modern Art, Nova York, 1959, é sucinto, mas, como todas as publicações do museu, extremamente útil. Sobre S. Bing, da loja "L'Art Nouveau", ver Koch, R., in *Gazette des Beaux-Arts*, per. vi, vol. liii, 1959. Schmutzler, R., *Art Nouveau-Jugendstil*, Stuttgart, 1962 (e Londres, 1964), é completo e brilhante, o melhor livro sobre o assunto. Em 1964 publicaram-se mais dois catálogos de exposições: Munique, Haus der Kunst (*Sezession: Europäische Kunst um die Jahrhundertwende*) e Viena (*Wien 1898-1914, Finale und Auftakt*). É do mesmo ano o primeiro livro em italiano: Cremona, I., *Il Tempo dell'Art Nouveau*, Florença, 1964. Hermand, J., *Jugendstil, ein Forschungsbericht*, 1918-64, Stuttgart, 1965, é um relatório, feito com inteligência, acerca do desenvolvimento das investigações sobre a Art Nouveau. Guerand, R. H., *L'Art Nouveau en Europe*, Paris, 1965, obra bastante completa, mas de leitura mais leve do que o livro de Madsen (ver mais abaixo). Rheims, M., *L'Art 1900*, Paris, 1965 (e Londres, 1966), é uma obra com cerca de 600 ilustrações, muitas das quais inéditas. *Kunsthandwerk um 1900* é o título do magnífico catálogo da exposição realizada em Darmstadt em 1965 (vol. i, 1965). Em 1966 surgiu uma obra dedicada à arte do livro: Taylor, Russell J., *The Art Nouveau Book in Britain*, Londres, 1966. Nesse mesmo ano e em 1967, publicaram-se mais dois livros: Amaya, M., *Art Nouveau*, Londres, 1966, e Madsen, S. Tschudi, *Art Nouveau*, Londres, 1967, este último particularmente aconselhado aos estudantes como obra de consulta. Finalmente, e também em 1967, o catálogo de uma exposição realizada em Ostende ("Europe 1900") e um tratado especializado sobre tipografia e matérias afins, pelo autor de dois livros anteriores sobre a pintura Art Nouveau: Hofstätter, H. H., *Druckkunst des Jugendstils*, Baden-Baden, 1967. Pestalozzi, K., e Klotz, V. (ed.), Darmstadt, 1968. Não vi.

Pintura Art Nouveau

Para Pollack, B., Het Fin-de-Siècle..., 1955, ver a lista referente à Art Nouveau. Hochstätter, H. H., *Geschicht der europäischen Jugendstilmalerei*, Colônia, 1963, e *Symbolismus in der Kunst der Jahrhundertwende*, Colônia, 1965. Sobre os Nabis e especialmente Maurice Denis, Humbert, A., *Les Nabis et leur Époque*, Paris, 1954, merecia ter despertado mais cedo a nossa atenção.

Revistas:

Pan (ver p. 112): Salzmann, H., *Archiv für Geschichte des Buchwesens*, I, 1958.
The Studio (ver pp. 114-5). Como prova da popularidade internacional da *The Studio* nos seus primeiros anos e da veneração de que era alvo, passo a transcrever algumas passagens de *Was der Tag mir zuträgt* (1900), de Peter Altenberg (1839-1919). Altenberg foi um mestre do *feuilleton*. "A Iolanthe, tudo lhe acontecia na melhor ordem... Uma vez por mês, sempre no dia 15, chegava de Londres o seu *The Studio, an Illustrated Magazine of Fine and Applied Art*. Nessa noite, depois do jantar, Iolanthe instalava-se comodamente numa cadeira baixinha, num canto, à luz suave de um candeeiro inglês. Pousava *The Studio* nos seus joelhos delicados e, lentamente, desfolhava página após página. Por vezes, detinha-se durante bastante tempo. Até que o marido lhe dizia: 'Iolanthe...' Ela nunca o interpelava, nunca lhe dizia: 'Olha isto.' Ele continuava sentado à mesa, fumando calmamente, repousando das fadigas do dia. E ela, comodamente sentada na cadeira baixinha, ia voltando as páginas. Por vezes, ele aproximava-se do candeeiro, corrigia o foco, ajustava o quebra-luz de seda verde e voltava a afastar-se. Era uma espécie de dia feriado, aquele 15 de cada mês. 'Estou na Inglaterra', pensava ela, 'na Inglaterra.' Ele nunca a tocava depois de um serão daqueles, numa noite daquelas."

MOVIMENTOS RADICAIS ANTERIORES A 1914

A obra mais recente sobre o Futurismo é a de Schmidt-Thomsen, J. P., *Floreale und futuristische Architektur*, Berlim, 1967. Houve também um interessante movimento de tipo cubista na Tchecoslováquia, e esse grupo, em especial Josef Chochol e Josepfh Gocar, ambos nascidos em 1880, foi recentemente tratado por J.

Vokoun em *The Architectural Review*, cxxxix, 1966, pp. 229, etc.
Ver também *Architektura CSSR*, iii, 1966, e *Casabella*, n.º 314, 1967, que é uma tradução parcial do anterior.

LOCAIS E EDIFÍCIOS

Bedford Park, Londres (p. 169): *Artists and Architecture of Bedford Park*, folheto da exposição, 1967 (a parte referente à arquitetura é de Greeves, T. A.). Ver também Greeves, T. A., em *Country Life*, cxlii, n.ºs 3.692 e 3.693, 1967, e Fletcher, I., em *Romantic Mythologies*, Londres, 1967.
Fábrica Fagus (p. 209): Weber, H., *Walter Gropius and das Faguswerk*, Munique, 1961.

BIOGRAFIAS

Behrens: catálogo de uma exposição em Kaiserlautern, Darmstadt, Viena, 1966-7. Também *Schriften, Manifeste, Briefe* (agora n.º 20), 1967.
Berenguer (um catalão que evoluiu paralelamente a Gaudí): Mackay, D., *The Architectural Review*, cxxxvi, 1964.
Bernard: catálogo de uma exposição, Lille, 1967.
Burnham & Root: *Architectural Record*, xxxviii, 1915.
Domenech (outro dos pioneiros de Barcelona): Bohigas, O., *The Architectural Review*, cxlii, 1967.
Gaudí: Collins, G. R., Nova York, é, sob todos os aspectos, o melhor livro publicado até a data: não é grande, não é complicado e é sempre fidedigno. Sweeney, J. J., e Sert, J. L., Londres, 1960, é maior, mais profusamente ilustrado e talvez mais estimulante. Pane, R., Milão, 1964, volumoso, maravilhosamente ilustrado, mas discutível quanto ao texto. E ainda: Casanelles, E., Londres, 1967, que não vi quando escrevi estas linhas. Como tampouco vi Mortinell, C., Barcelona, 1967, volumoso e profusamente ilustrado. Exclusivamente sobre o Parque Güell, ver Giedion-Welcker, C., Barcelona, 1966.
Horta: Delavoy, R. L., Bruxelas, 1968.
Klimt: catálogo de uma exposição na Galeria Weltz, 1965.

Loos: *Sämtliche Schriften*, vol. 1, Viena e Munique, 1962. Münz, L., e Künstler, G., Viena e Munique, 1964. A edição inglesa, Londres, 1966, contém a tradução de três ensaios de Loos e uma extensa introdução de Pevsner, N.

Mackmurdo: Pond, E., *The Architectural Review*, cxxviii, 1960.

Morris: as biografias mais recentes são as de Thompson, E. P., Londres, 1955, tratada com bastante inteligência numa perspectiva marxista, de Thompson, Paul, Londres, 1967, sob todos os aspectos a melhor até à data, e a de Henderson, P., Londres, 1967.

Muthesius: Posener, J., in *Architect's Yearbook*, x, 1962.

Perret: Zahar, M., *D'une Doctrine d'Architecture: Auguste Perret*, Paris, 1959. Peter Collins, em *Concrete*, 1959, acima citado, dedica 100 páginas a Perret.

Pritchard, J. F.: a data do nascimento aqui indicada (1723) foi publicada em Blackmanbury, 1, n.º 3, 1964.

Sant'Elia: Caramel, L., e Longatti, A.: catálogo da coleção permanente, Como, 1962.

Sullivan: *Louis Sullivan and the Architecture of Free Enterprise* (ed. E. Kaufmann), Chicago, 1956. Sobre a ornamentação de Sullivan ver Scully, V., em *Perspecta*, v, 1959. Sobre a participação de Elmslie, G. G., nessa ornamentação ver Paul Sherman, Englewood Cliffs, N. J., 1962.

Tiffany: Koch, R., Nova York, 1964.

Van de Velde: catálogo de uma exposição no Museu Kröller-Müller, Otterloo, 1964. Muito recente e pródigo, Hammacher, A. M., *Le Monde de H. van de Velde*, Paris, 1967.

Wagner: Gerettsegger, H., e Peinter, M., Salzburgo, 1964.

NOVA BIBLIOGRAFIA SUPLEMENTAR

GERAL

Os acréscimos feitos até hoje ao texto de 1936 nunca incidiram na matéria principal do livro. O mesmo não acontece agora. O prof. Herwin Schaefer apresenta na sua obra *The Roots of Modern Design* (Londres, 1970) uma pré-história do *design* do século XX totalmente diferente da minha. A sua tese pode se resumir mais ou menos assim: os meus pioneiros são inovadores individuais a partir de cerca de 1890 em diante e criaram o estilo moderno da primeira metade do século XX, isto é, em termos gerais, o funcionalismo. Mas Herwin Schaefer apresenta uma história do funcionalismo nos séculos XIX e XX, em que discute e ilustra coisas como microscópios, quadrantes, bússolas, máquinas de somar, balanças, tornos, maquinaria pesada, locomotivas, carruagens, máquinas de café, tesouras, arados, etc. — cujo *design* foi, na maioria, concebido por anônimos. Estes exemplos são inegavelmente funcionais, mas não representam um esforço estético deliberado. Assim, segundo ele, o meu livro seria apenas uma II Parte, devendo o dele ser a I Parte. Quanto a isto ele tem razão, mas, a meu ver, onde ele se engana é quando acredita numa transmissão direta e consciente deste funcionalismo impessoal para os funcionalistas abordados no meu livro. Não acredito nesta transmissão direta e não encontrei até hoje nenhum fato que a confirme. Resta-nos focar outro aspecto do livro de Herwin Schaefer. Os exemplos que ele cita são, na sua quase totalidade, vitorianos em data, mas antivitorianos na sua abordagem do *design*. A sua exposição e os seus argumentos levam-me a pensar se eu não deveria reintitular o meu livro *Pioneiros do Modernismo Internacional até 1914*. Com efeito, este título teria a vantagem suplementar de despertar a atenção para o fato de o chamado Modernismo Internacional, que atingiu o clímax nos anos 30, já não ser o estilo dos nossos dias. Vivemos à sombra de Ronchamp e Chandigarph, de Paul Rudolph e James Stirling. Philip Johnson disse-me há cerca de uns dez anos: "Você é o único homem vivo que ainda pode falar em Funcionalismo de rosto erguido". Sou suficientemente impenitente para considerar isto como um cumprimento. Como também o seria Herwin Schaefer, que deu ao seu livro o subtítulo de "Tradição Funcional no Século XIX". Cabe ao leitor decidir se quer uma história do fim do século XIX e princípio do século XX tal como eu a perspectivei ou numa perspectiva anti-racionalista.

Outros livros sobre generalidades:

Esta lista pode começar precisamente com *The Anti-Rationalists*, organizado por *Sir* James Richards e por mim, Londres, 1973. O livro é um simpósio e tem capítulos dedicados a Guimard, Wagner, Lechner (de Budapeste), Mackmurdo, Mackintosh, Poelzig e outros. Os autores da maior parte destes capítulos encontram-se na *Adenda Bibliográfica*, pp. 237-9.

Posener, J., *Anfänge des Funktionalismus: von Arts und Crafts zum Deutschen Werkbund*, Berlim, etc., 1964. Textos de Lethaby, T. G. Jackson, Voysey, Ashbee, G. Scott, Muthesius e a Conferência Werkbund de 1914.

Posener, J., *From Schinkel to the Bauhaus*, Architectural Association Papers V, Londres, 1972.

MacLeod, R., *Style and Society; Architectural Ideology in Britain, 1835-1914*, Londres, 1971.

Pevsner, N., *Studies in Art, Architecture and Design*, 2 vols., Londres, 1968. No volume II há vários capítulos sobre Morris, Mackmurdo, Voysey e Mackintosh. Para estes, ver pp. 234-5.

Capítulo 1: Teorias da arte, de Morris a Gropius

(Para os acréscimos referentes a arquitetos e escritores individualmente ver a *Adenda Bibliográfica*.)
Quanto às primeiras frases do capítulo, cf. James Fergusson, *A History of Architecture*, 1861, vol. I, p. 9: a arquitetura é "a arte da construção ornamentada ou ornamental". Quanto à opinião favorável aos engenheiros, cf. Franz Wickhoff (que morreu em 1909): "O novo estilo que nunca deixamos de procurar já foi encontrado, e seria melhor que todos os edifícios fossem feitos por engenheiros e não por arquitetos." Esta citação é retirada de U. Kulturmann, *Geschichte der Kunstgeschichte*, Viena e Düsseldorf, 1966, p. 285.

Capítulo 2: De 1851 a Morris e ao Movimento Artes e Ofícios

O período que se estende de 1851 a Morris corresponde ao auge vitoriano e ao vitoriano tardio. Tentar estabelecer uma lista da nova literatura dos últimos vinte anos excederia de longe os limites desta bibliografia.

Sobre *design* e o Artes e Ofícios:

Victorian Church Art, Exposição, Victoria and Albert Museum, 1971-2.
Victorian and Edwardian Decorative Art (The Handley-Read Collection), Exposição, Royal Academy, Londres, 1972.
Naylor, G., *The Arts and Crafts Movement*, Londres, 1971.
Aslin, E., *The Aesthetic Movement, Prelude to Art Nouveau*, Londres, 1969.
MacCarthy, F., *All Things Bright and Beautiful: Design in Britain, 1830 to Today*, Londres, 1972.

Sobre Nesfield e Norman Shaw:

Girouard, M., *The Victorian Country House*, Oxford, 1971 (caps. sobre o Kinmel Park, de Nesfield, sobre Cragside e Adcote, de Shaw, e sobre Standen, de Webb).

Capítulo 3: A pintura em 1890

Gauguin: Jaworska, W., *Gauguin and the Pont Aven School*, Londres, 1972.

Simbolismo: Lehmann, A. G., *The Symbolist Aesthetic in France, 1885-1895*, 2ª ed., Glasgow, 1968; Jullian, P., *The Symbolists*, Londres, 1973.

Munch: Hodin, J. P., *Munch*, Londres, 1972, a mais recente das muitas monografias existentes. Particularmente recente: *Edvard Munch-Probleme-Forschungen-Thesen*, ed. H. Bock e G. Busch, Munique, 1973.

Vallotton: Vallotton, M., e Goerg, C., *Felix Vallotton*, catálogo crítico da obra gráfica, 1972.

As Duas Chapeleiras, de Signac (fig. 148) (Coleção Rübele, Zurique), surgem nesta edição porquanto, datando muito embora de 1885, este quadro revela-se tão cruamente estilizado como qualquer Seurat.

Capítulo 4: A Art Nouveau

Escrevia eu em 1968: "A torrente de livros novos não tem diminuído." Nem afrouxou de então para cá. A lista aqui apresentada está longe de ser completa.

Battersby, M., *Art Nouveau*, Londres, 1969.

Barilli, R., *Art Nouveau*, Londres, 1969 (em italiano: *Il Liberty*, Milão, 1966).

Koreska-Hartmann, L., *Jugendstil — Stil der "Jugend"*, Munique, 1969.

Grover, R. e L., *Art Glass Nouveau*, Rutland, 1967.

Bing, S., *Artistic America: Tiffany Glass and Art Nouveau*, Boston (M. I. T.), 1970.

Hensing-Schefeld, M., e Schaefer, I., *Struktur und Dekoration: Architektur-Tendenzen in Paris und Brüssel im späten neunzehnten Jahrhundert*, Stuttgart, 1969.

O acolhimento dispensado pela Inglaterra à Art Nouveau não foi caloroso. Quando George Donaldson apresentou ao Victoria and Albert Museum um certo número de objetos Art Nouveau vindos da Exposição de Paris de 1900, quatro distintos arquitetos — Belcher, Blomfield, Macartney e Prior — subscreveram uma carta

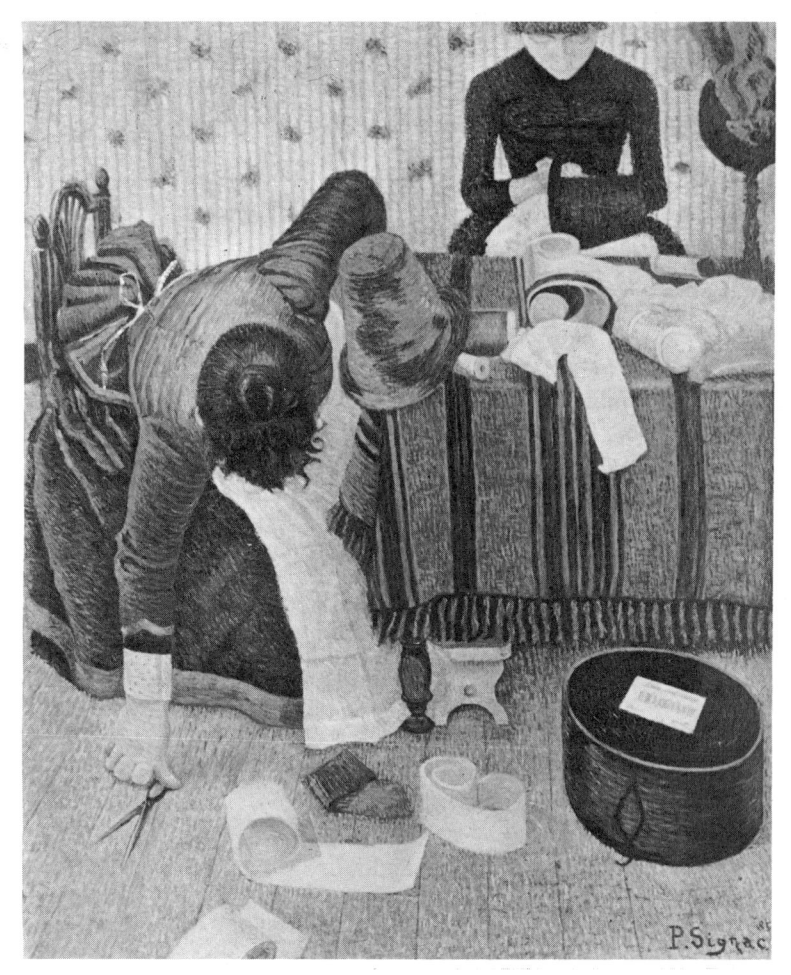

148. Signac: *Duas Chapeleiras*, 1885.

de protesto publicada no *Times*: "É muito lamentável que as autoridades de South Kensington tenham introduzido no museu espécimes de estilo Art Nouveau. Este tipo de trabalho não é correto em princípio, nem tampouco revela um tratamento adequado dos materiais que utiliza. O trabalho de marcenaria é de fatura medíocre. Representa apenas um artifício no *design*, desenvolvido a partir de formas adulteradas [e] tem afetado prejudicialmente o *design* do mobiliário e das construções das regiões mais próximas."

Capítulo 5: A engenharia e a arquitetura do século XIX

Proprietários de fábricas: Fitton, R. S., e Wadsworth, A. P., *The Strutts and the Arkwrights, 1758-1830*, Londres, 1958; Taylor, B., *Richard Arkwright and Cotton Spinning*, Londres, 1973.

Primórdios do ferro: John Harris, na sua edição do livro de C. R. Cockerell *Ichnografia Domestica* (*Architectural History*, xiv, 1971) reproduz o desenho da biblioteca de Richard Payne Knight, no n.º 3 da Soho Square, que apresenta abóbadas góticas de ferro.

Crystal Palace: Beaver, P., *The Crystal Palace*, Londres, 1970; Fay, C. R., *Palace of Industry, 1851*, Cambridge, 1951.

Beutler, "St.-Eugène und die Bibliothèque Nationale", *Mischellanea pro Arte* (Festschrift H. Schnitzler), Düsseldorf, 1965.

Capítulo 6: Inglaterra, de 1890 a 1914

Japonisme: Chesnau, E., "Le Japon à Paris", *Gazette des Beaux-Arts* (Segundo Período, xviii, 385-97 e 845-56), 1878. Este artigo deveria ter sido citado desde a 1.ª edição. Refere-se a Manet, Whistler, Degas, Monet, Tissot e Stevens.

The Aesthetic Movement and the Cult of Japan, Exposição, Fine Arts Society, Londres, 1972.

Anti-Voysey: Lethaby (ver adiante, p. 234) disse a Edward Johnston, em 1898, quando pretendia entrar para a Central School of Arts and Crafts (citado por P. Johnston, *Edward Johnston*, Londres, 1959, p. 74): "Se você traçar uma linha reta com um coração no topo e um cacho de vermes na base e chamar a isso uma árvore, nunca conseguiremos nos entender."

Townsend: A igreja de Great Warley, no Essex, devia ter sido mencionada (1904) e, neste contexto, a Watts Chapel, em Compton, Surrey (interior de 1901). Há capítulos sobre ambas em *The Anti-Rationalists* — ver a rubrica "Outros livros sobre generalidades", p. 230.

Habitações para a classe operária: Tarn, J. N., *Working-class Housing in Nineteenth Century Britain*, Londres, 1971.

Bedford Park: a referência a *Country Life* na p. 225 se deve ler: *Country Life*, cxlii, 1967, pp. 1.524 e ss. e 1.600 e ss. Greeves observa que Norman Shaw não esteve ligado a Bedford Park mesmo desde o princípio (ver *Building News*, vol. 33, 1877; vol. 34, 1878; vol. 36, 1879). Eu deveria ter dado maior relevo a Godwin.

Capítulo 7: O Movimento Moderno antes de 1914

Lado a lado com Perret, também Henri Sauvage devia ter sido mencionado. O seu prédio de apartamentos no n.º 26 da rua Vauvin, com a fachada recuada em degraus, data de 1910. Esta data está errada no meu livro *Sources of Modern Architecture and Design*, que inclui uma fotografia do prédio na p. 193. A data correta foi-me indicada pelo prof. Bisset.

Acerca da *Cité Industrielle*, de Garnier, eu devia ter incluído mais citações do texto. Aqui vão algumas amostras. "É a razões industriais que a maior parte das cidades novas que vierem a ser fundadas ficarão a dever a sua fundação." A sua cidade terá 35.000 habitantes. As autoridades públicas podem dispor do terreno como melhor entenderem. As residências não têm nem pátios nos fundos nem pátios interiores. Apenas metade da superfície total será ocupada com construções; o resto destina-se a zonas verdes públicas e inclui muitas artérias para peões. Quanto aos materiais de construção, citemos Garnier uma vez mais: "Todos os edifícios importantes são quase exclusivamente construídos em cimento armado." E quanto ao seu caráter, os edifícios são "sem ornamento" e até "sem molduras". Uma vez completada a estrutura básica, poderá recorrer-se às artes decorativas, e a decoração será tanto mais "nítida e pura" quanto é "totalmente independente da construção".

McKim, Mead e White: o meu texto não lhes presta justiça. Antes de se terem decidido pelo seu neo-renascença e pelo re-revivalismo clássico (ver p. 196), desenhavam com uma originalidade muitíssimo maior. A sua construção mais arrojada, a Low House, em Bristol, Rhode Island, foi erigida em 1887. Esta obra vem reproduzida na p. 35 do meu livro *The Sources of Modern Architecture and Design*. Muito menos conhecida é a Lovely Lane Methodist Church, em Baltimore (fig. 149), datada de 1883-7, e que constitui como que uma continuação do românico de Richardson. A fotografia foi-me cedida pelo prof. Jordy, que a reproduziu na sua

149. McKim, Mead e White: Igreja Metodista de Lovely Lane, Baltimore, Maryland, 1883-7.

edição de Schuyler (Montgomery Schuyler, *American Architecture and Other Writings*, ed. W. H. Jordy e R. Coe, Harvard University Press, 1971, i, pp. 43 e 215).

Sezession: Ver Waissenberger, R., Die Wiener Sezession, Viena e Munique, 1971.

Na página 196, a respeito da Hochzeitsturm, de Olbrich, de 1907-8, afirmo que as estreitas faixas horizontais com pequenas janelas que dão a volta à esquina surgem provavelmente aqui pela primeira vez. Edgard Engelskircher chamou-me a atenção para a Haus Deiters, de Olbrich, de 1900-1, na Mathildenhöhe, em que se observa o mesmo tratamento numas águas-furtadas.

Design funcional anônimo: ver a rubrica "Geral" na primeira parte desta Nova Bibliografia Suplementar. Uma exposição apresentada em Munique em 1971 constituiu um complemento paralelo ao livro de Herwin Schaefer: *Die verborgene Vernunft*, Exposição Neue Sammlung, Munique, 1971.

Futurismo: Schmidt-Thomsen, J. P., *Floreale und futuristische Architektur, das Werk von Antonio Sant'Elia*, Berlim, 1967 (tese de doutoramento); Martin, M. N., *Futurist Art and Theory, 1909-1915*, Oxford University Press, 1968; Apollonio, V. (ed.), *Futurist Manifestos*, Londres, 1973.

ADENDA BIBLIOGRÁFICA

Ashbee: Ashbee, C. R., *Memoirs*, 1938 (manuscrito, Victoria and Albert Museum); Burroughs, B. G., "Three Disciples of William Morris", *Connoisseur*, clxxi-clxxiii, 1969-70; "C. R. Ashbee", clxxii, pp. 85-90 e 262-6.

Berlage: Singelenberg, P., *H. P. Berlage*, Amsterdã, 1969; Reinink, A. D., "American Influences on Late-nineteenth century Architecture in the Netherlands", *Journal of the Society of Architectural Historians*, xxix, 1970, pp. 163-74.

Dresser: *Christopher Dresser*, Exposição, Fine Arts Society, Londres, 1972.

Eiffel: Prévost, J., *Eiffel*, Paris, 1929 (não foi citado nas edições anteriores); Besset, M., *Gustave Eiffel*, Paris, 1957; Igat, Y., *Eiffel*, Paris, 1961.
Endell: Schaefer, I., August Endell, *Werk*, lviii, 1971, pp. 402-8; Anônimo: "Endell", *Architectural Design*, fevereiro de 1972.
Garnier: Wiebenson, D., *Tony Garnier: the Cité Industrielle*, Londres, 1969.
Gaudí:Martinelli, C., *Gaudí, su vida, su teoría, su obra*, Barcelona, 1967; Perucha, J., *Gaudí, an Architecture of Anticipation*, Barcelona, 1967; Sert, J. L., Gomis, J., e Pratts Valles, J., *Cripta de la Colonia Güell de A. Gaudí*, Barcelona, 1968; Masini, L. V., *Gaudí*, Florença, 1969.
Gimson: Burroughs, B. G., "Three Disciples of William Morris", *Connoisseur*, clxxi-clxxiii, 1969-70; "Ernest Gimson", clxxi, pp. 228-32, e clxxii, 8-14.
Gropius: Franciscono, M., *Walter Gropius and the Creation of the Bauhaus in Weimar*, University of Illinois Press, 1971.
Guimard: Lanier Graham, F., *Hector Guimard*, Museum of Modern Art, Nova York, 1970; Cantacuzino, S., "Hector Guimard", in *The Anti-Rationalists*, Londres, 1973, pp. 9-31.
Hoffmann: Sekler, F., "Art Nouveau Bergerhöhe", *Architectural Review*, cxlix, 1971, pp. 75-6.
Horta: Borsi, F., e Portoghesi, P., *Victor Horta*, Bruxelas, 1969.
Klimt: Nebehay, C. M., *Gustav Klimt: Dokumentation*, Viena, 1969; Hoffmann, W., *Gustav Klimt und die Jahrundertwende*, Salzburgo, 1970; Novotny, F., e Dobai, J., *Gustav Klimt*, Salzburgo, 1971.
Lethaby: Burroughs, B. G., "Three Disciples of William Morris", *Connoisseur*, clxxi-clxxiii, 1969-70; "W. R. Lethaby", clxxiii, pp. 33-7. Weir, R. W. S., *William Richard Lethaby*, Londres, 1932.
Loos: Gradmann, E., *Adolf Loos, Aufsätze zur Architektur*, Institut für Geschichte und Theorie der Architektur, vi, Zurique; Basiléia, 1968, pp. 37-41.
Mackintosh: MacLeod, R., *Charles Rennie Mackintosh*, Londres, 1968; Pevsner, N., "Charles Rennie Mackintosh", in *Studies* (ver Literatura Geral), pp. 152-75; Walter, D., "The Early Works of Mackintosh", *The Anti-Rationalists*, Londres, 1973, pp. 116-35; Sekler, E., "Mackintosh and Vienna", in *The Anti-Rationalists*, pp. 136-42.

Mackmurdo: "Arthur H. Mackmurdo", in *Studies* (ver Literatura Geral), pp. 132-9; Pond, E., "Mackmurdo Gleanings", in *The Anti-Rationalists* (ver Literatura Geral), pp. 111-15.

Maillart: Gunschel, G., *Grosse Konstrukteure*, Berlim, etc., 1965. Capítulos sobre Freyssinet e Maillart.

Morris: Lamire, E. D. (ed.), *The Unpublished Lectures of William Morris*, Detroit, 1969; Meier, Paul, *La Pensée Utopique de William Morris*, Paris, 1972; Pevsner, N., "Morris", in *Some Architectural Writers of the Nineteenth Century*, Oxford, 1972, pp. 269-89 e 315-24; Pevsner, N., "Morris and Architecture", in *Studies* (ver Bibliografia Geral), pp. 108-17.

Olbrich: *Olbrich: das Werk des Architekten*, Exposição, Darmstadt, Viena, Berlim, 1967. Schreyl, K. H., *J. M. Olbrich: die Zeichnungen in der Kunstbibliothek Berlin*, Berlim, 1972.

Perret: Goldfinger, E. (ed.), *Auguste Perret, Writings on Architecture*, Studio Vista, 1971.

Poelzig: Heuss, T., *Poelzig, ein Lebensbild*, Tübingen, 1939; *Hans Poelzig* (ed. J. Posener), Berlim, 1970; Posener, J., "Poelzig", in *The Anti-Rationalists* (ver Bibliografia Geral), pp. 193-202.

Richardson: Eaton, L. K., *American Architecture Comes of Age; the European Reaction to H. H. Richardson and Louis Sullivan*, Boston (M.I.T.), 1972.

Root: Hoffmann, D. D. (ed.), *The meaning of Architecture; Buildings and Writings of J. W. Root*, Nova York. 1967.

Baillie Scott: Kornwulf, J. D., *M. H. Baillie Scott and the Arts and Crafts Movement*, Baltimore e Londres, 1972.

Serrurier-Bovy: Watelet, J. G., "Le décorateur liégeois Gustave Serrurier-Bovy, 1858-1910", *Cahiers van de Velde*, xi, 1970.

Sullivan: ver Richardson.

Van de Velde: Huter, K.-H., *Henry van de Velde*, Berlim, 1967. *Cahiers van de Velde*; onze números publicados até a data.

Voysey: Pevsner, N., "C. F. A. Voysey", in *Studies* (ver Bibliografia Geral), pp. 85-96.

Wagner: Giusti Bacolo, A., *Otto Wagner*, Nápoles, 1970; Graf, O. A., "Wagner and the Vienna School", in *The Anti-Rationalists* (ver Bibliografia Geral), pp. 85-96.

Impressão e Acabamento
na Gráfica Imprensa da Fé